Le PRINCE brisé

Ce livre est une fiction. Toute référence à des évènements historiques, des personnages ou des lieux réels serait utilisée de façon fictive. Les autres noms, personnages, lieux et évènements sont issus de l'imagination de l'auteur, et toute ressemblance avec des personnages vivants ou ayant existé serait totalement fortuite.

34-36, rue La Pérouse
75116 - Paris
www.hugoetcie.fr

Collection New Romance®
dirigée par Hugues de Saint Vincent
Ouvrage dirigé par Bénita Rolland
Traduit par Caroline de Hugo

ISBN : 9782755634822
Dépôt légal : février 2018
Imprimé en France (Corlet)
N° d'impression : 193810

NEW ROMANCE®

ERIN
WATT

LES HÉRITIERS
TOME 2

Le PRINCE brisé

ROMAN

Traduit de l'américain
par Caroline de Hugo

Hugo Roman

Chapitre 1

REED

Je passe par le cellier et j'entre dans la cuisine. La maison est sombre et silencieuse. Plus de neuf cents mètres carrés et pas âme qui vive. Un sourire illumine alors mon visage.

Mes frères sont partis à droite à gauche, la femme de ménage est en congé et mon père est Dieu sait où. Ce qui signifie que ma nana et moi, nous avons le manoir Royal pour nous.

Ouais, c'est génial.

Je traverse la cuisine en courant et je monte par l'escalier de derrière. J'espère qu'Ella m'attend dans son lit, toute mignonne et toute sexy, dans un de mes vieux tee-shirts qu'elle enfile pour dormir. Ce serait encore mieux si elle portait… J'accélère, je passe ma chambre, celle d'Easton et l'ancienne de Gideon. J'arrive devant celle d'Ella. Déception, elle est fermée. Je frappe sans obtenir de réponse. J'attrape mon téléphone au fond de ma poche arrière en fronçant les sourcils et je lui envoie un petit texto.

Où es-tu bébé ?

Elle ne répond pas. Je range mon téléphone. Elle est probablement sortie avec sa copine Valérie, ce qui me va parce que je prendrais bien une douche. Mes potes ont fumé un max d'herbe ce soir et je ne veux pas apporter cette odeur dans la chambre d'Ella.

Nouveau plan. Une douche, me raser, avant de choper ma nana. J'enlève mon t-shirt et je rentre dans ma chambre sans me donner la peine d'allumer. Je balance mes chaussures et je me dirige vers la salle de bains.

Je sens son odeur avant de la voir.

Qu'est-ce que… ?

Un parfum entêtant de roses me remplit les narines. Je me tourne vers mon lit.

– Hors de question, je gronde en discernant vaguement une ombre sur mon matelas.

Avec un frisson de contrariété, je me dirige vers la porte d'entrée afin d'allumer la lumière.

Mais je le regrette immédiatement, parce que l'éclairage tamisé me révèle les courbes du corps d'une femme nue avec qui je ne veux rien avoir à faire.

– Mais bordel, qu'est-ce que tu fous ici ? je hurle à l'ex de mon père.

Brooke Davidson m'offre un sourire timide.

– Tu me manquais.

Je reste bouche bée. Merde, elle est sérieuse ? Je jette un rapide coup d'œil dans le couloir pour m'assurer qu'Ella n'est toujours pas rentrée. Et je fonce vers le lit.

– Fous le camp !

Je l'attrape par le poignet pour la tirer hors du lit. Merde, il va falloir que je change mes draps, parce que s'il y a un truc qui pue encore plus que les relents de bière et de beuh, c'est bien Brooke Davidson.

– Quoi ? Tu ne t'es jamais plaint auparavant.

Elle lèche ses lèvres rouges d'une façon qui, j'en suis certain, est censée être hypersexy, mais que je trouve écœurante.

Il y a beaucoup de cadavres dans mon passé qu'Ella ignore. Beaucoup qui lui donneraient immédiatement la nausée. Et cette femme devant moi en fait partie.

– Je me rappelle parfaitement t'avoir dit que je ne voulais plus rien avoir à faire avec ton cul de traînée.

Le sourire de Brooke s'amincit.

– Et je t'ai répondu de ne pas me parler sur ce ton.

– Je te parlerai comme je veux !

Je jette un autre coup d'œil à la porte. L'angoisse commence à me donner des sueurs froides. Il est hors de question que Brooke soit encore là quand Ella rentrera.

Comment est-ce que je pourrais lui expliquer ça ? Mes yeux tombent sur les vêtements de Brooke qui jonchent le sol, sa minirobe minuscule, ses sous-vêtements en dentelle, sa paire de stilettos.

Ses chaussures sont posées à côté des miennes. Tout ça ressemble à une scène de cul.

J'attrape les chaussures de Brooke et les jette sur le lit.

– Quoi que tu puisses avoir à vendre, je ne suis pas preneur. Fous le camp !

Elle me lance les chaussures. Un des talons m'égratigne la poitrine avant de retomber par terre.

– Force-moi, si tu peux.

Je serre les dents. À part la prendre dans mes bras pour la jeter dehors, je ne vois pas bien ce que je peux faire. Qu'est-ce que je vais pouvoir dire à Ella si elle me surprend en train de traîner Brooke hors de ma chambre ?

Hé bébé, ne fais pas attention. Je sors les poubelles. Tu vois, j'ai baisé une ou deux fois avec la petite copine de mon père, et maintenant qu'ils ont rompu, je crois qu'elle veut m'alpaguer. Ça n'a rien de dingue, n'est-ce pas ?

Cette étrange réplique me fait ricaner.

Je serre les poings. Gideon m'a toujours dit que j'étais autodestructeur, mais là, mon pote, c'est de l'autodestruction dans les grandes largeurs. C'est ma faute. La colère que je ressentais contre mon père m'a poussé dans le lit de cette pute. Je me suis dit qu'après ce qu'il avait fait à maman, il méritait que je baise sa petite copine derrière son dos.

Et voilà ! En définitive, c'est moi le dindon de la farce.

– Rhabille-toi, cette conversation est terminée…

Je m'arrête en entendant des pas dans le couloir. Quelqu'un m'appelle par mon nom. Brooke relève la tête. Elle aussi l'a entendue. Oh merde. Oh merde. Oh merde.

La voix d'Ella est juste derrière ma porte.

– Ah, c'est très bien, Ella est à la maison, dit Brooke, alors que résonnent les battements irréguliers de mon cœur dans mes oreilles. J'ai des nouvelles que j'aimerais partager avec vous deux.

C'est probablement la chose la plus bête qui soit, mais je n'arrive à penser qu'à une seule chose. Il faut que cette nana sorte d'ici.

Alors, je laisse tout tomber et je m'avance. J'attrape Brooke par le bras pour la traîner hors du matelas, mais la salope s'agrippe à moi. J'essaie d'éviter tout contact avec son corps nu, mais je finis par perdre l'équilibre et retombe sur le lit. Elle en profite pour se coller contre mon dos. Un rire léger retentit à mon oreille lorsque ses seins refaits à neuf me brûlent la peau. Paniqué, je regarde la poignée de la porte qui tourne.

Brooke murmure :

– Je suis enceinte de toi.

– Quoi ?

Mon univers entier vacille d'un seul coup.

La porte s'ouvre. Le merveilleux visage d'Ella me fait face. Je le regarde passer de la joie au choc.

– Reed ?

Je suis tétanisé sur place, mais mon cerveau continue à fonctionner à toute vitesse. Il tente de se rappeler la dernière fois que Brooke et moi avons fait l'amour. C'était le jour de la Saint-Patrick. Gid et moi on zonait autour de la piscine. Il s'était bourré la gueule, et moi aussi. Il était très en pétard, je ne sais plus pourquoi. Papa, Sav', Dinah, Steve. Je ne comprenais pas tout.

J'enregistre vaguement le gloussement de Brooke. Je regarde le visage d'Ella, mais sans le voir réellement. Je devrais dire quelque chose, mais impossible. Je suis trop occupé. Trop occupé à penser. Beaucoup trop occupé à paniquer.

Le jour de Saint-Patrick… J'étais monté en titubant, je m'étais effondré et quand je m'étais réveillé, quelqu'un me suçait la bite. Je savais que ce n'était pas Abby, parce que j'avais déjà rompu avec elle, et de toute façon elle n'était pas du genre à s'introduire dans ma chambre à coucher. Mais qui refuserait une pipe ?

Ella ouvre la bouche, elle dit quelque chose. Je ne comprends pas. Je suis pris dans les restes de la culpabilité et du dégoût de moi-même, je n'arrive pas à m'en dépêtrer. La seule chose que je peux faire, c'est la dévisager. Ma nana. La plus belle nana que j'aie jamais vue. Je ne peux me détourner de ces cheveux dorés, de ces grands yeux bleus qui me supplient de m'expliquer. J'ordonne à mes cordes vocales récalcitrantes :

Dites quelque chose.

Mes lèvres ne bougent pas. Je sens un contact froid dans mon cou et je tressaille.

Dis quelque chose, bordel. Ne la laisse pas partir…

Trop tard. Ella part comme une fusée. Le bruit de la porte qui se referme violemment me réveille d'un seul coup. Enfin, plus ou moins. Je ne peux toujours pas bouger. J'arrive à peine à respirer.

Le jour de Saint-Patr… C'était il y a plus de six mois. Je ne m'y connais pas vraiment en grossesse, mais Brooke n'a pas l'air du tout enceinte. Ce n'est pas possible.

Pas. Possible.

Pas. Possible. Que. Ce. Bébé. Soit. Le mien.

Je me relève et me dirige vers la porte, en ignorant le tremblement intense de mes mains.

– Vraiment ? lance Brooke d'une voix amusée. Tu vas lui courir après ? Et comment vas-tu lui expliquer ça, mon chou ?

Je me retourne, fou de rage.

– Je jure devant Dieu que si tu ne sors pas de ma chambre immédiatement, je te jette dehors.

Papa m'a toujours dit qu'un homme qui lève la main sur une femme se rabaisse. Je n'ai jamais cogné une femme. Je n'en ai jamais ressenti le besoin avant de rencontrer Brooke Davidson.

Elle ignore la menace. Elle continue de se moquer de moi et confirme toutes mes craintes.

– Quels mensonges vas-tu lui raconter ? Que tu ne m'as jamais touchée ? Que tu ne m'as jamais désirée ? Comment crois-tu que cette fille va réagir quand elle va apprendre que tu baisais avec la petite amie de ton père ? Tu crois qu'elle voudra encore de toi ?

Je jette un coup d'œil par l'embrasure de la porte, il n'y a plus personne. J'entends des bruits sourds qui viennent de la chambre d'Ella. Je voudrais courir dans le couloir, mais je ne peux pas. Pas tant que Brooke est encore dans la maison. Que se passera-t-il si elle se ramène, le cul à l'air, et qu'elle raconte qu'elle est enceinte de moi ? Comment vais-je expliquer ça à Ella ? Comment est-ce que je vais faire pour qu'elle me croie ? Il faut que Brooke soit partie avant que je me retrouve face à Ella.

– Sors !

Je retourne toute ma frustration contre Brooke.

– Tu ne veux pas connaître le sexe du bébé avant ?

– Non.

Je fixe son corps mince et nu et je perçois un léger renflement sur son ventre. Ma bouche s'emplit de bile. Brooke n'est pas du genre à grossir. Son apparence physique, c'est sa seule arme. Donc cette pute ne ment pas quand elle affirme qu'elle est enceinte.

Mais ce môme n'est pas le mien.

C'est peut-être celui de mon père, mais ce n'est pas le mien, aussi sûr que deux et deux font quatre.

Je passe la porte et je me mets à courir. J'appelle :

–Ella !

Je ne sais pas ce que je vais lui dire, mais ça vaut mieux que de ne rien dire. Je me maudis d'être tétanisé comme ça. Quel naze !

Je marque un arrêt devant la porte de sa chambre. Un coup d'œil rapide ne m'apprend rien. C'est alors que j'entends le son grave et ronronnant du moteur de sa voiture de sport. Dans un vent de panique, je me jette dans les escaliers, alors que Brooke ricane dans mon dos telle une sorcière à Halloween.

Je me rue sur la porte d'entrée en oubliant qu'elle est fermée et quand je réussis à l'ouvrir, il n'y a plus trace d'Ella à l'extérieur. Elle a dû se dépêcher pour descendre l'allée à la vitesse du son. Merde.

Les graviers sous mes pieds me rappellent que je n'ai que mon jean sur moi. Je tourne les talons, je grimpe l'escalier quatre à quatre. En voyant que Brooke m'attend en haut, je grimace.

– Ce n'est pas possible que ce bébé soit le mien, je gronde.

Si c'était vraiment le mien, Brooke aurait abattu son jeu depuis longtemps, au lieu de garder ça pour elle jusqu'à aujourd'hui.

– Je ne pense pas non plus que ce soit celui de mon père, sans ça tu ne te serais pas desapée dans ma chambre comme une pute à deux balles.

– C'est celui de qui je décide, répond-elle froidement.

– Prouve-le.

– Je n'ai pas besoin de le prouver. C'est ma parole contre la tienne, et avant le moindre test de paternité, j'aurai une alliance au doigt.

– Je te souhaite bonne chance.

Elle m'agrippe le bras au passage.

– Je n'ai pas besoin de chance. Je t'ai, toi.

Je me dérobe.

– Non, tu ne m'as jamais eu. Je pars chercher Ella. Tu peux rester ici autant que tu veux, Brooke. J'en ai soupé de toi.

Sa voix glaciale m'arrête avant que j'aie pu atteindre ma chambre à coucher.

– Si tu persuades Callum de m'épouser, je dirai que l'enfant est le sien. Si tu ne m'aides pas, tout le monde croira que c'est le tien.

Je m'arrête sur le seuil.

– Le test ADN prouvera le contraire.

– Peut-être. Mais l'ADN prouvera que c'est l'enfant d'un Royal. Ces tests ne font pas toujours la part entre les membres d'une même famille, particulièrement entre un père et son fils. Ça suffira à instiller un doute dans l'esprit d'Ella. Alors je te le demande, Reed, est-ce que tu veux que je raconte à tout le monde, à Ella surtout, que tu vas être père ? Parce que je le ferai. Mais si tu acceptes mes conditions, personne ne sera jamais au courant.

J'hésite.

– Marché conclu ?

Je serre les dents.

– Si je fais ça, si je vends ce… j'ai du mal à trouver le bon mot… cette idée à mon père pour toi, tu ficheras la paix à Ella ?

– Qu'est-ce que tu veux dire ?

Je me retourne lentement.

– Je veux dire, espèce de salope, qu'aucune de tes conneries n'atteindra jamais Ella. Tu ne lui adresses pas la parole, même pas pour expliquer ça… (Je désigne son corps, rhabillé à présent.) Tu souris, tu lui dis bonjour, mais pas la moindre conversation à cœur ouvert.

Je ne fais pas confiance à cette fille, mais si je peux négocier pour Ella, et pour moi aussi, je le ferai. Papa a creusé sa tombe. Il peut bien se vautrer dans cette fange à nouveau.

– D'accord. Tu travailles ton père, et toi et Ella, vous pourrez couler des jours heureux.

Et Brooke se marre en se penchant pour ramasser sa robe :

– Si jamais tu parviens à la reconquérir.

Chapitre 2

Deux heures ont passé, je flippe comme un fou. Il est plus de minuit, et Ella n'est toujours pas rentrée.

Ne pourrait-elle pas juste rentrer à la maison et me hurler dessus ? J'ai besoin qu'elle me dise que je suis un trou du cul qui ne mérite pas qu'elle perde son temps avec moi. Je voudrais qu'elle soit en face de moi en train de me cracher sa colère au visage. Je voudrais qu'elle me crie dessus, qu'elle me frappe, qu'elle me cogne.

J'ai terriblement besoin d'elle.

Je vérifie mon téléphone. Cela fait maintenant des heures qu'elle est partie. Je compose son numéro, ça sonne, ça sonne.

Je recommence et je passe à la messagerie vocale.

Je textote :

Où es-tu ?

Pas de réponse.

Papa s'inquiète.

Je tape ce mensonge dans l'espoir qu'elle répondra, mais mon téléphone reste désespérément silencieux. Peut-être qu'elle a bloqué mon numéro ? Cette idée me fait mal, mais ce n'est pas complètement délirant.

Je rentre en courant et je grimpe dans la chambre de mon frère. Ella n'a pas pu tous nous bloquer.

Easton dort encore, mais son téléphone est en train de charger sur sa table de nuit. Je l'allume et je tape un nouveau message. Elle aime bien Easton. Elle a payé sa dette. Elle répondrait à Easton, n'est-ce pas ?

Hey. Reed m'a dit qu'il était arrivé quelque chose. Tu vas bien ?

Rien.

Peut-être qu'elle s'est garée quelque part et qu'elle marche le long de la plage ?

J'emporte le téléphone de mon frère au cas où elle finirait par lui répondre et je file vers le patio de derrière.

Le littoral est complètement désert. Je cours jusqu'à la propriété des Worthington, quatre maisons plus bas. Elle n'est pas là non plus.

Je regarde autour de moi, le long de la côte rocheuse, jusque dans l'océan. Je ne vois rien.

Personne. Pas d'empreintes sur le sable. Rien.

La panique monte pendant que je rentre en courant à la maison et que je grimpe dans ma Range Rover. Un doigt sur le démarreur, je me mets à tambouriner sur le tableau de bord.

Réfléchis. Réfléchis. Réfléchis.

Valérie. Elle doit être chez Valérie.

En moins de dix minutes, je me retrouve devant chez Valérie, mais il n'y a aucune trace de la décapotable bleue d'Ella. Je sors en laissant tourner le moteur de la Rover et je remonte l'allée. La voiture d'Ella n'est pas là non plus. Je jette un coup d'œil à mon téléphone.

Aucun message. Aucun sur celui d'Easton non plus. L'alarme m'indique que j'ai entraînement de football dans vingt minutes, ce qui signifie qu'Ella doit se présenter en ce moment même à la boulangerie où elle travaille.

En général, nous y allons ensemble. Même après qu'elle a eu sa voiture, un cadeau de mon père, nous avons continué à y aller ensemble. Ella m'a dit que c'est parce qu'elle n'aime pas conduire. Moi, je lui ai dit que c'était dangereux qu'elle conduise tôt le matin. Nous nous sommes raconté des mensonges. Nous nous sommes menti à nous-mêmes, aucun de nous n'était prêt à admettre la vérité, à savoir que nous ne pouvions pas nous passer l'un de l'autre.

Du moins, c'est ce que moi je ressentais. Dès l'instant où elle est apparue, avec ses grands yeux remplis d'espoir, je n'ai pas pu résister.

Mon instinct me criait qu'elle serait un problème. Mon instinct s'est trompé. Elle n'était pas un problème. C'était moi. Et c'est encore le cas.

Reed le destructeur.

Ça aurait été un surnom cool, si cela n'avait pas été ma vie et la sienne que je bousillais.

Le parking de la boulangerie est désert lorsque j'arrive. Après que j'ai tambouriné à la porte pendant au moins cinq minutes, la propriétaire, Lucy je crois, apparaît enfin, l'air contrarié.

– Je n'ouvre que dans une heure, m'informe-t-elle.

– Je suis Reed Royal, je cherche Ella, je suis son…

Qui suis-je ? Son petit copain ? Son demi-frère ? Quoi ? « Son ami ». Merde, je ne suis même pas ça.

– Elle est ici ? Il y a une urgence familiale.

Lucy fronce les sourcils, l'air inquiet.

– Non, elle n'est pas venue ce matin. Je l'ai appelée, mais elle n'a pas répondu. C'est une employée modèle, alors j'ai cru qu'elle était malade et qu'elle ne pouvait pas m'appeler.

Mon cœur se brise. Elle n'a jamais manqué un jour à la boulangerie, même si elle doit se lever avant l'aube pour y travailler trois heures avant que les cours commencent.

– Oh, ok, elle doit être au fond de son lit à la maison, je marmonne en faisant demi-tour.

– Attends une minute ! Que se passe-t-il ? Est-ce que ton père sait qu'Ella a disparu ?

– Elle n'a pas disparu, Madame, je réponds. (Je suis déjà à mi-chemin de ma voiture.) Elle doit être à la maison. Comme vous l'avez dit vous-même, elle est malade. Au lit.

Je démarre et, aussitôt, j'appelle mon coach.

– Je ne vais pas pouvoir venir à l'entraînement. J'ai une urgence familiale.

Je reste muet face aux hurlements du coach Lewis. Au bout de quelques minutes, il se calme.

– D'accord, mon gars. Mais je t'attends de pied ferme demain matin.

– Oui Monsieur.

De retour à la maison, je tombe sur notre femme de ménage, Sandra, en train de préparer le petit déjeuner.

– Tu as vu Ella ? je demande.

– Pas du tout.

Sandra vérifie l'heure.

– D'habitude, vous êtes déjà partis à cette heure. Qu'est-ce qui se passe ? Tu n'as pas entraînement ?

– Le coach a un problème familial, je mens.

Je mens tellement bien. Ça devient presque une seconde nature quand on passe sa vie à mentir.

Sandra marmonne entre ses dents :

– J'espère que ça n'est pas trop grave.

– Ouais, moi aussi. Moi aussi.

En haut, je rentre dans la chambre où j'aurais dû me rendre avant toute chose. Peut-être qu'elle s'y est réfugiée pendant que je la cherchais. Mais la chambre d'Ella est totalement silencieuse. Son lit est encore fait. Son bureau est vide.

Je vérifie la salle de bains qui semble intacte, elle aussi. Pareil pour son placard. Toutes ses fringues sont suspendues sur leurs cintres en bois. Ses chaussures sont alignées par terre. Il y a des boîtes et des sacs encore pleins de trucs que Brooke a dû acheter pour elle. Tout en m'efforçant de ne pas me sentir gêné de violer son intimité, je fouille sa table de nuit. Elle est vide. J'avais déjà fouillé sa chambre une fois, quand je ne lui faisais pas confiance. Elle gardait précieusement un livre de poésie et une montre d'homme dans sa table de nuit. La montre, c'était une réplique parfaite de celle de mon père. La sienne appartenait au meilleur ami de mon père, Steve. Le père biologique d'Ella.

Je marque une pause au milieu de la pièce pour mieux examiner les lieux. Rien n'indique plus sa présence. Ni son téléphone, ni son livre, ni son… Oh merde, non, même pas son sac à dos. Il a disparu.

Je cours chercher Easton.

– East, réveille-toi, East !

Il grommelle,

– Quoi ? C'est déjà l'heure de se lever ? (Il entrouvre les yeux.) Eh merde ! Je suis en retard pour l'entraînement. Qu'est-ce que tu fais là ?

Il se jette hors du lit, mais je le retiens par le bras.

– Nous n'allons pas à l'entraînement. Le coach est au courant.

– Quoi ? Pourquoi…

– Oublie ça pour l'instant. À combien s'élevait ta dette ?

– Ma quoi ?

– Combien est-ce que tu devais au book ?

Il cligne des yeux.

– Huit mille. Pourquoi ?

Je fais un rapide calcul.

– Ça signifie qu'il reste deux mille à Ella, n'est-ce pas ?

– Ella ? Qu'est-ce qu'elle a ?

– Je pense qu'elle s'est barrée.

– Barrée où ?

– Elle s'est enfuie. Elle a foutu le camp.

Je m'éloigne du lit, en direction de la fenêtre.

– Papa la payait pour qu'elle reste. Il lui avait filé dix mille dollars. Réfléchis, East. Il a dû payer cette orpheline qui faisait des strip-teases pour qu'elle accepte de venir s'installer avec nous. Et il allait sans doute lui refiler la même somme tous les mois.

– Pourquoi est-ce qu'elle se serait barrée ? demande-t-il confusément, encore à moitié endormi.

Je continue à regarder à travers la fenêtre. Dès qu'il aura repris complètement ses esprits, il va assembler les pièces du puzzle.

– Qu'est-ce que tu as fait ?

Nous y voilà.

Le plancher craque sous ses pas, à présent frénétiques. Derrière moi, je l'entends me maudire à voix basse pendant qu'il s'habille.

– Ce n'est pas ça l'important, dis-je avec impatience.

En me retournant, je lui fais la liste de tous les endroits où j'ai déjà cherché.

– Où crois-tu qu'elle puisse être ?

– Elle a assez de fric pour prendre un billet d'avion.

– Mais elle fait gaffe. Elle n'a pratiquement rien dépensé depuis qu'elle est arrivée ici.

Easton hoche la tête d'un air pensif. Puis nous fermons les yeux et nous lançons en même temps, presque comme si c'était nous les jumeaux Royal et pas nos frères Sawyer et Sebastian :

– Le GPS.

Nous appelons le service GPS d'Atlantic Airways que mon père fait installer dans toutes les voitures qu'il achète. Une assistante très serviable nous dit que la nouvelle Audi S5 est stationnée à la gare routière.

Nous sommes déjà dehors avant qu'elle ait pu nous donner l'adresse.

*

* *

– Elle a dix-sept ans. Elle a environ cette taille.

Je montre mon menton en décrivant Ella à la préposée aux billets.

– Elle est blonde aux yeux bleus.

Des yeux de la couleur de d'Atlantique. Gris orageux, bleu pâle, d'une profondeur immense. Je me suis déjà perdu dans ces yeux plus d'une fois.

Je lève mon téléphone en prétextant :

– Elle a oublié son téléphone. Il faut que nous arrivions à la joindre.

La préposée fait claquer sa langue.

– Oh ! bien sûr. Elle avait l'air tellement pressée de partir. Elle a acheté un billet pour Gainesville. Sa grand-mère est morte, vous savez.

East et moi nous hochons la tête.

– Quand est-ce que le car est parti ?

– Il y a des heures. Elle doit déjà être arrivée, répond la dame inquiète en secouant la tête. Elle pleurait comme si on lui avait brisé le cœur. On ne voit plus cela à présent, des jeunes qui tiennent tellement aux personnes âgées. C'était si mignon. Je me suis sentie horriblement mal pour elle.

Derrière moi, Easton serre les poings. Il irradie de colère. Si nous étions seuls, j'aurais déjà reçu un de ses poings dans la figure.

– Merci, M'dame.

– De rien, mon petit.

Elle nous fait un petit signe de tête. Nous sortons du bâtiment et nous nous arrêtons devant la voiture d'Ella. Je tends la main et Easton me jette le trousseau de rechange. À l'intérieur, je découvre ses clés dans la console centrale avec son livre de poésie et ce qui ressemble aux papiers de la voiture, glissés entre deux pages. Dans la boîte à gants, elle a laissé son téléphone qui affiche encore tous mes messages.

Elle a tout abandonné derrière elle. Tout ce qui touche de près ou de loin à la famille Royal.

– Il faut qu'on aille à Gainesville, lance Easton d'un ton catégorique.

– Je sais.

– On le dit à papa ?

Prévenir Callum Royal nous permettrait d'utiliser son avion. On serait là-bas dans une heure à peine. Sans ça, c'est à six heures et demie de route.

– Je ne sais pas.

L'urgence de la retrouver a diminué. Je sais où elle est à présent. Je peux aller la chercher. Je dois juste décider comment faire.

– Qu'est-ce que tu as fait ? me demande à nouveau mon frère.

Je ne suis pas prêt à supporter le torrent de haine qu'il va ressentir contre moi. Je me tais.

– Reed !

– Elle m'a surpris avec Brooke, dis-je d'une voix rauque.

La mâchoire lui en tombe.

– Brooke ? La Brooke de papa ?

– Ouais.

Je me force à le regarder en face.

– C'est quoi ce bordel ? Combien de fois tu as baisé avec Brooke ?

– Plusieurs fois, j'admets. Mais pas récemment. Et pas la nuit dernière. Je ne l'ai pas touchée, East.

Il serre les dents. Il meurt d'envie de m'en balancer une, mais il se retient. Pas en public. Il a entendu, lui aussi, ce que disait maman. *Ne salissez pas le nom des Royal, les enfants. Il est facile de le traîner à terre, mais beaucoup plus difficile de l'honorer.*

– On devrait te pendre par les couilles et te laisser sécher sur place.

Il me crache sur les pieds.

— Si tu ne retrouves pas Ella et que tu ne la ramènes pas à la maison, je serai le premier à m'assurer que ce soit fait.

– C'est juste.

J'essaie de rester calme. Inutile de me mettre en colère. Inutile de shooter dans cette voiture. Inutile de hurler, même si je meurs d'envie d'ouvrir ma grande gueule, de laisser enfin sortir ma colère et ma haine de moi.

– Juste ? (Il renifle d'un air dégoûté.) Alors tu te fiches complètement qu'Ella soit en train de se faire tripoter par des types bourrés dans une ville universitaire ?

– C'est une battante. Je suis certain qu'elle est en sécurité.

Ces mots me semblent tellement ridicules que je suis sur le point de les ravaler. Ella est une fille sublime et elle est toute seule. Qui sait ce qui pourrait lui arriver.

— Tu veux bien ramener sa voiture à la maison avant qu'on parte pour Gainesville ?

Easton me regarde sans rien dire.

– Eh bien ? je demande impatiemment.

– Bien sûr. Pourquoi pas ?

Il m'arrache les clés des mains.

– Je veux dire, qui en a quelque chose à foutre qu'une bombe de dix-sept ans se retrouve toute seule avec presque deux mille balles en cash sur elle ?

Je serre les poings.

– Ce n'est pas comme si n'importe quel junky sous méthamphétamine allait poser le regard sur elle en se disant « voilà un coup facile. Cette môme d'un mètre soixante et quelques qui pèse moins lourd que ma cuisse ne peut pas avoir le dessus ».

Je commence à avoir du mal à respirer.

– Et je suis certain que tous les types qu'elle va rencontrer seront pleins de bonnes intentions. Aucun d'eux ne va l'attirer dans une ruelle sombre et la violer jusqu'à ce qu…

– Ferme ta gueule, putain ! je hurle.

– Enfin !

East lève les mains.

– Qu'est-ce que tu veux dire ?

Je halète pratiquement de rage. Les images que m'a décrites East me donnent envie de me transformer en Hulk et de me jeter sur Gainesville en détruisant tout sur mon passage, jusqu'à ce que je la retrouve.

– Tu as agi comme si elle ne comptait pas pour toi. Peut-être que tu as un cœur de pierre, mais moi j'aime beaucoup Ella. Elle… elle nous faisait du bien.

Son chagrin est tangible.

– Je sais.

Ces mots se sont presque arrachés de ma gorge. Je le sais, bordel. Ma gorge se serre jusqu'à me faire mal.

– Mais… nous, nous ne lui avons pas fait de bien.

Gideon, mon frère aîné, a essayé de me le faire comprendre dès le début.

Ne t'approche pas d'elle. Elle n'a pas besoin de ton genre de délire. Ne la démolis pas comme moi j'ai démoli…

– Qu'est-ce que c'est censé signifier ?

– Ce que ça dit. Nous sommes du poison, East. Chacun de nous. J'ai baisé avec la copine de papa pour lui faire payer son attitude de salaud vis-à-vis de maman. Les jumeaux sont impliqués dans des merdes dont je ne veux même pas entendre parler. Ton addiction au jeu est incontrôlable. Gideon est…

Je m'arrête. Gid vit dans son enfer personnel à présent, mais Easton n'a pas besoin de le savoir.

– On est tous complètement ravagés, mec. Peut-être qu'elle est mieux loin de nous.

– Ce n'est pas vrai.

Pourtant, je pense que c'est sans doute le cas. On n'est vraiment pas bons pour elle. Tout ce qu'Ella désirait, c'était de vivre une vie normale, tranquille. Elle ne peut pas l'avoir dans le manoir Royal. Si je n'étais pas totalement égoïste, je reculerais. Je convaincrais East que la meilleure chose pour Ella, c'est de rester le plus loin possible de nous.

Au lieu de ça, je me tais et je réfléchis à ce que je vais pouvoir lui dire quand je la retrouverai.

– Allons-y. J'ai une idée.

Je fais demi-tour et je me dirige vers l'entrée.

– Je croyais qu'on allait à Gainesville, marmonne East derrière mon dos.

– On va s'épargner le voyage.

Nous nous dirigeons directement au bureau de la sécurité, où je file un billet de cent dollars au flic de service pour qu'il nous donne accès aux caméras de surveillance de Gainesville.

Le type rembobine la bande jusqu'au moment où le car de Bayview arrive. Mon cœur se serre pendant que je regarde les passagers. Puis il se fend quand je comprends qu'elle n'en fait pas partie.

– C'est quoi cette merde, éructe East lorsque nous quittons la gare routière, dix minutes plus tard.

– La femme au guichet nous a dit qu'Ella avait pris ce car.

Ma mâchoire est tellement crispée que j'arrive à peine à lui répondre.

– Peut-être qu'elle est descendue ailleurs.

Nous nous traînons jusqu'à la Rover et nous grimpons dedans.

– Qu'est-ce qu'on fait à présent ? demande-t-il en me lançant un regard menaçant.

Je me frotte le menton. On pourrait s'arrêter à chaque station sur la route, mais je me dis que ça ne servirait à rien. Ella est intelligente et elle a l'habitude de fuir. Elle a l'habitude de passer d'une ville à l'autre en un clin d'œil et de redémarrer une nouvelle vie. Elle a appris ça avec sa mère.

Une autre pensée me tord le ventre. Est-ce qu'elle va reprendre son boulot de strip-teaseuse ? Je sais qu'Ella est capable de tout pour survivre, mais l'idée qu'elle puisse s'effeuiller devant une bande de mecs salaces me rend fou.

Il faut que je la retrouve. Si quelque chose lui arrivait parce que je l'ai fait fuir, je ne pourrais pas le supporter.

– On rentre à la maison.

Mon frère à l'air paniqué.

– Pourquoi ?

– Papa a un flic privé sous la main. Il sera capable de la retrouver bien plus vite que nous.

– Papa va péter un câble.

Sans blague. Et moi, je vais avoir à gérer les retombées du mieux possible, mais en ce moment, retrouver Ella passe avant tout.

Chapitre 3

Comme l'avait prévu Easton, papa devient livide lorsque nous lui apprenons qu'Ella a disparu. Je n'ai pas dormi depuis vingt-quatre heures, je suis épuisé, trop épuisé pour lui faire face ce soir.

– Pourquoi ne m'avez-vous pas prévenu plus tôt ? gronde mon père.

Il arpente le grand salon de notre hôtel particulier, ses pompes à mille dollars frappent la surface parfaitement polie du parquet en bois précieux.

– On a cru qu'on la retrouverait facilement, je lui réponds laconiquement.

– Je suis son tuteur légal ! J'aurais dû être mis au courant. (La respiration de papa devient sifflante.) Qu'est-ce que tu as fait, Reed ?

Son regard furieux me sonde. Il ne regarde pas East ni les jumeaux qui sont assis sur le canapé en arborant un air préoccupé. Ça ne m'étonne pas que papa ait décidé que c'était moi le responsable. Il sait que mes frères suivent mon exemple, que le seul Royal qui aurait pu faire fuir Ella, c'est moi.

Je déglutis. Merde. Je n'ai aucune envie de lui apprendre qu'Ella et moi, nous sommes sortis ensemble derrière son dos. Je veux qu'il se concentre sur la nécessité de la retrouver et qu'il ne se laisse pas distraire en apprenant que son fils a « pécho » sa toute nouvelle pupille.

– Ce n'était pas Reed.

La confession paisible d'Easton me file un sacré coup. Je me retourne vers mon frère, il regarde papa.

– C'est à cause de moi qu'elle est partie. J'ai eu une altercation avec mon bookmaker l'autre nuit – je lui devais du fric –, et Ella a eu les jetons. Ce type n'est pas hyperamical, si tu vois ce que je veux dire.

La veine sur le front de mon père semble être sur le point d'éclater.

– Ton *bookmaker* ? Tu as recommencé avec ces conneries ?

East hausse les épaules.

– Je suis désolé.

– Tu es désolé ? Tu as entraîné Ella dans tes conneries et tu lui as fait tellement peur qu'elle s'est enfuie !

Papa s'avance vers mon frère, je lui barre immédiatement la route.

– East a fait une erreur, je lui dis d'un ton ferme en évitant le regard de mon frère.

Je le remercierai plus tard pour avoir pris ça sur lui. Pour l'instant, j'ai besoin de calmer mon vieux.

– Ce qui est fait est fait, d'accord ? On devrait plutôt penser à comment la retrouver.

Les épaules de papa s'affaissent pendant que l'expression sur son visage se fige.

– Tu as raison. Je vais appeler mon détective privé.

Il sort de la pièce comme une flèche sans ajouter un mot. Son pas lourd résonne dans l'entrée. Un instant plus tard, j'entends claquer la porte de son bureau.

– Est, je commence.

Il se retourne avec un regard mortel.

– Je ne l'ai pas fait pour toi. Je l'ai fait pour elle.

Ma gorge se serre.

– Je sais.

– Si papa savait que…

Il s'arrête en jetant un coup d'œil prudent aux jumeaux qui n'ont pas dit un mot pendant tout notre échange.

– Ça le distrairait.

– Tu crois que le détective privé va retrouver Ella ? demande Sawyer.

– Oui, je lui réponds d'un air faussement convaincu.

– Si elle utilise la carte d'identité de sa mère, on la trouvera à coup sûr, le rassure Easton. Mais si elle trouve le moyen de se dégotter une fausse carte d'identité…

À cette idée, ses épaules se voûtent.

– Là, je ne sais pas.

– Elle peut se cacher indéfiniment, dit Seb, ce qui nous est d'une grande aide.

Oui, elle peut. Elle est la personne la plus démerdarde que j'aie jamais rencontrée. Si Ella ne veut pas qu'on la retrouve, elle y arrivera.

Mon téléphone se met à vibrer dans ma poche. Je le saisis avec impatience, mais ce n'est pas la personne dont j'attendais des nouvelles.

La bile remonte dans ma gorge quand je lis le nom de Brooke.

Mon petit doigt m'a dit que ta princesse a disparu.

– C'est Ella ? demande Easton avec espoir.

– Brooke.

Son nom me brûle la langue.

– Qu'est-ce qu'elle veut ?

– Rien, je murmure en voyant un second message d'afficher.

Callum doit être hors de lui. Le pauvre. Il a besoin que quelqu'un vienne le consoler.

Je serre les dents. Elle n'est pas très subtile, c'est sûr.

Pendant que nous cherchions Ella comme des fous, j'ai oublié la grossesse de Brooke et l'accord que j'ai passé avec elle la nuit dernière. À présent je ne peux plus l'ignorer, parce que ses messages s'accumulent.

Tu as un boulot à faire, Reed.

Tu as fait une promesse.

Réponds-moi, petit con !

Tu veux que je pique une crise de femme enceinte ? C'est ça ?

Mon Dieu. Je n'ai vraiment pas besoin de ça en ce moment. Je ravale ma colère et je me force à lui répondre,

Du calme, salope. Je vais aller lui parler.

– Qu'est-ce qu'elle veut ? répète furieusement Easton.

– Rien.

Et je les laisse, les jumeaux et lui, dans le salon pour rejoindre mon père dans son bureau.

Je frappe à la porte.

– Qu'est-ce qu'il y a, Reed ?

– Comment savais-tu que c'était moi ? je lui demande en ouvrant la porte.

– Parce que depuis le départ de Gideon, c'est toi le chef de la joyeuse bande que vous formez, tes frères et toi.

Et papa vide son verre de scotch d'un seul coup avant de se resservir.

Et moi qui me demande pourquoi je n'arrive pas à éloigner East de sa bouteille d'alcool. Je prends une respiration.

– Je crois que tu devrais appeler Brooke.

Papa s'interrompt net au milieu de son deuxième verre. Oui, tu m'as bien entendu, mon vieux. Et crois-moi, ça me fait aussi bizarre qu'à toi.

Comme il ne répond pas, je continue.

– Quand tu vas ramener Ella à la maison, tu vas avoir besoin d'aide. Il nous faut quelqu'un pour calmer le jeu.

Je récite mon texte :

– Une touche féminine, j'imagine. Elle était très proche de sa mère. Peut-être que si Brooke avait été plus présente, elle ne serait pas partie.

Mon père me regarde en fronçant les sourcils.

– Je croyais que tu détestais Brooke.

– Combien de fois veux-tu m'entendre répéter que je suis un connard ?

Et je lui adresse un sourire douloureux.

Il n'est toujours pas convaincu.

– Elle veut juste se dégoter un mari, et moi je ne suis pas prêt pour ça.

Dieu merci. L'alcool ne l'a pas rendu complètement aveugle.

– Tu n'as pas besoin de l'épouser. Juste…

Je me lèche les lèvres. C'est sacrément difficile, mais j'insiste parce que j'ai passé cet accord. Je ne veux à aucun prix que Brooke aille raconter partout que son petit monstre est aussi le mien.

– Sache simplement que je serai cool si tu la ramènes à la maison. J'ai pigé. On a besoin de gens qui comptent pour nous. Et pour qui on compte.

Ça au moins, c'est vrai. L'amour d'Ella m'a fait comprendre que je pouvais devenir quelqu'un de meilleur.

– C'est généreux de ta part, dit froidement mon père. Et peut-être que tu as raison. (Il saisit le verre plein.) On va la retrouver, Reed.

– J'espère.

Il me fait un petit sourire et je sors de la pièce. Lorsque la porte se referme, je l'entends prendre son téléphone et dire :

– Brooke, c'est Callum. Tu aurais un moment ?

Je me dépêche de lui envoyer un texto.

C'est fait. Simplement, ne lui parle pas du bébé, ça ne ferait que le distraire.

Elle me renvoie un émoji. Un pouce en l'air. Je lutte de toutes mes forces contre l'envie folle de jeter mon téléphone contre le mur.

Chapitre 4

– Reed.

Valérie Carrington me chope sur la pelouse. Ses cheveux mi-longs sont décoiffés par le vent vif d'octobre.

– Attends.

Je m'arrête à contrecœur. Je me retourne pour me retrouver face à une paire d'yeux noirs inquisiteurs. Val a la taille d'un elfe, mais elle possède une force incroyable. On aurait bien besoin de ce genre d'approche de bulldozer dans notre ligne d'attaque.

– Je vais être en retard pour mon entraînement.

– Je m'en fiche.

Elle croise les bras.

– Il faut que tu arrêtes de jouer avec moi. Si tu ne me dis pas ce qui se passe avec Ella, je jure devant Dieu que je vais aller prévenir la police.

Cela fait deux jours qu'Ella est partie, et nous n'avons toujours aucune nouvelle du détective privé.

Papa nous a obligés à aller en classe comme si de rien n'était. Il a prévenu le directeur qu'Ella était malade, et c'est ce que je raconte à Val.

– Elle est malade, au lit, à la maison.

– CONNERIES !

– C'est la vérité.

– Alors, pourquoi est-ce que je ne peux pas la voir ? Pourquoi elle ne répond pas à mes textos et elle ne m'appelle pas ? Elle n'a pas le choléra ! Elle a la grippe. Il existe un traitement pour ça. Et elle devrait quand même être capable de voir ses amis.

– Callum l'a mise en quelque sorte en quarantaine.

– Je ne te crois pas, me répond-elle carrément. Je crois qu'il y a un truc qui déconne, qui déconne sérieusement, et si tu ne me dis pas ce que c'est, je vais te flanquer un coup pied dans les couilles, Reed Royal.

– Elle est malade, elle a la grippe, je répète.

Valérie ouvre la bouche. Puis la referme. Puis l'ouvre à nouveau en poussant un cri plus aigu.

– Tu es un sacré menteur.

Et elle met sa menace à exécution. Elle se penche et me donne un grand coup de genou dans les couilles.

Une douleur atroce me terrasse.

– Putain !

Mes yeux s'emplissent de larmes.

Valérie s'éloigne sans dire un mot.

Un vrai hululement retentit derrière moi. La main toujours posée sur mes parties endolories, je gémis pendant que Wade Carlisle me rejoint.

– Qu'est-ce que tu as fait pour mériter ça ? me demande-t-il en souriant. Tu l'as laissée tomber ?

– Quelque chose comme ça.

Il passe une main dans ses cheveux blonds en pétard.

– Tu vas être capable de me reconnaître ou bien il faut qu'on aille d'abord chercher de la glace ?

– Je te reconnais très bien, espèce de trou du cul.

Nous nous dirigeons vers le gymnase. Pendant que je titube, Wade bavarde comme une vieille dame. Le gymnase est réservé à l'équipe de foot entre trois heures et six heures, ce qui me laisse trois heures pour m'entraîner, pour me vider la tête et le corps. Et c'est exactement ce que je fais. Je fais des pompes jusqu'à être totalement épuisé.

Plus tard, cette nuit-là, je vais me coucher dans le lit d'Ella. L'odeur de son corps disparaît un peu plus chaque fois que j'entre ici. Je sais que c'est ma faute, ça aussi. East a passé sa tête par la porte la nuit dernière et a déclaré que la chambre puait mon odeur.

La maison aussi pue. Brooke est là toutes les nuits depuis qu'Ella est partie, ses mains sont posées sur mon père et ses yeux sur moi. De temps en temps, elle se caresse le ventre comme pour me prévenir que si je fais un pas de côté, elle mettra tout le monde au courant de sa grossesse. Le bébé doit être celui de papa, ce qui signifie que c'est mon demi-frère ou ma demi-sœur. Mais je ne sais pas comment réagir autrement qu'en me disant que Brooke est là et pas Ella, et que c'est une parfaite illustration de ce qui déconne dans ma vie.

*

* *

Le jour suivant ressemble au précédent.

Je bouge comme un automate. Je suis mes cours sans entendre un mot de ce que disent mes profs et je me rends ensuite sur le terrain pour suivre mon entraînement de l'après-midi.

Malheureusement, ce n'est qu'une promenade, du coup je ne me peux me cogner avec personne.

Ce soir, il y a un match local contre Devlin High. Leurs lignes de défense se rompent comme un rien à chaque corps-à-corps. Je vais rouer de coups leur quaterback. Je vais parvenir à m'étourdir. Et quand je vais rentrer à la maison, avec un peu de chance, je serai trop cassé pour être hanté par Ella.

Une fois, Ella m'a demandé si je me battais pour de l'argent. Pas du tout. Je me bats parce que j'aime ça. J'aime sentir mes poings sur le visage de quelqu'un. Je me fiche complètement de la douleur que je ressens quand je reçois un coup. Je me sens vivant. Mais je n'en ai jamais eu besoin. Je n'ai jamais vraiment eu besoin de quoi que ce soit avant qu'elle arrive. Maintenant, je trouve ça difficile de respirer sans elle à mes côtés. J'atteins les portes du bâtiment au moment où une bande de types en sort.

L'un d'eux me cogne l'épaule et lance :

– Regarde où tu vas, Royal.

Je me crispe lorsque je m'aperçois qu'il s'agit de Daniel Delacorte, le type qui a essayé de droguer Ella à une fête, il y a un mois.

– Content de te retrouver, Delacorte, mais je suis étonné que ton cul de violeur traîne encore à Astor Park.

– Tu ne devrais pas l'être. Après tout, ils laissent toutes sortes de raclures étudier ici, se moque-t-il.

Je ne sais pas s'il fait référence à Ella ou à moi.

Avant que je puisse lui répondre, une fille passe en courant, la tête dans ses mains.

Ses sanglots lourds et étranglés nous distraient momentanément, Daniel et moi. Nous la regardons courir jusqu'à une Passat blanche sur le parking des élèves et se glisser à l'intérieur.

Il se tourne à nouveau vers moi avec un petit sourire narquois.

– Ce n'est pas la petite copine des jumeaux ? Qu'est-ce qui lui est arrivé ? Ils ont décidé qu'il en avait marre ?

Je me retourne pour regarder à nouveau la fille, mais ce n'est pas Lauren Donovan, c'est évident. Celle-ci est blonde et élancée. Lauren est rousse et minuscule. Je jette un regard dédaigneux à Daniel.

– Je ne sais pas de quoi tu parles.

La relation qu'entretiennent les jumeaux avec Lauren est merdique, mais c'est leur affaire et je ne vais sûrement pas fournir des munitions à Delacorte contre mes frères.

– Bien sûr, que tu ne le sais pas. Vous, les Royal, vous êtes tous des malades. Les jumeaux qui se la partagent. Easton qui baise tout ce qui bouge. Toi et ton père qui trempent leur queue dans le même trou, est-ce que vous comparez vos impressions sur Ella, ton père et toi ? Je parie que oui.

Je garde mes poings serrés le long de mon corps. Ça serait génial de ficher une branlée à ce connard, mais son père est juge d'instruction et je me doute que je passerais un sale quart d'heure à tenter de me disculper d'une mise en accusation pour violence et voie de fait lancée par les Delacorte.

La dernière fois que je me suis battu à Astor, Papa a menacé d'envoyer les jumeaux en école militaire. Nous avons réussi à calmer le jeu parce que plusieurs mômes étaient prêts à jurer que c'était l'autre type qui avait commencé. Je ne me rappelle pas si c'était le cas ou pas. Tout ce dont je me souviens, c'est qu'il a dit que maman était une pute camée qui s'était suicidée pour m'échapper ainsi qu'à mes frères.

Après ça, j'ai vu rouge, voilà tout.

– Oh, et il paraît que ton père a mis en cloque Ella, la petite orpheline, poursuit Daniel sur sa lancée. Callum Royal est pédophile. Je parie que le conseil d'administration d'Atlantic Aviation va adorer ça.

Je le préviens.

– Tu vas fermer ton clapet.

Je me jette sur lui, mais Wade surgit à côté de moi et me retient.

– Qu'est-ce que tu vas faire, me frapper ? raille Daniel. Mon père est juge d'instruction, tu ne t'en souviens pas ? Tu seras traîné devant le tribunal pour mineurs si vite que tu vas en avoir la tête qui tourne.

– Ton père sait que la seule façon que tu as de draguer les filles, c'est de les droguer ?

Wade repousse Daniel.

– Barre-toi, Delacorte. Personne ne veut te voir traîner dans le coin.

Mais Daniel est bête comme ses pieds, il n'écoute pas.

– Tu crois qu'il ne le sait pas ? Il a déjà dû acheter le silence des filles. Ton Ella non plus ne dira rien, parce qu'elle a la bouche pleine des bites des Royal.

Le bras de Wade surgit pour retenir mon coup, et s'il avait été seul, il n'y serait pas parvenu. Mais deux autres membres de mon équipe arrivent, se saisissent de Daniel et l'emmènent de force. Il n'arrive toujours pas à se taire.

– Tu es en train de perdre le contrôle sur cette école, tu ne vas pas rester le roi ici très longtemps.

Comme si j'en avais quoi que ce soit à foutre.

– Garde la tête froide, m'avertit Wade. On a un match ce soir.

Je réussis à me dégager de son étreinte.

– Cet enfoiré a essayé de violer ma nana.

Wade hésite :

– Ta nana… ? Attends, tu veux dire ta sœur ? (Il reste bouche bée.) Et quoi mec, tu kiffes ta sœur ?

Je grommelle.

– Ce n'est pas ma sœur, nous n'avons aucun lien de parenté.

Je repousse Wade et je surveille Daniel qui monte dans sa voiture. Je suppose que ce trou du cul n'a pas compris la leçon. Pourtant, Ella et deux ou trois de ses copines l'ont foutu à poil et ligoté pour se venger de ce qu'il lui avait fait.

La prochaine fois que nos chemins se croisent, il ne s'en sortira pas aussi facilement.

*

* *

Pendant que le coach effectue quelques changements de dernière minute avec Wade, notre quaterback, je me bande méthodiquement les mains l'une après l'autre. Mon rituel d'avant-match n'a pas changé depuis que j'ai joué le ballon de Pop Warner, d'habitude cette routine me permet de me concentrer, je fixe ainsi mon attention sur ce qui va se dérouler sur le terrain.

M'habiller, me bander les mains, écouter quelques morceaux. Ce soir, c'est 2 Chainz et Yeezy qui me demandent de les enterrer aux côtés de leurs putes.

Ce soir, le rituel ne fonctionne pas. Je ne pense qu'à Ella. C'est tout.

Affamée. Terrorisée par des types dans un club de strip-tease ou dans la rue. Les scènes qu'a décrites Easton à la gare routière repassent en boucle dans ma tête. Ella qui se fait violenter. Ella qui pleure. Ella qui a besoin d'aide, sans personne pour répondre à ses appels au secours.

– Tu es toujours là, Royal ?

Un aboiement retient enfin mon attention. Je lève un regard contrit sur mon entraîneur.

En face de moi, East fait un mouvement de roue avec son doigt. Il est temps de terminer les préparatifs et d'y aller.

– Oui, Monsieur.

Nous traversons le tunnel en courant et nous entrons sur le terrain derrière Gale Hardesty, le joueur de polo sur son cheval. C'est un miracle si aucun de nous ne marche dans le crottin de cheval pendant tout ce cirque.

Je frappe un poing contre l'autre. Easton me rejoint :

– On va tuer ces enfoirés.

– Absolument.

On est complètement d'accord. Aucun de nous deux ne peut passer son agressivité sur l'autre, mais pendant le match et avec une bagarre ensuite ? Peut-être que nous allons pouvoir nous mettre dans un état qui sera supportable.

Devlin gagne au tirage au sort et choisit de recevoir.

Easton et moi cognons nos casques l'un contre l'autre et nous partons en courant nous positionner en défense.

– Combien avez-vous filé aux arbitres ce soir ?

Ces paroles sont prononcées à voix basse par le type face à qui je m'aligne. C'est un âne bâté. Je n'arrive pas à me souvenir de son nom.

Betme. Bettinski. Bettman ? Peu importe. Je le lirai sur son maillot lorsque je lui aurai enfoncé le cul dans la pelouse en fonçant sur son quaterback.

Le ballon part. Easton et moi nous nous envolons sur l'arrière du terrain. Le rebond me touche à peine et East et moi sommes là pour cueillir le porteur de ballon quand il obtient la main. Je baisse la tête et je le percute au ventre avec mon épaule. Il laisse échapper le ballon, et la foule pousse un cri immense, qui dure assez longtemps pour me faire comprendre que quelqu'un d'Astor Park l'a emporté très loin.

Un coéquipier m'attrape par mes protections et me remet sur pied pendant qu'Easton passe la ligne de but.

Je baisse les yeux sur le porteur du ballon et je lui tends la main.

– Mec, relève-toi. East et moi, on est de très mauvaise humeur ce soir et on va la passer sur vous. Tu peux faire passer le message, si tu veux.

Les yeux du petit bonhomme s'écarquillent. Bettman se fraye un chemin jusqu'à moi.

– C'était un coup de pot. La prochaine fois, c'est ton cul qui va toucher le sol.

Je serre les dents.

– Essaie un peu !

Si je réussis à recevoir assez de coups, peut-être que je pourrai chasser Ella de mon esprit plus de cinq minutes d'affilée.

Wade m'envoie une pichenette sur le casque.

– Joli tacle, Royal.

Il applaudit quand Easton sort du terrain.

– Tu vas continuer comme ça, Easton ?

– Pourquoi pas ? On peut continuer toute la soirée. En plus, j'ai entendu dire que tu avais fricoté avec une pom-pom girl de North High.

Wade sourit.

– Elle est gymnaste, pas pom-pom girl. Mais ouais, si tu as envie de marquer encore une ou deux fois, ça me va.

Par-dessus son épaule, j'aperçois Liam qui nous lance un regard assassin. Il veut jouer le plus longtemps possible. C'est sa dernière année, il a absolument besoin de se montrer.

D'habitude, je n'ai pas de problème avec Hunter, mais la façon dont il me dévisage en ce moment me donne envie de lui balancer mon poing dans la figure. Merde. J'ai besoin de me battre.

Je fais claquer mon casque dans ma main. Sur le terrain, Bettman continue à palabrer. Sa bouche fonctionne mieux que ses blocages. Je m'avance vers lui, mais Easton me retient.

– Garde ça pour l'après-match.

À la mi-temps, nous menons par quatre touchdown, un de plus grâce à la défense et deux autres grâce aux attaquants. Hunter s'est fait remarquer plusieurs fois par le recruteur de sa fac en défonçant plusieurs types sur la ligne de défense. Nous sommes tous censés être d'excellente humeur.

Le coach n'a même pas besoin de nous faire de speech pour nous motiver. Il se ramène, donne quelques tapes sur les têtes, puis retourne dans son bureau pour peaufiner sa formation imaginaire, fumer une clope ou Dieu sait quoi.

Tous les mecs commencent à parler de la fête d'après match et de toutes ces chattes qu'on va défoncer. Je sors mon téléphone. J'envoie un texto,

Combat ce soir ?

Je lève les yeux sur Easton et je lui demande :

– Tu en es ?

Il hoche la tête avec enthousiasme. Je garde mon téléphone entre mes mains en attendant la réponse.

Combat à 11h. Dock 11. E. vient ?

Oui.

Le coach sort de son bureau et nous annonce la fin de la mi-temps. Après que l'attaque a encore marqué un point, on nous précise que ce sera le dernier retour au jeu pour l'équipe de départ. Ce qui signifie que je vais devoir rester sur le banc de touche pendant tout le troisième et le quatrième temps. Ça me fait chier.

Lorsque je passe devant Bettman, je suis encore assez en pétard. J'enfonce ma main dans la pelouse synthétique et je teste le rebond avec mes jambes.

– J'ai entendu dire que ta nouvelle sœur est tellement chaude qu'il faut deux Royal pour pouvoir la satisfaire.

Je craque. Je vois rouge et je me jette sur ce connard avant qu'il ait le temps de se relever. Je lui arrache son casque et je lui balance mon poing dans la figure. Le cartilage et l'os de son nez cèdent. Une marée de mains me traînent au loin avant que je puisse lui en mettre un second.

L'arbitre siffle en me pointant du doigt.

– Vous êtes exclu, hurle-t-il, le visage plus rouge qu'un homard.

Le coach hurle, lui aussi, depuis le banc de touche.

– Où as-tu la tête, Royal ? Où est ta putain de tête ?

Ma tête est en sécurité sur mes épaules. Personne ne parle comme ça d'Ella.

De retour dans le vestiaire vide, je me déshabille et je reste assis à poil, enveloppé d'une serviette. Et soudain, je réalise ma connerie. Sans le feu de l'action pour me distraire, la seule chose que je puisse faire, c'est de délirer sur Ella.

J'essaie de repousser ces pensées obsessionnelles pour me concentrer sur les coups de sifflet et les cris provenant du terrain, mais des images d'elle s'insinuent dans ma tête et repassent en boucle devant mes yeux, comme une bande-annonce.

Son arrivée à la maison, lorsqu'elle m'est apparue comme la fille la plus sexy du monde.

Sa venue à la fête de Jordan, habillée en petite fille sage, ce qui m'avait donné une envie folle de lui arracher ses vêtements et de la coincer contre la rambarde.

Elle en train de danser. Bordel, sa façon de danser.

Je me lève brusquement et je pars vers les douches.

Je suis en colère, et le désir monte en moi. J'ouvre le robinet d'eau froide et je plonge la tête sous le jet d'eau glacée.

L'envie d'elle est insoutenable. Eh merde, à quoi bon lutter ?

Je ferme les yeux pour pouvoir faire comme si j'étais à nouveau chez Jordan Carrington, en train de regarder Ella bouger. Son corps est un véritable péché. Ses longues jambes, sa taille étroite, ses seins parfaits. La musique doucereuse de la télévision se métamorphose en un truc suffocant grâce aux mouvements de ses hanches et de ses bras. Je serre mon sexe plus fort. Je passe de chez les Carrington à sa chambre. Je me souviens de son goût sous ma langue. Combien elle était douce. Comment sa bouche formait un O parfait quand elle a joui pour la première fois.

Je ne me retiens pas longtemps. La tension picote la base de ma queue et je l'imagine sous moi. Ses cheveux brillants, décolorés par le soleil contre ma peau, ses yeux qui me fixent, remplis de désir.

Quand mon corps se relâche, la haine de moi m'envahit de nouveau. Je baisse les yeux sur ma main serrée autour de mon sexe, au beau milieu du vestiaire. Si je pouvais plonger encore plus bas, je serais à mi-chemin pour la Chine.

L'apaisement me laisse sans force. J'ouvre l'eau chaude et je me lave, mais je ne me sens pas propre pour autant. J'espère que le type que je vais combattre ce soir est le pire, le plus grand des enfoirés des trois États, et qu'il va me faire cracher ma douleur, celle dont Ella pourrait me délivrer si elle était là. Mais elle n'est pas là.

Chapitre 5

East et moi ne restons pas à la fête d'après-match et rentrons à la maison pour tuer le temps, une heure, avant mon combat. Je reprendrai un peu le contrôle lorsque je défoncerai la tête d'un mec à coups de poing, sur les docks.

– Je dois appeler Claire, murmure Easton lorsque nous entrons. Je voudrais savoir si elle vient ce soir.

Je hausse les sourcils.

– Claire ? Je ne savais pas que tu avais recommencé.

– Bon, eh bien moi, je ne savais pas que tu baisais avec Brooke. Ça fait un point partout.

Il prend son téléphone et s'éloigne.

Ça craint. East me fait la tronche depuis qu'Ella est partie.

Lorsque je monte les escaliers, je trouve la porte de ma chambre ouverte et une impression de déjà-vu me saisit. D'un seul coup je suis transporté à la nuit de lundi, quand j'ai retrouvé Brooke dans mon lit.

Je jure que si cette pute se fout encore de moi, je vais perdre mon sang-froid.

Mais c'est Gideon qui est à l'intérieur. Il est étendu sur mon lit, il téléphone. Quand j'entre, il m'accueille d'un regard sombre.

– Je ne pensais pas que tu rentrais à la maison ce week-end, dis-je prudemment.

Je lui avais envoyé un texto mardi pour lui apprendre qu'Ella avait disparu, mais chaque fois qu'il a tenté de m'appeler cette semaine, j'ai appuyé sur le bouton « ignorer ». Je n'étais pas en état d'affronter les trips culpabilisants de Gid.

– Tu aurais préféré ça, hein ?

– Je ne vois pas de quoi tu veux parler.

Tout en évitant son regard, j'enlève mon tee-shirt et je le remplace par un débardeur.

– Arrête tes conneries. Tu as évité cette conversation depuis qu'Ella a foutu le camp.

Gideon se redresse et s'avance vers moi.

– Tu ne peux plus l'éviter à présent, petit frère.

– Écoute, ce n'est pas la fin du monde, ok ? Ella et moi on est… on était… ensemble. Et alors ?

– Si ce n'est pas la fin du monde, pourquoi est-ce que tu me l'as caché ? Pourquoi est-ce que j'ai dû l'apprendre par East ? Et à quoi est-ce que tu pouvais bien penser en fricotant avec elle ? Nous ne devons pas entraîner qui que ce soit dans notre merde…

– Ta merde, je l'interromps, et je le regrette immédiatement parce qu'il tressaille comme si je venais de le frapper.

– C'est vrai, murmure-t-il. Ma merde. Je suppose que j'ai été stupide de penser que mon frère me soutiendrait.

– Je te soutiens, vraiment. Tu le sais. Mais Ella n'a rien à voir avec ça.

L'impuissance m'envahit.

— Notre relation est…

Il me coupe d'un rire hargneux.

– Votre relation ? Eh bien, tu as de la chance. Ça doit être chouette. J'ai connu ça jadis.

Je ravale une réplique désagréable. Je sais qu'il est malheureux, mais ce n'est pas moi qui l'ai mis dans cette situation. Il s'y est fourré tout seul.

– Tu sais ce qui me reste à présent ? Absolument rien !

On dirait que Gideon va s'arracher les cheveux en arpentant ma chambre.

– Je suis désolé.

C'est tout à fait incongru, mais c'est tout ce que je trouve à dire.

– Tu devrais l'être. Tu devrais rester loin d'Ella. C'est une chouette fille, et tu vas la démolir.

La vérité de ses paroles m'atteint bien plus que son regard critique. La culpabilité me noue la gorge. Je réponds d'une voix rauque :

– Peut-être, mais je ne peux pas m'en passer.

– Tu ne peux pas ? Tu veux dire que tu ne veux pas.

Le visage de Gideon vire au rouge.

– Oublie Ella.

C'est impossible.

– Tu es un connard d'égoïste, me lance mon frère quand il lit le refus dans mes yeux.

– Gid…

– Moi aussi, j'ai eu une Ella, une fois. J'ai connu une fille avec laquelle je m'imaginais un avenir et je lui ai brisé le cœur. Maintenant, elle est tellement en colère contre le monde entier qu'elle n'arrive plus à penser correctement. C'est ça que tu veux pour Ella ? Tu veux être comme papa ? Pousser une femme à se suicider parce qu'elle est trop malheureuse, putain !

– Euh… hum.

Nous nous retournons tous les deux pour découvrir Easton sur le pas de la porte. Ses yeux bleus nous observent l'un après l'autre avec circonspection.

– Je ne vais pas vous demander si je suis en train d'interrompre quelque chose, parce que ça me paraît évident. Je ne vais pas non plus m'excuser.

Gideon serre les dents.

– Donne-nous une minute, East. Ceci ne te concerne pas.

Notre jeune frère pique un fard. Il fait demi-tour et referme la porte.

– Pas question. Vous ne me flanquerez pas dehors. Plus maintenant.

East lève un doigt en direction de la poitrine de Gideon.

– J'en ai ras-le-cul de vos secrets et de vos messes basses. Laisse-moi deviner, Gid. Tu savais que Reed baisait avec Brooke ?

Gid hausse les épaules.

Le regard amer d'East se pose sur moi.

– Quoi, je n'étais pas assez important pour être mis dans le coup ?

Je serre les dents de dépit.

– Il n'y a aucun coup. C'était une erreur stupide, d'accord ? Et depuis quand as-tu besoin de connaître toutes les nanas avec qui je baise ? Tu essaies de vivre par procuration à travers ma queue ou quoi ?

Pour toute réponse, je reçois un coup au plexus solaire. Je trébuche en arrière en me cognant l'épaule contre le bord de la commode. Mais je ne rends pas le coup. East écume. Je ne l'ai jamais vu aussi en pétard. La dernière fois qu'il a levé la main sur moi, nous étions encore des mômes. On se disputait à propos d'un jeu vidéo, je crois.

– Peut-être que je devrais passer un coup de fil à Brooke, fulmine-t-il. Non ? Parce qu'apparemment, baiser la nana de papa est une sorte de passage obligé pour obtenir sa carte de membre VIP. Si je le fais, vous n'aurez pas d'autre choix que de me faire entrer dans la boucle, pas vrai ?

Gideon lui répond par un silence de mort. Je ne dis rien non plus. Ça ne sert à rien, pas quand East est dans cet état. Il pousse un grognement de colère en passant ses deux mains dans ses cheveux.

– Vous savez quoi ? Je vous emmerde tous les deux. Gardez vos secrets et emportez-les en enfer avec vous.

Il sort comme une tornade et claque la porte si fort derrière lui qu'elle fait trembler le chambranle. Le silence qu'il laisse derrière lui est assourdissant. Gideon a l'air défait. Moi, je suis électrisé. J'ai besoin de me battre. J'ai besoin de vider mon agressivité avant de blesser quelqu'un dans cette maison.

Chapitre 6

Le lendemain matin, j'ai un mal de chien à sortir de mon lit. Tout mon corps crie lorsque je bouge. Je n'étais pas au top de ma forme pendant mon combat d'hier soir. J'étais aveuglé par la colère, mais je n'avais pas assez d'endurance. J'ai pris quelques coups qui me font sursauter à la lumière du jour.

L'hématome sur le côté gauche de mes côtes est déjà violet et vert. Je cherche autour de moi un tee-shirt bien lâche pour dissimuler ma blessure et j'enfile un jogging.

En bas, dans la cuisine, je trouve Brooke juchée sur les genoux de mon père. Il n'est que neuf heures et demie, et papa a déjà son éternel verre de scotch à portée de main. Si je devais me faire Brooke, moi aussi je me saoulerais vingt-quatre heures sur vingt-quatre, je suppose, mais merde, pourquoi ne voit-il pas qui elle est vraiment ?

– Des nouvelles du détective privé ? je lui demande.

Il me fait un rapide signe de dénégation.

– Toujours rien.

– Tout ça commence vraiment à me rendre malade, gémit Brooke. Cette pauvre fille, toute seule, livrée à elle-même. (Elle effleure la joue de mon père.) Chéri, il faut vraiment que tu parles à Easton à propos de ses jeux. Imagine à quel point ce bookmaker devait être flippant pour faire peur à ce point à Ella !

Brooke croise mon regard au-dessus la tête de papa et me fait un clin d'œil. C'est un véritable cauchemar. Je m'active en préparant mon petit déjeuner. Sandra s'est levée tôt et il y a une pile de toasts dans le four qui attendent qu'on les dévore, et un tas de bacon. Je remplis mon assiette et je me penche sur le comptoir. Je ne veux pas m'asseoir à la table où cette diablesse et mon père se tripotent.

Mon père s'en aperçoit et fait glisser Brooke sur une chaise à côté de la sienne.

– Viens t'asseoir, Reed. Nous ne sommes pas des animaux.

Je le regarde fixement.

– Tu utilises les phrases de maman maintenant ? C'est nul, je murmure.

Mais je le regrette aussitôt en voyant sa bouche se tordre de chagrin. Brooke n'a pas l'air très heureuse non plus, mais c'est parce qu'elle aime faire comme si Maria Royal n'avait jamais existé.

– Il reste encore des toasts ?

La voix de Sebastian interrompt Brooke qui était sur le point de répondre.

– Ouais, je vais te servir une assiette. Est-ce que Sawyer va descendre ?

– Pas tout de suite, il est au téléphone.

Seb esquisse un sourire égrillard. Sawyer doit être en train de sextoter avec Lauren, leur petite amie commune.

Les railleries de Daniel me remontent soudain à l'esprit.

– Vous faites gaffe ? je demande à Seb en chuchotant, tout en lui tendant son assiette.

Il fronce les sourcils.

– Qu'est-ce que ça peut bien te faire ?

– Il y a des rumeurs qui courent à l'école, c'est tout. Je ne veux pas que quelqu'un les rapporte à papa et qu'il vous envoie en pension.

– Parce que toi, tu t'y entends pour éviter les emmerdes ? se moque Seb.

Je remarque alors que Brooke observe notre échange avec grand intérêt. Du coup, je lui tourne le dos et je baisse encore la voix.

– Écoute, je me fais du souci pour vous et je ne veux pas qu'il vous arrive quoi que ce soit, mais vos petits tours de passe-passe de jumeaux ne trompent personne.

– Occupe-toi donc de tes affaires. Nous au moins, on ne fait pas fuir notre copine.

Le choc doit se lire sur mon visage, parce que Seb se met à glousser.

– Ouais, on sait que c'est de ta faute, pas à cause d'East. On n'est pas aussi stupides. Et on est au courant pour elle, aussi. (Il me montre discrètement Brooke de la tête.) Alors, garde tes opinions débiles pour toi. Tu es aussi tordu que nous.

Seb attrape son assiette et sort de la cuisine.

– De quoi s'agit-il donc ? me demande papa depuis la table.

– Il faut bien que jeunesse se passe, gazouille Brooke.

Son sourire a l'air vrai. Elle aime nous voir nous battre. Elle veut que nous nous battions. J'avale mes toasts, bien que mon estomac soit déjà plein.

Je ne sais pas si cette famille va parvenir un jour à se remettre de la mort de maman. La vision d'elle sur son lit, de son visage affaissé, de ses yeux vitreux, aveugles, me hante en permanence. Avec Ella, tous les bruits dans ma tête s'étaient tus. À présent, tout tombe en morceaux.

*
* *

La maison est calme. Je ne revois ni Seb ni Sawyer. Je ne veux imaginer où Gid peut bien être en ce moment. Et East m'évite, il n'a répondu à aucun de mes textos ni à aucun de mes appels.

J'ai bien peur qu'il ne m'adresse plus la parole jusqu'au retour d'Ella.

Vers neuf heures, Wade m'envoie un message à propos d'une fête chez Deacon Mill. Je n'ai aucune envie de me saouler, je décline donc l'invitation. Mais je lui réponds :

Préviens-moi si E. radine sa fraise. Je n'arrive pas à le pister.

Vers onze heures, une réponse arrive.

Ton frangin est ici. Il se bourre la gueule.

Merde.

Je glisse mes pieds dans une paire de Kickers et j'enfile une chemise à manches longues. L'air de la côte devient frais, maintenant que l'automne arrive. Je me demande comment va Ella. A-t-elle assez chaud ? Est-ce qu'elle dort bien ? Est-ce qu'elle a à manger ? Est-elle en sécurité ?

Quand j'arrive devant chez Mill, c'est bondé. On dirait que tous les élèves de terminale se sont donné rendez-vous ici. Après avoir passé quinze minutes à chercher East, je renonce et j'envoie un autre texto à Wade, qui est lui aussi introuvable.

Où est-il ?

Dans la salle de jeux.

Je contourne le salon en direction de l'antre qui fait office de salle de billard. Wade est accoudé au billard, en train de bavarder avec l'un de nos coéquipiers. Quand il m'aperçoit, il me fait un signe de tête vers la gauche.

Je suis son regard. Mon frère est vautré sur le canapé avec une blonde sur les genoux. Ses cheveux pâles lui cachent le visage comme un rideau, mais je vois bien que ses lèvres sont collées à celles d'Easton. Sa main remonte lentement sous sa jupe. Elle a un fou rire, et immédiatement, je me tétanise.

Elle lève la tête, et… ouais, c'est Abby. Je fonce à travers l'embrasure de la porte.

– East.

Il me cherche des yeux, le regard vitreux, les joues rouges. Il est complètement fait.

– Regarde, Abs, c'est mon grand frère, articule-t-il avec peine.

– Viens, c'est l'heure de rentrer, j'ordonne en me penchant vers lui.

Abby me regarde avec de grands yeux coupables, mais je suis surtout inquiet pour East. Je ne sais pas quel démon l'habite pour qu'il sorte avec mon ex.

– Pourquoi se presser ? Abs et moi, on vient juste de commencer. Pas vrai, bébé ?

Ses joues rosissent.

– Reed, commence-t-elle.

Je l'ignore. Je rabroue mon frangin :

– Lève-toi, on y va.

– Je ne vais nulle part.

– Oh que si !

Il ne bouge pas.

– Ce n'est pas parce que tu fais abstinence que ma queue doit rester au repos, pas vrai, Abs ?

Abby émet un petit bruit. Ça pourrait passer pour un acquiescement. Ça pourrait être aussi un déni. Je m'en contrefous. Je veux juste ramener Easton à la maison avant qu'il fasse une connerie qu'il va ensuite regretter.

– Ta queue ne manque pas d'occasions de s'amuser.

– Peut-être que j'en veux encore plus, grimace East. Et qu'est-ce que ça peut te foutre ? Tous les deux, nous savons que je peux mieux la faire jouir.

Le visage d'Abby est rouge pivoine à présent.

– Easton, lance-t-elle froidement.

– Quoi ? Tu sais que j'ai raison. Tu perds ton temps à lui courir après, bébé. Est-ce qu'il t'a déjà dit qu'il t'aimait ? (Son regard moqueur glisse au-dessus d'elle.) Non, n'est-ce pas. Parce qu'il ne t'aime pas.

Abby pousse un petit cri blessé.

– Va te faire foutre, Easton. Allez-vous faire foutre tous les deux.

Et elle sort dc la pièce sans un regard en arrière.

Easton la regarde partir, puis il se tourne vers moi et se met à rire. Un rire glacé, sans le moindre humour.

– Tu en as fait fuir une autre, hein frangin. Ella, Abby…

Je secoue la tête.

– Laisse Abby tranquille. Ce n'est pas un de tes jouets, East.

– Quoi, elle est trop bonne pour un branleur comme moi ?

– Ce n'est pas ce que je veux dire.

– Conneries. Tu ne veux pas que je déteigne sur ta tendre et pure Abby. Tu ne veux pas que je la salisse.

East s'avance en se balançant sur ses pieds. L'odeur d'alcool dans son haleine est insupportable.

– Sacré hypocrite ! C'est toi la pomme pourrie. C'est toi qui fous les nanas en l'air.

Il se rapproche encore, jusqu'à ce que nos visages se touchent presque, puis il se penche pour que sa bouche effleure mon oreille.

–Tu as démoli Ella.

Je tressaille. Tout le monde nous observe. La famille Royal vacille, mesdames et messieurs. Les jumeaux ne me parlent plus. Seb a dû dire un truc à Sawyer, à présent ils me regardent comme si j'étais un lépreux. East essaie de baiser son chagrin. Gid est en colère contre le monde entier. Et moi ? Moi, je suis en train de me noyer.

– Très bien, moi j'en ai marre.

Je l'évite en tentant de garder mon calme.

– Toi, fais ce que tu veux, mon pote.

– Tu parles que c'est ce que je vais faire, balbutie-t-il.

Je surprends le regard de Wade en me dirigeant vers la porte. Il me rejoint immédiatement.

– Assure-toi que East rentre à la maison en sécurité, je chuchote. Il est incapable de conduire.

Wade hoche la tête.

– Je m'en occupe. Rentre. Tout ira mieux demain matin.

Oui, si Ella rentre. Sans ça, on est foutus.

Je rentre à la maison avec un sentiment de défaite et j'essaie de ne pas penser à l'enfer qu'est devenue ma vie.

Ella est partie. East déconne à plein tube. Brooke est de retour. Je ne sais pas quoi faire de ma colère. Je ne peux pas passer ma vie à me battre. J'ai trop mal aux côtes. Mais mes mains vont bien, alors je descends dans la salle de gym et je passe mon agressivité sur le punching-ball.

Je fais comme si le sac, c'était moi. Je le roue de coups jusqu'à avoir les mains en sang et des marques rouges sur les pieds et les jambes.

Ça ne me fait pas le moindre bien.

Ensuite, je fais disparaître le sang et la sueur sous la douche, j'enfile un jogging et je remonte. À la cuisine, je vide une boisson énergisante et je me rends compte avec effarement qu'il est une heure du matin. Je suis resté en bas presque une heure et demie.

Épuisé, je me traîne jusqu'à l'étage. Peut-être que je vais enfin réussir à dormir cette nuit. Le couloir est sombre et toutes les portes sont fermées, même celle d'East. Je me demande s'il est rentré de la fête.

En approchant de ma chambre, j'entends des bruits. Des halètements sourds. Des grognements.

C'est quoi ce bordel ? Brooke n'a pas intérêt à être là.

J'ouvre la porte en grand et le premier truc que je vois, c'est le cul nu de mon frère. Il est sur mon lit. Et Abby également, qui geint doucement pendant que East la saute. Ses mains lui agrippent les épaules, ses jambes sont serrées autour de son bassin. Ses cheveux s'étalent sur mon oreiller.

– Sérieusement ? je gronde.

Easton s'arrête, mais garde une main sur les seins de mon ex. Il jette un regard par-dessus son épaule et me lance un sourire sauvage.

– Eh mec, c'est ta chambre ? dit-il d'un ton moqueur. J'ai dû la confondre avec la mienne. Désolé, frangin.

Je claque la porte et je me retrouve dans le couloir.

*

* *

Je dors dans la chambre d'Ella. Ou plutôt, je m'allonge sur le lit d'Ella et je rumine toute la nuit. Le lendemain matin, je tombe sur Easton dans la cuisine.

– Abby avait bon goût la nuit dernière.

Il sourit d'un air satisfait et mord dans une pomme. Calmement, je me demande comment il se sentirait si je lui enfonçais cette pomme jusqu'au fond de la gorge.

Probablement qu'il rirait et me dirait qu'il en veut une autre, juste pour me prouver… Me montrer quoi, au fait ? Qu'il me déteste ?

– Je ne savais pas qu'on partageait, comme les jumeaux.

J'attrape le pichet d'eau plus violemment que je ne le voulais et l'eau filtrée me coule sur la main. East s'efforce de rire.

– Pourquoi pas ? Peut-être que si c'était moi qui avais baisé avec Ella, elle ne serait pas partie.

Le sang inonde mes yeux.

– Tu la touches, et je…

– Elle n'est même pas là pour que je la touche, espèce de connard !

Il jette sa pomme à moitié mangée, elle va s'écraser sur le côté du placard, juste au-dessus de ma tête.

– J'aurais vraiment aimé que ce soit une putain de brique et qu'elle t'ait écrasé la tête.

Ouais, tout va vraiment bien au manoir Royal.

J'évite Easton le reste de la journée.

Chapitre 7

Une autre semaine passe. Ella n'est toujours pas là et mes frères ne m'adressent toujours pas la parole. La vie est merdique, et je n'ai pas la moindre idée pour l'améliorer, alors j'arrête d'essayer. Je me contente de sombrer dans le malheur, je me retire du monde et je passe tout mon temps à me demander pourquoi Ella est partie. Si elle est en sécurité. Si je lui manque… mais bien sûr que non. Si je lui manquais, elle serait déjà rentrée à la maison.

Le lundi, je me lève et je vais à l'entraînement. Il est clair pour tout le monde qu'East et moi sommes en froid. Il reste sur une des lignes de touche et moi sur l'autre.

La distance entre nous est plus grande qu'un stade. Putain, tout l'océan Atlantique pourrait probablement à peine remplir l'abîme qui se creuse entre nous.

Après l'entraînement, Val m'arrête dans le hall. Je crois qu'il redevient urgent de me protéger les couilles.

– Dis-moi simplement qu'elle va bien, me supplie-t-elle.

– Elle va bien.

– Elle est en colère contre moi ? Je lui ai fait quelque chose ?

La voix de Val tremble. Eh merde. Est-ce que personne ne peut garder ses merdes pour soi ? L'irritation me fait aboyer,

– Je suis qui, moi ? Votre thérapeute de couple ? Je ne sais pas pourquoi elle ne t'appelle pas.

Le visage de Val se décompose.

– C'est vraiment nul de dire ça, Reed. Elle est mon amie, tu n'as pas le droit de l'empêcher de me parler.

– Si Ella voulait avoir de tes nouvelles, j'imagine qu'elle t'appellerait.

C'est le pire des trucs à lui dire, mais les mots jaillissent malgré moi. Avant que j'aie pu les retenir, Val est partie en courant. Si Ella ne me détestait pas encore, ce sera le cas quand elle va se rendre compte de tout le bordel que j'ai déclenché autour de moi.

Furieux et déçu, je me détourne et je lance un coup de pied dans mon casier. La porte métallique se froisse sous l'impact, la secousse me remonte dans la jambe. Ce n'est pas agréable du tout.

J'entends des rires dans le couloir. En me retournant, je vois Easton qui tend la main à quelqu'un. Dominic Brunfeld y glisse quelque chose. D'autres membres de l'équipe sortent des billets et les leur tendent.

– Je n'aurais jamais cru que vous vous déchireriez pour une nana, me dit Dom en passant devant moi. Tu nous as tous sciés.

Je le repousse légèrement en attendant Easton.

– Tu peux m'expliquer ce qui se passe ?

Easton me met ses billets sous le nez.

– Je n'ai jamais gagné de fric aussi facilement. Tu es déboulonné, frangin. Tout le monde le sait à l'école. Ce n'était qu'une question de temps pour que tu perdes ton sang-froid. Voilà pourquoi Ella s'est enfuie.

Je respire violemment par le nez.

– Elle va revenir.

– Oh, est-ce que tu l'as retrouvée par magie, au milieu de la nuit ?

Il ouvre grand les bras devant lui en se retournant.

– Parce qu'elle n'est pas là. Tu la vois ? Dom, tu vois Ella ? (Dom se contente de nous regarder fixement, l'un après l'autre.) Non, il ne la voit pas. Et toi, Wade ? Tu la vois ? Elle t'a rejoint dans les chiottes ?

– Ferme-la, East.

Le chagrin fait briller ses yeux lorsqu'il fait mine de fermer sa bouche comme une fermeture Éclair.

– Je la ferme, maître Reed. Tu sais ce qui est bon pour les Royal, n'est-ce pas ? Tu fais tout bien comme il faut. Tu obtiens de bonnes notes. Tu joues bien au ballon. Tu baises bien toutes les filles. Sauf quand ce n'est pas le cas. Et quand tu merdes, ça nous affecte tous.

Sa main m'agrippe par la nuque et me force à avancer la tête jusqu'à toucher la sienne.

– Alors, pourquoi est-ce que tu ne la boucles pas, Reed ? Elle ne va pas revenir. Elle est morte, comme notre maman chérie. Sauf que cette fois, ce n'est pas de ma faute, mais de la tienne.

La honte me submerge, une substance sale et laide qui me colle à la peau et me pèse. Je ne peux échapper à la vérité. East a raison. Je suis en partie responsable de la mort de maman, et si Ella est morte, elle aussi, j'en suis également responsable. Je m'arrache à son étreinte et je retourne dans le vestiaire. Jusqu'ici, je ne me suis jamais battu en public avec mes frères. Maman détestait que nous nous battions à la maison, mais ne le tolérait pas non plus à l'extérieur. Si nous voulions quand même le faire, elle prétendait qu'elle ne nous connaissait plus.

Les enfants de Maria Royal ne devaient pas l'embarrasser en public. Il suffisait d'un regard désapprobateur venant d'elle pour que nous réajustions nos vêtements, que nous tombions dans les bras les uns des autres comme si c'était le jour du lancement du championnat de base-ball et que nous étions heureux d'être en vie, même si, une seconde plus tôt, nous étions en train de nous battre à mort.

La porte du vestiaire s'ouvre en grinçant. Je ne lève même pas les yeux pour voir qui c'est. Je sais que ce n'est pas East. Quand il est en colère, il reste dans son coin.

C'est Wad.

– Vendredi, avant le match, une des Pastel a piqué les ciseaux d'une première année et lui a coupé les cheveux. La môme a fait le tour de l'école en sanglotant.

Je me raidis. Merde. Ça doit être la fille Delacorte que j'ai vue sortir en un éclair et se ruer dans une VW.

– Une blonde, mince, qui conduit une Passat blanche ?

Il hoche la tête, le banc craque lorsqu'il s'assied à côté de moi.

– La veille, Dev Khan a foutu en l'air le projet de June Chen en science.

– June est une élève boursière, non ?

– Ouaip.

Je me force à me redresser.

– Tu as d'autres jolies histoires à me raconter ?

– C'était les deux plus importantes. J'ai entendu des bruits de chiotte à propos d'un autre truc, mais ce n'est pas confirmé. Goody Bellingham offre cinq mille dollars à quiconque accepte de représenter l'école.

Je me frotte le menton lentement. Mais quelle école à la con !

– Ça fait à peine deux semaines.

– Et pendant ces deux semaines, tes frères ont cessé de t'adresser la parole, tu t'es fritté avec Delacorte, tu as défoncé un casier. Oh, et avant le départ d'Ella, apparemment tu as décidé que tu n'aimais pas la tronche de Scott Gastonburg, alors tu l'as rectifié.

– Il l'avait cherché.

Ce type avait insulté Ella. Je ne l'avais pas entendu, mais je l'avais deviné à son air suffisant lorsque nous étions au club et qu'il pensait avoir réussi son coup. Pas avec moi.

– Sans doute. Rien de ce qui sort de la bouche de Gasty ne mérite qu'on l'entende. Tu nous as rendu service en la lui fermant, mais le reste de l'école se barre en couille. Il faut que tu te ressaisisses.

– Je me fiche de ce qui arrive à Astor.

– Peut-être. Mais sans les Royal pour la régenter, l'école va devenir une vraie pétaudière.

Wade remue sur la surface métallique.

– Les gens parlent d'Ella, aussi.

– Et alors ! Laisse-les jaser.

– Tu dis ça maintenant, mais comment ce sera pour elle quand elle va revenir ? Elle s'est déjà crêpé le chignon avec Jordan. Ouais, bien sûr, c'était torride. Mais ensuite, il y a eu ce truc avec Daniel et maintenant elle a disparu. Tout le monde raconte qu'elle est allée se faire avorter ou se faire soigner d'une MST[1]. Si tu la caches, il faut que tu la fasses réapparaître, il faut faire une démonstration de force.

Je reste silencieux.

Wade soupire.

– Je sais que tu n'aimes pas être le responsable, mais devine quoi, mon pote, tu l'es depuis que Gid a obtenu son diplôme. Si tu continues à laisser aller les choses à vau-l'eau, à Halloween, ce sera un spectacle d'horreur ici. Il y aura des intestins et de la cervelle sur tous les murs de l'école. Quelqu'un aura joué à Carrie[2] avec Jordan.

– Jordan. Cette nana n'apporte que des ennuis, je murmure.

– Pourquoi est-ce que tu ne t'en occupes pas ? Ta famille a assez de fric pour acheter celle de Jordan.

Wade appartient à une vieille famille très fortunée. Je pense qu'une partie de leur fortune doit encore être cachée dans leur cave, sous forme de lingots d'or.

1. Maladie sexuellement transmissible. (NdT, ainsi que pour toutes les notes suivantes)

2. Célèbre film d'horreur.

– La solution, ce n'est pas le fric, mais les Royal. Vous forcez les autres à vous écouter. Probablement parce que vous êtes si nombreux.

Il a raison. Les Royal ont eu la mainmise sur cette école depuis que Gideon était en deuxième année. Je ne sais pas comment c'est arrivé, mais un jour je me suis réveillé et tout le monde écoutait Gid. Si quelqu'un dépassait les bornes, Gid était là pour le remettre à sa place. Les règles étaient simples. Attaque-toi uniquement à quelqu'un de ta taille.

La taille, c'est une métaphore. La taille, c'était le statut social, le compte en banque, l'intelligence. Si Jordan s'en était pris à une des Pastel, cela aurait été parfait. Jordan s'en est pris à une boursière ? Ça n'allait pas.

Ella était tombée dans un trou noir. Ce n'était pas une élève boursière. Mais elle n'était pas une môme de riches non plus. Et je croyais qu'elle baisait avec mon père. Qu'il avait ramené une pute à la maison. Lui et Steve aimaient fréquenter les bordels de luxe pendant leurs voyages d'affaires, ouais, papa avait vraiment la classe.

J'avais reculé, j'avais attendu et tout le monde avait fait comme moi. Sauf Jordan.

Jordan avait immédiatement vu ce que je voyais. Qu'Ella était plus forte que tout ce que nous avions connu jusqu'à présent à Astor Park. Jordan avait détesté ça. Moi, ça me fascinait.

– Je ne veux pas de ce genre de contrôle, répond Wade. Je veux juste prendre mon pied, jouer au football, faire chier les petits copains de ma mère et me bourrer la gueule. Et tout ça, je peux le faire, même si Jordan terrorise toutes les jolies filles qui ne respirent pas comme il faut. Mais toi ? Tu as une conscience, mec. Et avec toute cette merde et Daniel qui traîne encore dans les parages, comme s'il n'avait pas essayé de violer Ella, eh bien, se taire c'est un peu comme si on approuvait.

Il se lève.

– Tout le monde compte sur toi. C'est un fardeau, je sais, mais si tu n'agis pas, ça va être un massacre.

Moi aussi je me lève et je me dirige vers la porte en murmurant :

– Et bien, que l'école brûle. Ce n'est pas mon boulot d'éteindre les flammes.

– Hé, mon pote ?

Je m'arrête sur le pas de la porte.

– Quoi ?

– Dis-moi au moins dans quelle direction cela va aller. Ça m'est égal, je veux juste savoir si je dois me mettre à porter une combinaison Hazmat[3].

Je hausse les épaules en lui jetant un coup d'œil.

– Les choses peuvent aller au diable, pour ce qui me concerne.

J'entends un soupir de déception derrière moi, mais je ne m'arrête pas une seconde de plus. Tant qu'Ella est sur la liste des personnes disparues, je refuse de penser à autre chose qu'à la retrouver. Si tout le monde autour de moi est malheureux, très bien. Nous pourrons être tous malheureux ensemble.

---

3. Une combinaison Hazmat est une combinaison qui protège des matières dangereuses.

J'avance tête baissée, à pas lents, dans le couloir. Je fais presque tout le trajet jusqu'à ma salle de cours sans rencontrer quiconque, jusqu'à ce qu'une voix familière m'interrompe.

– Qu'est ce qui se passe, Royal ? Tu fais la tête parce que personne ne veut jouer avec toi ?

Je m'arrête. Le rire de hyène de Daniel Delacorte me fait pivoter lentement.

– Désolé, je n'ai pas entendu ce que tu disais, dis-je froidement. Tu veux répéter ça ? À mon poing, cette fois-ci ?

Il trébuche un peu, parce que la menace est parfaitement perceptible dans ma voix. Le hall est bondé de mômes qui sortent de leurs cours facultatifs de fin d'après-midi. Des étudiants en musique, l'équipe d'art oratoire, l'équipe des pom-pom girls, le club de science.

J'avance délibérément, l'adrénaline explose dans mes veines. J'ai déjà filé un pain à ce minable, mais un seulement. Mes frères m'ont retenu avant que je puisse faire d'autres dégâts. Aujourd'hui, personne ne va m'arrêter. La bande d'animaux qui forme le corps étudiant d'Astor Park sent l'odeur du sang.

Delacorte change de côté, sans me faire vraiment face, mais inquiet à l'idée de me tourner le dos. *Je ne suis pas du genre à cogner sur quelqu'un par-derrière,* ai-je envie de lui dire. *Ça, c'est ton genre à toi.*

Mais Delacorte pense autrement. Il est tordu, il ne s'en prend qu'à ceux qui sont plus faibles que lui. Son corps maigre irradie de colère. Il n'aime pas être confronté à sa couardise. Son papa le sort toujours d'affaire, après tout. C'est parfait, mais papa n'est pas là en ce moment, n'est-ce pas ?

– Tout n'est donc que violence avec toi, Royal ? Tu penses que tes poings peuvent résoudre tous les problèmes ?

Je souris.

– Moi au moins, je n'utilise pas de drogues pour résoudre mes problèmes. Les nanas ne veulent pas de toi, alors tu les drogues. C'est ça ton truc, pas vrai ?

– Ella était consentante.

– Je n'aime pas que tu prononces son nom. (Je m'avance.) Tu ferais mieux de l'oublier.

– Sans ça ? On va faire un combat à mort ?

Il fait des moulinets avec ses bras pour inviter le public à rire avec lui, mais ou bien ils le détestent ou bien ils ont peur de moi, parce qu'on n'entend pas un seul gloussement.

– Non. Je pense que tu gâches de l'espace. Tu voles l'oxygène des gens bien. Je ne peux pas te tuer, pour toutes ces stupides raisons légales, mais je peux te faire mal. Je peux rendre atroce chaque moment de ta vie misérable, je poursuis. Tu devrais quitter cette école mon gars. Personne ne veut de toi ici.

Il respire avec difficulté.

– C'est toi dont personne ne veut, raille-t-il.

Il compte à nouveau sur le soutien de la foule, mais leurs yeux brillent dans l'attente d'un éventuel carnage. Ils avancent en repoussant Daniel vers moi. Le lâche qu'il est craque. Il me balance son téléphone au visage.

La foule se met à rugir. Quelque chose de chaud assombrit ma vision et coule sur mes lèvres.

Je pourrais lui envoyer mon poing dans la figure. Ce serait facile. Mais je veux vraiment lui faire mal. Je veux que nous ayons mal tous les deux. Alors je l'attrape par les épaules et je lui donne un coup de tête.

Mon sang colore son visage. Je souris avec satisfaction.

– Ton visage a déjà l'air plus avenant. Voyons ce nouveau tour de magie que je peux faire sur toi.

Et je lui envoie une énorme baffe.

Il est rouge de colère, plus à cause de mon geste dédaigneux que parce qu'il a vraiment mal.

Une claque, c'est une arme de fille, ce n'est pas un échange viril entre mecs. Ma paume grande ouverte claque quand je le gifle à nouveau. Daniel recule, mais il ne peut pas aller bien loin. Sa retraite est stoppée par les casiers.

Je m'avance en souriant et je lui balance une autre gifle. Il m'arrête de la main en découvrant entièrement son côté gauche. Je lui en balance deux autres à gauche avant de reculer.

– Cogne-moi, hurle-t-il, cogne-moi, sers-toi de tes poings !

Mon sourire s'élargit.

– Tu ne mérites pas mes poings. Je ne m'en sers que contre un homme.

Je le gifle encore, et cette fois assez fort pour que sa peau craque. Du sang jaillit autour de la blessure, mais ça ne satisfait pas ma soif de vengeance. Je lui claque une oreille d'une main, puis de l'autre. Il essaie vaguement de se défendre.

Daniel serre les lèvres, retient sa salive. Je feinte vers la gauche pour éviter le jet de salive. Dégoûté, je l'attrape par les cheveux et je lui enfonce la tête dans le casier.

– Quand Ella va revenir, elle n'aura aucune envie de voir des ordures comme toi, alors ou bien tu te barres, ou bien tu commences à t'entraîner à devenir invisible, parce que je ne veux plus te voir ni entendre parler de toi.

Je n'attends pas sa réponse. Je lui cogne la tête contre le casier en métal et je le lâche.

Il bascule en arrière et quelque quatre-vingts kilos de connerie s'écrasent sur le sol comme un jouet démantibulé.

En me retournant, je tombe sur Wade juste derrière moi.

– Je croyais que tu n'en avais rien à foutre, murmure-t-il.

Le sourire que je lui lance doit être sauvage, parce que tout le monde, à part Wade et son ombre stoïque Hunter, recule d'un pas.

En me penchant, je ramasse le téléphone de Daniel par terre, je le retourne et je lève sa main molle. Je pose son pouce sur le bouton pour l'ouvrir, puis je compose le numéro de mon père.

– Callum Royal, répond-il impatiemment.

– Salut, papa. Il va falloir que tu viennes à l'école.

– Reed ? De quel numéro m'appelles-tu ?

– De celui de Daniel Delacorte. Le fils du juge Delacorte. Tu devrais apporter ton carnet de chèques. Je l'ai pas mal amoché. Mais il l'a vraiment cherché, dis-je gaiement.

Je raccroche et j'essuie les gouttes de sang qui me coulent dans les yeux.

En enjambant le corps de Daniel, je lance tranquillement :

– À plus, Wade. Hunter.

Je fais longuement signe de la tête au grand ailier. Il me retourne la politesse d'un coup de menton et je sors prendre un peu l'air.

*

* *

Papa arrive en bouillonnant dans la salle d'attente du directeur Beringer. Il ne fait aucun commentaire devant mon front en sang. Il m'attrape simplement par le col de mon blazer pour placer mon visage bien en face du sien,

– Il faut que cela s'arrête, siffle-t-il.

Je hausse les épaules sous sa poigne. Et je lui rappelle :

– Calme-toi. Je n'ai pas été impliqué dans une seule bagarre depuis un an.

– Et tu veux une médaille, peut-être ? Une tape dans le dos ? Mon Dieu, Reed, combien de fois allons-nous revivre cela ? Combien de chèques vais-je devoir remplir avant que tu deviennes intelligent ?

Je le regarde droit dans les yeux.

– Daniel Delacorte a drogué Ella à une fête et il a essayé de la violer.

Papa reste sidéré.

– Monsieur Royal.

Nous nous tournons pour voir la secrétaire de monsieur Beringer debout dans l'encadrement de la porte du bureau du directeur.

– Monsieur Beringer va vous recevoir, dit-elle très poliment.

Papa me passe devant en lançant par-dessus son épaule,

– Reste là, je vais régler ça.

J'essaie de cacher ma joie. Je vais rester là pendant que papa arrange mon bordel ? Parfait. Même si je ne trouve pas que ce soit un bordel. Delacorte l'a bien cherché. Il méritait une correction depuis la nuit où il a tenté de faire du mal à Ella. Mais je n'ai pas pu régler ça avant, trop occupé que j'étais à tomber amoureux d'elle.

Je renfonce mes fesses dans le coussin moelleux du fauteuil de la salle d'attente, en m'efforçant d'éviter les regards désapprobateurs que m'adresse la secrétaire de monsieur Beringer.

Le rendez-vous de papa avec monsieur Beringer dure moins de dix minutes. Sept, si l'horloge au-dessus de la porte est exacte. Quand il sort du bureau, son regard brille de cette lueur de triomphe qu'il a d'habitude d'arborer lorsqu'il vient de conclure une bonne affaire.

– Tout est réglé, me dit-il, puis il me fait signe de le suivre. Retourne en classe, mais fais en sorte de rentrer à la maison dès la fin des cours. Tes frères aussi. Pas d'arrêt intempestif. J'ai besoin que vous soyez tous à la maison.

Immédiatement, je me crispe.

– Pourquoi ? Qu'est-ce qui se passe ?

– Je voulais attendre la fin des cours pour vous le dire, mais puisque je suis là… (Papa s'arrête au milieu de l'immense hall tout lambrissé.) Le détective privé a retrouvé Ella.

Avant que j'aie eu le temps de commencer à réagir à cette bombe, mon père passe l'entrée principale en me laissant derrière lui, en état de choc.

Chapitre 8
ELLA

Le car entre dans Bayview bien, bien trop tôt. Je ne suis pas prête. Mais je sais que je ne le serai jamais. La trahison de Reed vit à l'intérieur de moi à présent. Ça coule dans mes veines comme du goudron noir qui détruit ce qui reste de mon cœur, comme un cancer fulgurant.

Reed m'a détruite. Il s'est joué de moi. Il m'a fait croire que quelque chose de bon pouvait exister dans ce monde de merde. Que quelqu'un pouvait ressentir quelque chose pour moi.

J'aurais dû m'en douter. J'ai passé toute ma vie dans le caniveau, en tentant frénétiquement de ramper pour m'en sortir. J'aimais ma mère, mais je désirais tellement plus que la vie qu'elle nous offrait. Je voulais mieux que les appartements miteux, les restes moisis et ce combat désespéré pour joindre les deux bouts.

Callum Royal m'a offert ce que maman ne pouvait pas m'offrir, de l'argent, une éducation, une belle demeure où habiter. Une famille, une…

Une illusion, murmure une petite voix amère dans ma tête. Ouais, je suppose que c'était ça. Et la chose la plus triste, c'est que Callum ne le sait même pas. Il ne se rend même pas compte qu'il vit dans une maison remplie de mensonges.

Ou peut-être le sait-il ? Peut-être est-il parfaitement au courant que son fils fait l'amour avec…

Non. Je me refuse à penser à ce que j'ai vu dans la chambre de Reed la nuit où je me suis enfuie.

Mais les images remontent déjà à la surface dans ma tête.

Reed et Brooke dans son lit.

Brooke nue.

Brooke qui le touche.

Je laisse échapper un bruit de dégoût qui inquiète la vieille dame assise de l'autre côté du couloir.

– Est-ce que ça va, mon chou ? demande-t-elle.

Je ravale ma nausée.

– Oui, merci. J'ai un peu mal au cœur.

– Reste assise sans bouger, dit la femme avec un sourire rassurant. Ils ouvrent les portes. Nous allons pouvoir sortir en moins de deux.

Seigneur. Non. En moins de deux, c'est trop court. Je ne veux pas sortir de ce car. Je ne veux pas de l'argent que Callum m'a forcée à prendre à Nashville. Je ne veux pas retourner chez les Royal et faire comme si mon cœur n'avait pas été brisé en mille morceaux. Je ne veux pas voir Reed ni entendre ses excuses, si jamais il en a à me faire.

Il n'a pas dit un mot lorsque je suis tombée sur lui et la petite amie de son père.

Pas un seul mot. Pour ce que j'en sais, en poussant la porte d'entrée, je vais découvrir que Reed est retombé dans ses anciens travers.

Peut-être que ça vaut mieux, finalement. Comme ça, je vais pouvoir oublier que je l'ai aimé.

Je descends du car en trébuchant, mon sac à dos bien serré sur mon épaule. Le soleil est déjà levé, mais la station est encore éclairée. C'est le remue-ménage autour de moi. Les voyageurs attendent que le conducteur sorte leurs bagages de la soute. Moi je n'ai aucune valise, juste mon sac à dos.

La nuit où je me suis enfuie, je n'ai emporté aucune des belles fringues que Brooke m'avait achetées, à présent elles m'attendent toutes à la maison. J'aimerais pouvoir toutes les brûler, une à une. Je ne veux plus porter ces vêtements ni vivre dans cette maison.

Pourquoi est-ce que Callum ne m'a pas laissée tranquille ? J'aurais pu commencer une nouvelle vie à Nashville. J'aurais pu être heureuse. Enfin, peut-être.

Au lieu de ça, je suis à nouveau prise dans les filets des Royal. Callum a utilisé toutes les menaces possibles pour me faire revenir. Je n'arrive pas à croire à tout ce qu'il a pu mettre en branle pour me retrouver.

Il s'est avéré que les numéros des billets qu'il m'avait donnés faisaient partie d'une série, et tout ce qu'il a eu à faire, c'est d'attendre que j'en utilise un pour pouvoir me repérer.

Je ne veux même pas savoir combien de lois ils enfreignent en traçant le numéro de série d'un billet de cent dollars, dans ce pays. Mais je suppose que des hommes comme Callum sont au-dessus des lois.

Une voiture klaxonne. Je me raidis lorsqu'une limousine noire s'arrête le long du trottoir. C'est celle qui a suivi le car de Nashville jusqu'à Bayview. Le conducteur en sort, c'est Durand, le chauffeur/garde-du-corps de Callum, haut comme une montagne et tout aussi inhospitalier.

– Comment s'est passé le voyage ? me demande-t-il d'un ton bourru. Tu as faim ? Tu veux que nous nous arrêtions pour acheter quelque chose à manger ?

Comme Durand n'est jamais aussi bavard, je me demande si Callum lui a ordonné d'être particulièrement gentil avec moi. Moi, je n'ai pas reçu d'ordre de ce genre, alors je lui réponds sèchement.

– Montez en voiture et conduisez.

Ses narines tressaillent.

Ça ne me gêne pas pour autant. J'en ai ma claque de ces gens. À partir de maintenant, ils sont mes ennemis. Ils sont mes gardiens de prison, et moi leur détenue. Ils ne sont pas mes amis ou ma famille. Ils ne sont rien pour moi.

*

* *

On dirait que l'intégralité du manoir Royal est éclairée quand Durand arrête la voiture dans l'allée circulaire. Comme cette demeure n'est rien d'autre qu'un rectangle rempli de fenêtres, la lumière qui s'en dégage est presque aveuglante.

Les portes en chêne de l'entrée à colonnades s'ouvrent en grand et Callum apparaît, ses cheveux noirs parfaitement coiffés, dans son costume sur-mesure qui moule son corps musclé. Je rentre les épaules, prête à une nouvelle épreuve de force, mais mon tuteur légal se contente de me sourire tristement et de me lancer un « bienvenue à la maison ».

Il n'y a rien d'accueillant là-dedans. Cet homme m'a pourchassée jusqu'à Nashville et m'a menacée. La liste des conséquences catastrophiques qu'il m'a énumérées si je ne rentrais pas semblait sans fin. Il allait me faire arrêter pour délit de fuite. Il allait me signaler à la police en tant qu'utilisatrice de la carte d'identité de ma mère. Il allait leur dire que j'avais volé les dix mille dollars qu'il m'avait donnés et me faire inculper pour vol.

Aucune de ces menaces ne m'a fait changer d'avis. Non, c'était la déclaration emphatique qu'il m'a faite, qu'où que j'aille, il me retrouverait. Partout, il serait là. Il me poursuivrait le restant de mes jours parce que, comme il me l'a rappelé, il l'avait promis à mon père.

Mon père, un homme que je n'ai jamais rencontré. Un homme qui, d'après ce qu'on disait, était un type pourri, égoïste, qui avait épousé une croqueuse de diamants en oubliant de lui dire, ni à personne d'autre d'ailleurs, qu'il avait mis une jeune femme enceinte quand il était sur le point de s'engager dans la marine, dix-huit ans plus tôt.

Je ne dois absolument rien à Steve O'Halloran. Ni à Callum Royal. Mais je n'ai aucune envie d'être suivie à la trace toute ma vie. Callum ne bluffe pas, il n'arrêtera jamais de me traquer si je m'enfuis à nouveau. Je peux supporter de vivre deux ans chez les Royal. Il suffit que je fasse comme s'ils n'étaient pas là.

Je vais me concentrer sur la fin de mes études secondaires, et après j'irai en fac. Quand j'aurai passé mon bac, je n'aurai plus jamais à mettre les pieds dans cette maison.

En haut des escaliers, Callum me montre le nouveau système de sécurité qu'il a installé sur la porte de ma chambre. C'est un scan biométrique de la main, sans doute le genre de celui qu'il a à Atlantic Aviation. Seule mon empreinte digitale donne accès à ma chambre, ce qui signifie que je n'aurai plus de visites nocturnes de Reed. Que je ne regarderai plus de films avec Easton. Cette pièce sera ma cellule, et c'est exactement ce que je veux.

– Ella.

Callum semble las lorsqu'il entre dans ma chambre derrière moi. Elle est aussi rose et girly que dans mon souvenir. Callum avait embauché un décorateur, mais il a tout choisi lui-même, ce qui prouve qu'il ne connaît rien aux adolescentes.

– Quoi ?

– Je sais que tu t'es enfuie, et je voulais…

– Vous le savez ? je le coupe prudemment.

– Reed me l'a dit.

– Il vous l'a dit ?

Je ne peux ni contenir ni cacher ma surprise. Reed a parlé à son père de lui et de Brooke ? Et Callum ne l'a pas flanqué dehors ? Merde, Callum n'a même pas l'air contrarié ! Qui sont ces gens ?

– Je comprends que tu as dû être trop gênée pour venir m'en parler toi-même, continue Callum, mais je veux que tu saches que tu peux toujours me parler de tout. En fait, je crois qu'on devrait aller porter plainte à la police dès demain matin.

La confusion m'envahit.

– Porter plainte ?

– Ce garçon doit être puni pour ce qu'il a fait, Ella.

– Ce garçon ?

Mais qu'est-ce qui se passe ? Callum veut faire arrêter son fils pour… pour quoi ? Relations sexuelles avec une mineure ? Je suis toujours vierge. Est-ce que je peux être poursuivie pour… Mon Dieu. Le rouge me monte aux joues.

Ses paroles me choquent.

– Je me fiche complètement que son père soit juge. Il est hors de question que Delacorte s'en sorte après avoir drogué et essayé d'agresser sexuellement une fille.

Je retiens mon souffle. Oh Seigneur ! Reed a dit à Callum que Daniel avait essayé de me violer ? Pourquoi ? Ou plutôt, pourquoi maintenant, alors que ça s'est passé il y a déjà plusieurs semaines ?

Mais quelles que soient ses raisons, j'en veux à Reed d'avoir lâché le morceau. Je ne veux absolument pas à avoir affaire aux flics ni me faire piéger dans une longue procédure foireuse. J'imagine parfaitement ce qui va se passer au tribunal. Une lycéenne strip-teaseuse prétend qu'un riche jeune homme blanc l'a droguée pour la violer ? Personne n'y croira.

– Je ne porterai pas plainte, dis-je fermement.

– Ella…

– Ce n'est pas si grave, ok. Vos fils m'ont retrouvée avant que Daniel puisse vraiment me faire du mal.

Je suis pleine de frustration.

– Et ce n'est pas pour ça que je me suis enfuie, Callum. Je… je ne suis pas à ma place, ici, ok ? Je ne suis pas formatée pour être une princesse riche qui va dans une école huppée et boit une coupe de champagne à mille dollars au dîner. Tout ça, ce n'est pas moi. Je ne suis pas à la mode, ni riche, ni…

– Mais si, tu es riche, m'interrompt-il calmement. Tu es très, très riche, Ella, et il va bien falloir que tu l'acceptes. Ton père t'a laissé une fortune, et un de ces jours, il va falloir que tu voies les avocats de Steve pour décider de ce que tu vas faire de cette fortune. Des investissements, des trusts, ce genre de choses. Au fait…

Il soulève une valise de cuir et me la tend.

– Ton argent du mois, comme nous en étions tombés d'accord, et une carte de crédit.

Je me sens soudain idiote. Le souvenir de Brooke et Reed ensemble est la seule chose sur laquelle j'ai été capable de me concentrer depuis mon départ. J'avais complètement oublié l'héritage de Steve.

– On pourra en discuter une autre fois, je marmonne.

Il hoche la tête.

– Tu es certaine de ne pas vouloir porter plainte contre Delacorte ?

– Certaine.

Il prend l'air résigné.

– Très bien. Veux-tu que je te monte quelque chose à manger ?

– J'ai mangé pendant le dernier arrêt.

Je veux qu'il sorte, et il le sait.

– Ok. Bon. (Il se dirige vers la porte.) Pourquoi ne te couches-tu pas de bonne heure ? Tu dois être épuisée après ce long trajet en car. On pourra parler plus longtemps demain.

Callum sort, et je ressens une vague irritation quand je m'aperçois qu'il n'a pas fermé la porte derrière lui. Je m'avance pour le faire, et au même moment elle s'ouvre en grand, en me faisant presque tomber par terre.

Ensuite, deux bras musclés s'enroulent autour de moi et me serrent fort. D'abord je me raidis, parce que je crois que c'est Reed, mais quand je me rends compte que c'est Easton, je me détends.

Il est aussi grand et musclé que Reed, avec les mêmes cheveux bruns et les mêmes yeux bleus, mais le parfum de son shampooing est plus doux et son après-rasage est moins épicé.

– Easton.

Je commence, puis je suffoque parce qu'il se met à me serrer encore plus fort. Il ne dit pas un mot. Il me serre comme si j'étais une couverture de survie. C'est une étreinte désespérée, qui me fait mal à la poitrine et m'empêche de respirer librement. Son menton se pose sur mon épaule puis se niche dans mon cou, et bien que je sois censée être en colère contre tous les Royal de cette demeure, je ne peux m'empêcher de lui passer une main dans les cheveux. C'est Easton, mon « grand frère » autoproclamé, même si nous avons le même âge, lui et moi.

Il est plus grand qu'une montagne, souvent emmerdant et toujours déconnant.

Il était sans doute au courant pour Reed et Brooke, il est impossible que Reed ait eu un secret pour Easton, et pourtant je n'arrive pas à le haïr. Pas quand il tremble dans mes bras. Pas quand il recule et qu'il me regarde avec un tel air de soulagement que j'en ai la respiration coupée.

Je cligne les yeux et le voilà parti, en trébuchant sans dire un mot. Je ressens une vague inquiétude. Pas de remarque à la noix ? Pas de commentaire macho du genre que je suis revenue parce que je suis folle de son corps et de son magnétisme animal ? En fronçant les sourcils, je referme ma porte en me forçant à ne pas relever le comportement étrange d'Easton. Je ne peux pas me permettre de me faire alpaguer dans un nouveau drame Royal, pas si je veux survivre à mon séjour ici.

Je flanque la pochette dans mon sac à dos, j'enlève mon tee-shirt et je me glisse dans mon lit. Les draps en soie sont divins contre ma peau nue.

À Nashville, je logeais dans un motel miteux, mon couvre-lit grattait incroyablement. Ce truc était également couvert de taches dont je ne voulais absolument pas connaître la provenance. Je venais de dégoter un boulot de serveuse dans une cafétéria quand Callum s'est amené, de la même façon qu'il l'avait fait à Kirkwood plus d'un mois auparavant pour m'arracher au club de strip-tease où je travaillais.

Je n'arrive toujours pas à savoir si ma vie était meilleure ou pas avant que Callum me retrouve.

Mon cœur se serre lorsque je me mets à penser au visage de Reed. Pire, je décide. Bien pire.

Comme s'il savait que j'étais en train de penser à lui, Reed m'appelle derrière ma porte close.

– Ella, laisse-moi entrer.

Je l'ignore.

Il frappe deux fois.

– S'il te plaît. Il faut que je te parle.

Je roule sur le côté pour tourner le dos à la porte.

Sa voix me tue.

Un grognement monte de l'autre côté de la porte.

– Tu crois vraiment que ce scanner va m'empêcher d'entrer, bébé ? Tu me connais mieux que ça.

Il fait une pause.

Comme je ne réponds pas, il poursuit.

– Très bien. Je reviens. Je vais chercher une boîte à outils.

La menace, que je sais être vraie, me fait bondir de mon lit. Je passe la main sur le panneau de sécurité et un signal sonore emplit la pièce pendant que la porte se déverrouille. Je l'ouvre et je croise le regard du type qui était en train de me détruire. Dieu merci, j'y ai mis fin. Il ne pourra plus jamais m'approcher assez pour avoir le moindre impact sur moi.

– Je ne suis pas ton bébé, je siffle. Je ne suis rien pour toi et tu n'es rien pour moi, tu m'entends ? Ne m'appelle pas bébé. Ne m'appelle pas du tout. Reste loin de moi, putain.

Ses yeux bleus m'examinent minutieusement de la tête aux pieds. Alors, il dit d'un ton brusque :

– Est-ce que ça va ?

Ma respiration est tellement courte que c'est incroyable que je ne tombe pas dans les pommes. Aucun oxygène ne pénètre dans mes poumons. Ils me brûlent, et je vois flou, comme dans la brume. Il n'a donc pas écouté un mot de ce que je viens de dire ?

– Tu as l'air plus mince. Tu n'as pas bien mangé, dit-il catégoriquement.

Je vais pour fermer la porte à l'instant où il pose une main dessus pour l'ouvrir en grand, et il entre pendant que je le dévisage.

– Sors d'ici ! j'aboie.

– Non.

Son regard continue à me détailler, comme s'il cherchait des blessures. Il ferait mieux de se regarder lui-même, parce que c'est lui qui a l'air d'avoir été battu. Littéralement, il a un bleu violacé dans l'encolure de son tee-shirt.

Il a dû aller faire un combat récemment. Ou peut-être plusieurs combats, si j'en juge par la légère grimace qu'il fait à chaque inspiration, comme si sa cage thoracique ne fonctionnait plus très bien.

Seigneur, me crie ma voix vindicative, il mérite de souffrir.

– Tu vas bien ? répète-t-il, sans me quitter des yeux. Est-ce que quelqu'un… t'a touchée ? T'a fait du mal ?

J'éclate d'un rire hystérique,

– Oui, quelqu'un m'a blessée. Toi, tu m'as blessée !

Son visage se teinte d'irritation.

– Tu es partie avant de me laisser t'expliquer.

– Aucune explication ne te fera pardonner, je lui crache. Tu as baisé la petite amie de ton père.

– Non, dit-il fermement. Je ne l'ai pas fait.

– Menteur.

– C'est la vérité. Je ne l'ai pas fait. (Il retient sa respiration.) Pas cette nuit-là. Elle était en train d'essayer de me convaincre de parler d'elle à mon père. Et moi, j'essayais de m'en débarrasser.

Je le fixe sans y croire.

– Elle était nue !

Et je m'arrête soudain, quand mon esprit intègre quelque chose qu'il vient de dire.

Pas cette nuit-là ?

La colère me monte à la gorge. Je le regarde droit dans les yeux,

– Faisons comme si je croyais que tu n'as pas fait l'amour avec Brooke cette nuit-là, ce qui n'est pas le cas. Mais faisons comme si. Tu as quand même baisé avec elle à d'autres moments, non ?

La culpabilité, profonde et indubitable, se lit dans ses yeux.

– Combien de fois ?

Reed passe une main dans ses cheveux.

– Deux fois, peut-être trois.

Mon cœur s'arrête. Oh mon Dieu. Une partie de moi avait espéré un démenti. Mais… il est en train d'admettre qu'il a eu des relations sexuelles avec la petite amie de son père ? Plusieurs fois ?

– Peut-être ? je hurle.

– J'étais saoul.

– Tu es écœurant, je murmure.

Il ne tressaille même pas.

– Je ne suis jamais allé avec elle quand nous étions ensemble. Dès la première fois que nous sommes sortis ensemble, je t'ai appartenu. Juste à toi.

– Oh, j'ai vraiment de la chance. J'ai eu les miettes laissées par Brooke. Hourra !

Cette fois, il tressaille.

– Ella.

– Tais-toi. (Je lève la main, je suis tellement en pétard que je peux à peine le regarder.) Je ne vais même pas te demander pourquoi tu as fait ça, parce que je le sais parfaitement. Reed Royal déteste son papa. Reed Royal décide de se venger de son papa. Reed Royal fait l'amour avec la petite amie de son papa. Est-ce que tu réalises à quel point c'est glauque ?

Il répond d'une voix rauque :

– Ouais. Je le sais. Mais je n'ai jamais prétendu être un saint. J'ai fait beaucoup d'erreurs avant de te rencontrer.

Je le regarde bien en face.

– Reed. Je ne te pardonnerai jamais ça.

Un éclair de volonté traverse son regard.

– Tu ne penses pas ce que tu dis.

J'avance vers la porte.

– Tout ce que tu pourras dire ou faire ne me fera pas oublier ce que j'ai vu dans ta chambre cette nuit-là. Considère-toi chanceux que je ne dise rien, parce que si Callum l'apprenait, il péterait un câble.

– Je me fiche de mon père. (Il s'avance vers moi.) Tu m'as abandonné.

Je suis sciée.

– Tu m'en veux d'être partie ? Bien sûr que je suis partie ! Pourquoi je serais restée une seconde de plus dans cette maison après ce que tu as fait ?

Il avance un peu plus près, sa haute stature pénètre mon espace vital. Sa main s'approche pour saisir mon menton. Je me dérobe, et cela fait briller ses yeux un peu plus.

– Tu m'as manqué à chaque seconde. J'ai pensé à toi à chaque foutue seconde. Tu veux me haïr pour ce que j'ai fait ? Ne te gêne pas, je me suis haï moi-même pour ça, bien avant que tu débarques ici. J'ai fait l'amour avec Brooke, et c'est quelque chose que je dois assumer.

Ses doigts tremblent sur ma mâchoire.

– Mais je n'ai pas baisé avec elle cette nuit-là, et je ne vais pas te laisser foutre en l'air ce que nous avons tous les deux, uniquement parce que…

– Ce que nous avons ? Nous n'avons rien du tout.

J'ai à nouveau la nausée. J'en ai terminé avec cette conversation.

– Sors de ma chambre, Reed. Je n'arrive même pas à te regarder pour l'instant.

Comme il ne bouge pas, je le repousse des deux mains. Fort. Et je continue à pousser, à frapper son buste musclé jusqu'à ce que je le fasse bouger, centimètre par centimètre, jusqu'à la porte. Son petit sourire ne fait que décupler ma colère. Il trouve ça drôle ? Est-ce que tout est un jeu pour ce type ?

– Fiche le camp. J'en ai marre de toi.

Il fixe mes mains, qui sont toujours pressées contre lui, puis mon visage qui doit être rouge tomate.

– Bien sûr, je m'en vais si c'est ça que tu veux. Mais ce n'est pas fini entre nous, Ella. Pas le moins du monde.

J'attends à peine qu'il ait passé le seuil pour claquer ma porte sur lui, à toute volée.

Chapitre 9

La première chose que je vois en me réveillant, c'est le ventilateur au-dessus de ma tête. Les draps de coton, épais et doux, me rappellent que je ne suis plus dans ma chambre d'hôtel pourrie à quarante dollars la nuit, mais de retour au palais Royal.

Tout est sa place. Je peux même sentir l'odeur de Reed sur les taies d'oreiller, comme s'il avait dormi là chaque nuit depuis mon départ. Je jette l'oreiller par terre et je me dis qu'il va falloir acheter d'autres draps. Est-ce que j'ai bien fait de revenir ? Mais est-ce que j'avais le choix ? Callum a prouvé qu'il pouvait me poursuivre n'importe où. J'ai exigé tout ce qu'il était possible d'obtenir. Une serrure de sécurité sur la porte de ma chambre. Une carte de crédit à mon nom. La promesse qu'une fois que j'aurais terminé le lycée, il relâcherait son étroite surveillance.

La question que je devrais me poser, c'est si je vais laisser un mec gâcher ma vie. Suis-je trop faible pour réussir à me dépatouiller de Reed Royal ? Je me suis débrouillée toute seule pendant des années, je me suis d'abord occupée de maman, puis de moi. La blessure que la mort de maman a laissée dans mon cœur a fini par guérir. Celle qu'y a faite Reed finira, elle aussi, par guérir.

N'est-ce pas ?

En me retournant, j'aperçois sur la table de nuit le téléphone que Callum m'avait donné. Je l'avais laissé derrière moi comme la voiture, les fringues et tous les autres cadeaux qu'il m'avait faits.

Mais le fait de m'éloigner des Royal, et plus particulièrement de Reed, ne m'a pas empêchée de penser à lui. Je ne pouvais pas abandonner ça impunément derrière moi, et ces souvenirs m'ont hantée à chaque kilomètre de mon périple.

Je me force à prendre le téléphone et à faire face au bordel que j'ai laissé derrière moi. À lire tous ces messages, j'éprouve une sensation douce-amère. Je n'ai manqué à personne les autres fois que j'ai ramassé mes affaires et que je suis partie. Maman et moi ne sommes jamais restées plus de deux ans au même endroit.

Cette fois, j'ai plus de trente messages de Valérie, au milieu de tous ceux de Reed. Ceux-là, je les efface sans les lire. Il y en a quelques-uns d'Easton, mais je soupçonne qu'ils sont aussi de Reed et je les efface également. Les autres messages sont ceux de ma patronne, Lucy, la gérante de *La Baguette Française*, une boulangerie non loin de la prépa d'Astor Park. Ceux-là sont d'abord inquiets, puis impatients.

Mais ce sont ceux de Val qui me procurent une sensation désagréable dans le ventre. J'aurais dû lui dire quelque chose. J'y ai beaucoup pensé en partant, mais j'ai eu peur. Pas uniquement que les Royal lui extorquent l'information mais aussi parce qu'elle était liée à quelque chose que je voulais oublier. J'ai honte de la façon dont je l'ai traitée. Si c'était elle qui avait disparu, j'aurais été super-inquiète.

Je suis désolée. Je suis la plus nulle des amies. Est-ce que tu veux encore me parler ?

Je repose le téléphone et je fixe le plafond. À ma grande surprise, le téléphone se met immédiatement à sonner. L'icône de Val apparaît.

Je prends une profonde respiration et je réponds.

– Salut Val.

– Où étais-tu ? crie-t-elle. J'ai appelé des dizaines de fois !

J'ouvre la bouche pour m'excuser platement, mais elle me coupe tout de suite la parole.

– Et ne me dis pas que tu étais malade, parce que personne n'est malade pendant deux semaines sans pouvoir passer ne serait-ce qu'un coup de fil ! Enfin, à moins d'être le patient zéro[4] au début d'une apocalypse de zombies !

En écoutant ses paroles inquiètes, je réalise qu'il s'agit là d'un test pour notre amitié. Même après que je n'ai répondu à aucun de ses appels pendant deux semaines, elle m'accepte de nouveau. Ouais, elle me pose des questions, mais des questions auxquelles elle a le droit d'obtenir des réponses. Elle compte pour moi. Elle compte assez pour que je lui réponde honnêtement, même si c'est très gênant.

---

4. Le terme « patient zéro » désigne habituellement la première personne d'une épidémie à avoir été contaminée.

– Je me suis enfuie, je confesse.

– Oh, Ella, non. (Elle soupire tristement.) Qu'est-ce que ces Royal t'avaient fait ?

Je ne veux pas lui mentir.

– Je... je ne me sens pas prête à en parler. Mais j'ai peut-être surréagi.

– Pourquoi n'es-tu pas venue me voir ? demande-t-elle.

Chacun de ses mots laisse parfaitement transparaître son chagrin.

– Je n'y ai pas pensé. Je... Quelque chose est arrivé ici et je suis montée dans ma voiture, j'ai acheté un billet de car et je suis partie. La seule chose à laquelle je pensais, c'était de partir le plus loin possible, le plus vite possible. Ça ne m'est pas venu à l'idée de venir te trouver. Je n'ai pas l'habitude de faire confiance aux autres. Je suis désolée.

Elle reste silencieuse un moment.

– Je suis toujours en pétard contre toi.

– C'est normal.

– Tu viens en classe aujourd'hui ?

– Non, je suis rentrée tard hier soir, du coup Callum m'a donné une journée pour me retourner.

– Bon. Alors je sèche, tu viens me voir et tu me racontes tout.

– Je te dirai ce que je peux.

Je ne veux même pas penser au truc avec Brooke et Reed. Je veux oublier que c'est arrivé. Je veux oublier que j'ai ouvert mon cœur à Reed.

– Moi aussi, j'ai des trucs à te raconter. Quand est-ce que tu peux venir ?

Je regarde l'heure.

– Dans une heure ? Le temps de prendre une douche, de manger et de m'habiller.

– Ça me va. Passe par la porte de derrière, sans ça ma tante va se demander pourquoi nous ne sommes pas en cours.

Val habite chez sa tante, du coup elle peut suivre sa scolarité à Astor Park. Jusqu'à présent, je n'ai rencontré que la méchante cousine de Val, Jordan, et je suppose que le jour où je sèche n'est pas le moment idéal pour me présenter au reste de sa famille.

– À toute.

Je respire un grand coup et, ensuite, j'appelle Lucy.

– Salut Lucy. C'est Ella. Je suis vraiment désolée d'avoir disparu comme ça. Est-ce que je peux passer cet après-midi ?

– Moi aussi je suis désolée, mais je ne peux pas te parler pour l'instant. C'est bondé.

Lucy est brève, mais je suis soudain navrée de ne pas y être allée ce matin dès que je me suis réveillée.

– Si tu peux passer juste avant quatorze heures, je pourrai te parler un peu.

– Je serai là, je promets.

J'ai l'impression que je ne vais pas apprécier ce qu'elle va me dire.

Je me traîne hors du lit, direct sous la douche, puis j'enfile une paire de vieux jeans et ma chemise en flanelle.

Ironiquement, c'est à peu près les vêtements que je portais lorsque je suis arrivée au manoir Royal pour la première fois. Mon dressing est plein de vêtements luxueux, mais je ne veux pas porter quoi que ce soit qu'ait pu toucher Brooke Davidson. C'est peut-être mesquin et stupide, mais je m'en fiche.

J'ouvre ma porte et je m'arrête. Reed est adossé au mur d'en face.

– Bonjour.

Je rentre dans la chambre et claque la porte. Sa voix puissante passe très facilement à travers.

– Tu vas m'ignorer encore longtemps ?

Deux ans. Non. Autant qu'il est humainement possible.

– Je ne partirai pas, me prévient-il. Et comme finalement tu vas me pardonner, autant que tu m'écoutes.

Je vais à la fenêtre à côté mon lit et je baisse les yeux. Le saut du deuxième étage jusqu'au sol est plutôt raide, et je ne suis pas sûre que le truc des draps fonctionne dans la vraie vie. Avec la chance que j'ai, les draps se dénoueraient, je m'écraserais au sol en me faisant des fractures multiples et je serais bloquée au lit pendant des semaines.

Je traverse la pièce, j'ouvre la porte en grand et je passe devant lui sans un mot.

– Je suis désolé de ne pas t'avoir dit pour Brooke et moi.

Tu peux garder tes excuses et te les mettre où je pense.

À la moitié des escaliers, il m'attrape par le bras et me force à me retourner.

– Je sais que tu tiens encore à moi, sans ça tu ne me ferais pas le coup du silence.

Il a en plus le culot de me faire un grand sourire. Oh mon Dieu ! Il n'a pas le droit de sourire. D'abord, parce que c'est démentiellement sexy quand il fait ça. Et ensuite, parce que… argh… je suis en colère contre lui.

Je lui lance un regard froid et me libère de son emprise.

– J'ai décidé de ne pas perdre de temps ni d'énergie avec des gens qui ne le méritent pas.

Reed attend que je sois en bas des escaliers avant de me lancer :

– Alors, tu te fiches d'Easton ?

Le fait qu'il mentionne Easton me fait me retourner, parce que, en plus de Val, Easton est devenu un des mes amis les plus proches.

– Il y a quelque chose ?

Reed descend l'escalier jusqu'en bas et s'arrête en face de moi.

– Ouais. Tu t'es barrée et sa vie entière est remplie de femmes qu'il aime et qui l'ont abandonné.

La culpabilité me fait rougir.

– Je ne l'ai pas abandonné, lui.

Je t'ai laissé tomber toi, espèce de sale tricheur.

Reed hausse les épaules.

– Eh bien, il faudra que tu le persuades de ça, pas moi. Mais je suis certain que tu parviendras à le reconquérir.

Quel sale arrogant ! Je me force à prendre l'air le plus doux possible.

– Tu veux bien me rendre service ?

– Bien sûr.

– Remballe ta condescendance, tes conseils débiles, tes insinuations glauques et mets-les-toi où je pense.

Je me retourne d'un seul coup. Mais je ne réussis pas entièrement ma sortie, parce que Reed me suit dans la cuisine où je retrouve tout le reste de la famille Royal, à l'exception de Gideon.

– Est-ce que vous n'avez pas entraînement ce matin ? je demande d'un air circonspect.

Easton et Reed jouent au football. Ces deux-là devraient déjà être à l'école à cette heure. Callum part généralement au bureau avant l'aube. Ce matin, tout le monde est assis autour de la grande table en verre installée dans le coin qui surplombe la piscine et l'océan Atlantique derrière.

– C'est un jour spécial, dit Callum depuis sa tasse de café. Tout le monde doit participer à cette réunion de famille. Sandra t'a préparé ton petit déjeuner, il est dans le réfrigérateur. Pourquoi ne le prends-tu pas et ne viens-tu pas t'asseoir ensuite ? Reed, arrête de tourner en rond et assieds-toi.

Ce n'est pas une suggestion, et bien que Callum ne soit pas mon père et que Reed ait tendance à ne pas l'écouter, nous lui obéissons tous les deux.

– C'est chouette que tu sois revenue, dit Sawyer lorsque je m'assieds.

Du moins, je crois que c'est Sawyer. La marque de brûlure à son poignet qui me permettait de le reconnaître s'est effacée, alors je n'en suis pas sûre.

– Ouais. Il commence à faire froid et Reed nous a promis que tu allais tous nous emmener acheter des vêtements d'hiver, poursuit Seb.

– Ah bon ?

– Ouais, on est un peu démunis quand tu n'es pas là.

La voix grave de Reed me frappe au ventre. Je lui aboie dessus :

– Ne m'adresse pas la parole !

– Je suis d'accord, dit Easton, ne lui parle pas.

Je suis stupéfaite de voir le regard noir qu'adressent les trois autres fils Royal à Reed. Il serre les lèvres. Je demande à mon cœur stupide de ne pas ressentir la moindre once de sympathie pour lui. Tout ce qu'il récolte maintenant à cette table de petit déjeuner, il l'a semé au moins un millier de fois.

– Bonjour Easton. Est-ce que j'ai raté quelque chose d'intéressant en bio ?

Je veux lui parler de notre étreinte étrange d'hier soir, mais ce n'est pas le moment. Pourtant, il faut que je sache s'il va bien. Easton a des problèmes d'addiction. Je pense que sa mère lui manque et qu'il tente de remplir ce vide par tout ce qu'il peut et que rien ne marche. J'ai vécu la même chose.

– Ouais, on dissèque des cochons.

– Sérieusement ? (Je fais un bruit de dégoût.) Contente d'y avoir échappé.

– Nan. (Il me donne un coup de coude.) Je plaisante. Tu n'as rien manqué. Mais les évaluations ont lieu la semaine prochaine.

– Oh, crotte !

– Ne t'en fais pas, Callum va s'occuper de tout, pas vrai papa ?

Easton lève le menton. Callum ne relève pas la provocation et hoche la tête placidement.

– Oui, si tu as besoin de plus de temps, je suis certain que ça peut s'arranger.

Parce que dans son monde, l'argent peut tout acheter, même du temps supplémentaire pour passer ses contrôles. Peut-être que je ne serai même pas obligée de passer un examen d'entrée à la fac. Je ne sais pas si ça me rend heureuse ou si ça m'énerve. Les deux à la fois, je suppose. Ressentir des émotions confuses fait à présent partie de mon quotidien. Comme quand Reed s'assied à côté de moi et que mon corps exulte en se rappelant tout le plaisir qu'il lui a donné. Et que mon cœur se serre au souvenir de l'affection et de la chaleur qu'il m'a offertes, alors que j'ignorais totalement que j'en avais besoin. Mais ma tête me rappelle que ce garçon a été horrible avec moi. La seule concession que je suis prête à faire, c'est reconnaître qu'il a tenté de me prévenir, mais que je lui ai couru après comme une pauvre malade en lui disant qu'il m'aimait et qu'il suffisait qu'il veuille bien l'admettre. Donc, je suppose que nous sommes tous les deux coupables.

Il m'avait dit de ne pas m'approcher.

Il m'avait dit que je n'avais rien à faire ici.

Si seulement je l'avais écouté !

– Ton bagel t'a fait quelque chose ? me demande Easton.

Je baisse les yeux sur mon assiette remplie des reliquats de petit déjeuner. Je la repousse et j'attrape le bol de fruits frais, de muesli et de yaourt. La meilleure des choses, en vivant dans la maison Royal, c'est la quantité de nourriture qu'il y a en permanence à la cuisine. Pas question de ne manger qu'un plat par jour en espérant que mon organisme ne va pas se révolter si la seule chose que je lui fournis, c'est un taco de fastfood. Ici tout est frais, brillant, vert, sain.

– Je n'ai pas envie de glucides ce matin, je réponds à Easton.

– Alors, petite sœur, qu'est-ce qu'on va faire aujourd'hui ? (Il se frotte les mains.) J'ai appris que nous n'allons pas à l'école. Enfin, les jumeaux y vont, mais c'est parce qu'ils sont trop cons. Il suffit qu'ils ratent un seul cours pour redoubler.

Les deux jumeaux lui font un doigt d'honneur.

– Je vais voir Valérie.

– Super, dit Easton. J'aime bien Val. On dirait qu'on va passer un bon moment.

– On dirait que tu n'as pas entendu le pronom « Je ».

Autour de la table, tout le monde écoute notre échange.

– Je l'ai entendu, répond Easton avec un grand sourire, pendant que ses yeux furètent partout. Je l'ignore, c'est plus pratique. À quelle heure on y va ?

Je tape des doigts sur la table.

– Easton, écoute-moi.

J'attends que son regard frénétique s'arrête enfin sur moi.

– Toi, tu restes ici. Ou alors tu peux sortir, mais de toute façon tu ne viens pas avec moi.

– Tu prononces des mots qui n'ont pas vraiment de sens. On se retrouve à quelle heure à ta voiture ?

Je fais le tour de la table des yeux pour chercher de l'aide, mais tout le monde m'évite. En face de moi, les jumeaux se retiennent visiblement de rire.

Callum a les yeux fixés sur son journal.

– Tu devrais céder. Si tu ne le laisses pas venir avec toi en voiture, de toute façon il va se ramener chez les Carrington.

Easton tente de prendre l'air gracieux et contrit, mais le triomphe se lit dans ses yeux.

– Très bien, mais nous allons nous faire les ongles et comparer les qualités des maxi-serviettes hygiéniques. On va peut-être même faire des tests pratiques.

Son sourire ne diminue pas, mais les jumeaux se mettent à gémir.

– Dégueulasse, lancent-ils à l'unisson en s'écartant de la table.

Sawyer, enfin disons que c'est lui, tape sur l'épaule de Sebastian.

– Tu es prêt ?

Seb jette sa serviette sur la table et se lève.

– Je suppose. Je préfère encore étudier la géométrie que les maxi-serviettes hygiéniques.

– On part dans un quart d'heure environ ? me crie Easton avant de se ruer hors de la cuisine.

Je me masse le front, j'ai l'impression qu'une migraine est en train de s'installer derrière mon œil droit. Reed dit si doucement que je l'entends à peine :

– Ella…

Je l'ignore et je regarde à travers la fenêtre l'eau claire et calme de la piscine. J'aimerais bien que la vie soit aussi lisse et calme.

– Je vous laisse finir votre petit déjeuner tous les deux. (Callum replie son journal bruyamment. Il fait grincer les pieds de sa chaise sur le sol carrelé en se levant.) Je suis heureux que tu sois de retour, Ella. Tu nous as manqué.

Il pose une main sur mon épaule, puis il quitte la pièce.

– Moi aussi, j'ai terminé, et je jette ma cuillère sur mon déjeuner non entamé.

– Laisse tomber. J'y vais. (Reed se redresse.) Tu as besoin de manger et il est évident que tu ne le feras pas tant que je serai là.

Je continue à l'ignorer.

– Je ne suis pas ton ennemi, dit-il d'une voix triste. Je ne t'ai pas parlé de mon passé, parce que c'était un vrai bordel et je ne savais pas comment tu allais réagir. J'avais tort, ok ? Mais je vais arranger tout ça.

Il se penche, sa bouche est à quelques centimètres à peine de mon oreille. Son parfum m'enveloppe, alors je m'efforce de ne pas respirer. Je m'efforce de ne pas regarder son corps musculeux qui fléchit pendant qu'il pose une main sur la table.

– Je ne vais pas laisser tomber, murmure-t-il, et son haleine tiède chatouille mon cou.

Je finis par lui répondre. D'une voix basse et moqueuse.

– Tu devrais. Je préférerais baiser avec Daniel plutôt que de revenir avec toi.

Sa respiration se fait sifflante.

– Nous savons tous les deux que c'est faux. Mais j'ai pigé. Je t'ai blessée, et tu veux me rendre la monnaie de ma pièce.

Je le regarde dans les yeux.

– Non, je ne veux pas me venger. Ça ne vaut pas l'énergie mentale nécessaire et je ne prévois pas de passer du temps à penser à toi. Je me fiche de toi et de tes nanas. Je veux juste que tu me foutes la paix.

Sa mâchoire se crispe.

– Je serais prêt à faire presque n'importe quoi pour toi. Je remonterais dans le temps pour changer les choses, si c'était possible.

Puis il me fixe avec un air plein de détermination.

– Mais je ne te laisserai jamais tranquille.

Chapitre 10

Lorsque j'entre dans ma chambre, Easton est vautré sur mon lit. Il a une cannette – Dieu merci, ce n'est pas de la bière – coincée entre les jambes et ma télécommande dans une main.

– Comment es-tu entré ?

– Tu n'avais pas fermé ta porte.

Il tapote le matelas à côté de lui.

– Viens là. Je vais mater ESPN[5] pendant que tu appelles Val.

– Je l'ai déjà appelée avant de descendre petit-déjeuner.

Je glisse quelques trucs dans mon sac à dos.

– Il y a une friperie dans le coin ?

Easton se lève du lit et me rejoint devant mon placard.

– Aucune idée, mais si tu en as marre de tes fringues, tu peux les donner pendant la semaine du bal de l'école. Ils font une collecte pour les bonnes œuvres.

– La semaine du bal de fin d'année de l'école ? je commence à lui demander, mais je décide que je n'ai pas vraiment envie de savoir.

---

5. L'Entertainment Sport Programming Network Incorporated est un réseau de télévision thématique US, spécialisé en sport.

Je n'ai aucune intention d'assister aux conneries organisées par Astor Park dans le futur.

– Ah, ok bien sûr, je marmonne. Callum dit que j'ai du fric. Je suppose que je peux y avoir accès.

– Pour quoi faire ?

– Pour acheter des vêtements.

– Tu en as déjà.

Il me montre mon placard.

– Eh bien, je vais les balancer pour en acheter d'autres, ok ?

La colère et l'impatience me font parler plus sèchement que je ne le voudrais.

– Je ne vois pas pourquoi ce serait un problème que je veuille faire des courses. Les filles sont censées aimer ça.

Easton m'étudie. Ses yeux brillants sont bien plus intuitifs que je ne le pense.

– Tu n'es pas une fille banale, Ella. Alors ouais, c'est bizarre, mais je pige. C'est Brooke qui a acheté ces fringues. Tu détestes Brooke. Ces fringues doivent disparaître.

Je croise les bras.

– Est-ce que Reed te l'a dit ou tu le savais déjà ?

– Il vient de me le dire, admet Easton.

– Bonne nouvelle. Tu viens de sauver tes couilles.

Je le pousse hors de mon chemin et j'attrape une paire de tennis. Je vais me créer une nouvelle vie, dès aujourd'hui. Elle n'inclura pas les types qui couchent avec les petites amies de leur père et qui font la cour à leur demi-sœur en même temps. Je vais aussi en exclure les salopes qui tentent quoi que ce soit contre moi.

C'est une bonne chose que la salope numéro un, Jordan, soit à l'école aujourd'hui, sans ça je l'aurais flanquée dans sa piscine, lestée de quelques pierres autour du cou.

– Tu as un regard mauvais, c'est super-excitant. Promets-moi que tu me laisseras le temps de jouir avant de me tuer, plaisante Easton.

– Tu vas te faire botter les fesses très fort par quelqu'un, aujourd'hui.

– Je sais que tu dis ça comme une menace, mais honnêtement, je suis impatient. Ça a l'air chouette.

La fille qui voudra alpaguer Easton devra avoir un fouet dans une main et un revolver dans l'autre. Je crois bien qu'il est incontrôlable.

J'attrape le trousseau de clés de ma splendide décapotable au coloris tellement tendance. J'ai vraiment eu du chagrin en l'abandonnant.

– Tu penses que Val aura quelque chose à manger pour moi ? demande Easton. J'ai encore assez faim.

– Descends, parce que tu ne viens pas avec moi.

– Alors, ce sera Reed.

Je m'arrête à la porte de ma chambre.

– De quoi tu parles ?

– Papa a peur que tu te barres encore, alors l'un de nous doit te coller aux basques en permanence. La bonne nouvelle, c'est que tu peux aller pisser toute seule, mais il y a une alarme à ta fenêtre.

Je jette mes clés sur la commode et je me rue dans les toilettes.

– Tu vois les capteurs rouges ?

Easton se penche et me montre deux minuscules pointes d'épingle lumineuses dans l'encadrement de la fenêtre.

– Dès que tu l'ouvres, papa reçoit un message. Alors, qui vient avec toi chez Val ? Reed ou moi ?

– Mais c'est dément ! (Je secoue la tête.) Très bien, allons-y.

Easton me suit docilement dans les escaliers jusque sous l'auvent. Je ne suis pas d'humeur à bavarder, mais il voit visiblement les choses différemment pendant que je passe les lourdes portes.

– C'est moi qui devrais être en pétard. Tu t'es enfuie sans un mot. J'étais très inquiet. Tu aurais pu être tuée ou je ne sais quoi.

J'ai déjà eu cette conversation avec Reed, merci.

– On dirait que je ne suis pas la seule contre qui tu es en colère. Pourquoi est-ce que toi et les jumeaux, vous fixiez Reed comme ça pendant le petit déjeuner ?

– Parce que c'est un salaud.

– Tu viens juste de t'en rendre compte ?

Easton regarde ses pompes avant de me répondre,

– Avant, ça n'avait pas d'importance.

Ça ne sert à rien de répondre. En outre, les Carrington sont à dix minutes à peine et j'entre déjà dans leur allée. J'aperçois Val à l'entrée de derrière, et elle n'a pas l'air content.

– Qu'est-ce qui ne va pas ? je lui demande lorsque j'arrive devant elle.

Elle me montre Easton de la tête.

– Qu'est-ce qu'il fait ici ?

– Désolé, mais un Royal doit tenir compagnie à Ella en permanence. Ordre de mon père.

Val me regarde d'un air incrédule.

– Pour de vrai ?

– Je n'en sais rien, mais je te promets que si j'avais pu quitter la maison sans Easton, je n'aurais pas hésité une seconde.

– Hé, tu me fais de la peine, proteste-t-il.

Et parce que ça pourrait bien être vrai, je supplie Val :

– Il ne dira rien.

Elle fait les gros yeux.

– Peu importe. Entrez, c'est tout.

– Tu as un truc à manger ? demande Easton lorsque nous passons devant la cuisine.

– Sers-toi. (Elle lui fait un signe de la main en direction du comptoir sur lequel trônent une coupe remplie de fruits et un gâteau sous une cloche.) Tu peux rester ici. Ella et moi avons besoin d'être seules.

– Aïe, non. Je veux venir avec vous. (Easton se penche devant moi.) Ella m'a dit que vous alliez tester le pouvoir absorbant de maxi-serviettes périodiques. Ça m'intéresse beaucoup.

Val me lance un regard embarrassé.

– Easton, s'il te plaît. Donne-nous juste dix minutes, je supplie.

– Très bien, mais je vais manger tout le gâteau.

– Fais-toi plaisir, champion, dit Val en me traînant vers la véranda qui fait tout le tour de la maison.

La maison des Carrington est une véritable demeure sudiste avec de grands porches, des colonnes cannelées et une pelouse qui semble avoir été taillée à la main.

J'imagine que, dans le temps, les dames de cette maison s'asseyaient dans des rocking-chairs avec de grandes robes et des gants en dentelle, qu'elles portaient des éventails peints et disaient des trucs du genre « ma terre ». J'ai dû trop regarder *Autant en emporte le vent*.

Val s'écroule sur des canapés fleuris.

– Je crois que Tam me trompe.

– Non !

Je retiens ma respiration et je m'écroule à côté d'elle. Tam et Val sortent ensemble depuis plus d'un an. Il va dans une fac à seulement quelques heures de route d'ici, et d'après ce que Val m'a laissé entendre, elle et Tam ont des relations sexuelles animées, qui comprennent des performances filmées et du sexe par téléphone. Moi, je n'ai même pas encore vraiment fait l'amour. Si une relation peut survivre à l'éloignement, c'est bien la leur, non ?

– Pourquoi tu penses ça ?

– Il était censé venir me voir le mois dernier, tu te souviens ?

Oui, je me souviens. Elle était tellement contente, mais ensuite il avait annulé à la dernière minute.

– Tu avais dit qu'il ne pouvait pas venir parce qu'il croulait sous les devoirs.

À son air malheureux, je devine. C'était une excuse ?

Elle pousse un petit soupir.

– Il m'a appelée hier soir pour me dire qu'il fallait qu'on parle.

– Oh non.

– Alors on a parlé au téléphone et il m'a dit que la fac c'était le pied, et que cela lui avait permis de réaliser qu'il n'était qu'un môme lorsqu'il était au lycée. Il m'a juré qu'il ne m'avait pas trompée, mais il pense qu'avec la distance, les tentations sont trop fortes pour lui et que, pour être correct – et elle crache le mot –, il voulait être sûr que ça m'allait s'il voyait d'autres filles.

Je lève une main :

– Attends. Il ne t'a pas appelée pour rompre, mais à la place, il veut que tu l'autorises à te tromper ? C'est ça ?

Val me lance un regard noir.

– C'est super-merdique.

– Et tu lui as dit de…

J'espère que tu lui as dit de s'enfoncer ta permission bien profond dans la gorge et de s'étrangler avec, ai-je envie de dire, mais je ne veux pas avoir l'air de porter un jugement. C'est la dernière chose dont elle a besoin en ce moment. Plus tard, oui, je lui rappellerai qu'elle est vraiment super et qu'elle n'a pas besoin d'un salaud comme Tam qui lui bouffe toute son énergie, mais pour l'instant, elle a besoin d'être réconfortée.

Je finis par articuler :

– Eh bien, j'espère que tu lui as dit au moins ce que tu ressentais.

– Je lui ai dit qu'il pouvait baiser toutes les filles qu'il voulait, mais que c'était terminé avec moi.

Elle rejette ses cheveux en arrière d'un air bravache, mais sa main tremble et ses yeux sont luisants de larmes.

– C'est lui le perdant, tu le sais, n'est-ce pas ?

– Je passe mon temps à me le répéter, mais je ne me sens pas mieux pour autant. Une partie de moi a envie de piquer la voiture de Jordan et de foncer à State. Je ne sais pas ce que je ferais en arrivant là-bas. Lui filer un coup dans les couilles ou bien l'embrasser.

Elle frissonne et me jette un regard par en dessous.

– Au fait, j'ai filé un coup de pied dans les couilles de Reed pour toi.

– Vraiment ? (J'éclate de rire en imaginant la minuscule Val frapper l'entrejambe géant Reed.) Et pourquoi ça ?

– Simplement parce qu'il existe. Avec son air suffisant. Il refusait de me dire où tu étais.

Val se jette dans mes bras.

– Je suis tellement contente que tu sois revenue.

– Ah, hum.

Je lève les yeux, Easton est là qui nous sourit.

– Je croyais que vous vouliez parler, les filles. S'il s'agit d'un truc entre nanas, je suis partant moi aussi.

– Tu dis ça à toutes les filles de deux ans à quatre-vingt-deux ans, grommelle Val.

– Eh bien, ouais. (Il prend l'air offensé.) Je ne veux pas que quiconque se sente rejeté.

Il repousse la porte et vient s'installer de l'autre côté de Val.

– Des problèmes de mec ?

Val se prend la tête entre les mains.

– Ouais. Mon petit ami a décidé que nous devions avoir une relation non exclusive.

– Alors, comme ça, il veut manger à l'extérieur et rentrer quand même pour le dîner ?

– Ouaip.

– Et tu n'es pas d'accord.

– Hum, ben, je préfère les mecs qui sont fidèles. Vous les Royal, vous ne pouvez sans doute pas comprendre.

– Ouille, Val, qu'est-ce que je t'ai fait ?

Il se frotte la poitrine comme si elle l'avait cogné.

– Tu as un pénis. Ce qui te place automatiquement du mauvais côté.

– Mais je peux faire des trucs formidables avec mon pénis. Demande à n'importe quelle fille à Astor.

– Comme Abby Kincaid ? le défie Val.

Choquée, je relève le menton brutalement pour regarder Easton.

– Tu as baisé avec l'ex de ton frère ?

Il s'effondre dans les coussins en rougissant.

– Et alors ? Je croyais que tu détestais Reed.

Ouah. C'est une chose que les frères Royal se querellent à la maison, mais ce genre de dissension en public, c'est nouveau et… désagréable. Et aussi en colère que je sois contre Reed, je n'aime pas voir cette fracture entre frères. Ça me rend étrangement compatissante envers Reed, ce qu'il ne mérite pas, bordel. Je tente de changer de sujet.

– À part les contrôles, qu'est-ce qui se passe en classe ?

– Demain c'est Halloween, mais Beringer n'autorise pas les déguisements à l'école. (Val hausse les épaules.) Mais il y a une fête chez les Montgomery après le match, vendredi. Tout le monde se prépare.

Je fais la grimace.

– Sans moi.

Je ne suis pas une grande fan d'Halloween. Maman travaillait dans des night-clubs, alors enfant, je n'ai jamais participé aux «trick-or-treating[6]» comme les autres. Et je déteste les déguisements. J'en ai porté suffisamment comme ça lorsque je travaillais en club.

– Quoi d'autre ? je demande.

Val pointe un doigt accusateur vers Easton.

– Les Royal ne se supportent plus et Reed ne devrait pas être emmerdé pour pouvoir régler tous les différends. Et comme les autres qui ont un semblant de conscience sont trop paresseux ou trop froussards pour élever la voix, l'ambiance à Astor Park est devenue atroce. Chaque jour est pire que la veille. Je commence à avoir la trouille que quelqu'un soit blessé physiquement.

Alors, ce matin, ce n'était donc pas anormal. Je fronce les sourcils en demandant à Easton :

– Qu'est-ce qui se passe ?

– On va à l'école pour étudier, non ? dit-il négligemment. Une des choses que ces mômes doivent apprendre, c'est à s'occuper d'eux-mêmes. Le monde est plein de voyous. Ils ne disparaissent pas quand tu vas à la fac. Autant retenir la leçon tout de suite.

– Easton. C'est terrible.

– En quoi ça te regarde ? m'accuse-t-il. Tu as laissé tout le monde derrière toi. Alors, qu'est-ce que

6. Littéralement, «des bonbons ou un sort». Le soir d'Halloween, aux USA, les enfants passent de maison en maison pour se faire offrir en bonbons en criant «tricks-or-treats».

ça peut te faire si les petits mômes riches d'Astor Park s'aperçoivent de la différence quand ils n'ont plus un Royal aux commandes ? Tu n'es pas contente de voir que cet endroit est en train de devenir exactement comme tu pensais qu'il deviendrait ?

Honnêtement, je n'ai pas pensé une seconde à Astor Park lorsque je suis partie, mais maintenant que je sais que les gens se font du mal, tout ça ne me dit rien qui vaille.

– Non, ça ne me fait pas plaisir. Pourquoi dis-tu cela ?

Il se tourne vers la pelouse parfaitement tondue tandis que Val reste assise inconfortablement entre nous. Il finit par dire :

– Laisse tomber, Ella. Tu ne peux rien y changer de toute façon. Le mieux que tu puisses faire, c'est de baisser la tête et de survivre.

Chapitre 11

La boulangerie est calme lorsque j'y arrive à quatorze heures. J'aurais voulu venir plus tôt, mais Lucy était occupée. J'aimerais tellement qu'elle me crie dessus, qu'elle me sorte tout ce qu'elle a sur le cœur avant de me dire de prendre un tablier et de retourner me mettre au boulot derrière le comptoir.

Easton voulait m'accompagner, sous prétexte qu'il n'avait rien mangé depuis deux heures.

Après une petite discussion, il a accepté de m'attendre dans la voiture.

– Est-ce que Lucy est là ? je demande au serveur à la caisse.

Ce grand type dégingandé est un nouveau, j'ai l'horrible impression que c'est mon remplaçant.

– Lucy, il y a une fille qui veut te voir.

Lucy passe la tête à la porte de derrière :

– Qui est-ce ?

Il tend un pouce dans ma direction. Son beau visage s'assombrit quand elle me voit.

– Oh, c'est toi, Ella. Donne-moi une minute. Assieds-toi en attendant.

Ouais, en attendant d'être virée.

Le serveur m'adresse un regard compatissant avant de se tourner vers le client suivant.

J'attrape une chaise et je m'installe à une table vide pour attendre Lucy. Je n'attends pas longtemps. Au bout d'environ une minute, elle surgit de l'arrière-boutique avec deux mugs de café. Elle en pose un devant moi et boit l'autre à petites gorgées avant de le reposer.

– Il y a quinze jours, Reed Royal s'est amené ici, il te cherchait. Le lendemain, ton tuteur, Callum, m'a appelée pour me dire que tu étais très malade et que tu serais indisponible pour un temps indéterminé. Bref, et te voilà, l'air en bonne santé, même si tu es un peu plus mince que quand tu es partie.

Elle se penche vers moi.

– Est-ce que tu as besoin d'aide, Ella ?

– Non, je suis désolée Lucy, j'aurais dû vous appeler, mais il m'était impossible de venir travailler.

Le mensonge n'est pas si évident à prononcer. Lucy est une femme vraiment bien et j'adore travailler ici. Je le lui dis.

– J'adore cet endroit et je sais que vous avez pris des risques quand vous m'avez embauchée.

Elle se pince les lèvres avant de reprendre une gorgée de café. Puis elle tapote son mug avant de répondre :

– J'avais vraiment besoin de quelqu'un, et comme tu n'étais pas là et que je ne pouvais pas te joindre, j'ai dû faire autrement. Tu comprends, n'est-ce pas ?

Je hoche la tête, parce que je comprends très bien. Je n'aime pas ça, mais je comprends.

– Je suis désolée.

– Moi aussi.

Sa main plonge dans la poche de son tablier tout enfariné :

– Si jamais tu as besoin de quoi que ce soit, n'hésite pas à m'appeler.

Je n'ai besoin de rien sauf d'un boulot.

– Merci, dis-je en rangeant sa carte dans ma poche.

– Reste dans le coin, Ella, dit-elle gentiment en se levant. Si une autre opportunité se présente, peut-être que nous pourrons faire un autre essai.

– Merci.

Mon vocabulaire se limite à deux mots : merci et pardon.

Lucy avale une gorgée de café et repart en cuisine, pendant que je reste là à contempler la façon dont j'ai mal géré mon départ. Je ne suis pas habituée à être celle sur qui on ne peut pas compter, et même si je ressens un sentiment de malaise à l'idée de l'avoir laissée tomber, il y a aussi une petite part en moi qui est heureuse qu'elle s'en soit souciée. Que quelqu'un se soit soucié de moi.

Chapitre 12

À l'instant où je pénètre sur le campus, le lendemain, j'entends les chuchotements. En garant ma voiture sur le parking des élèves, j'avais déjà dû faire face à des petits sourires en coin et autres regards fixes, mais c'est encore pire à l'intérieur. Un silence assourdissant, suivi d'un murmure indistinct de paroles et de ricanements, me poursuit dans le couloir.

Arrivée à mon casier, je m'examine dans le petit miroir de la porte pour voir si, par hasard, je n'aurais pas un énorme bouton ou mon rimmel qui coule. Mais non, tout va bien. J'ai l'air d'une parfaite étudiante d'Astor Park dans son chemisier blanc et son blazer d'uniforme.

J'ai les jambes nues parce qu'il fait encore assez beau pour ne pas porter de collants, comme pratiquement toutes les autres filles, ce n'est pas sur mon apparence que tout le monde chuchote.

Je n'aime pas ça. Ça ressemble beaucoup trop à ma première arrivée à Astor, quand personne ne m'avait adressé la parole parce qu'ils attendaient tous de voir comment allaient réagir Reed et ses frères. Détester Ella ou bien l'accueillir. À la fin, le corps étudiant avait opté pour une demi-mesure. La plupart des élèves n'ont jamais vraiment été chaleureux avec moi, mais c'est sans doute parce que j'ai fait tout mon possible pour être asociale et que je ne parlais qu'à Val.

Aujourd'hui, pratiquement tous ceux que je croise me jettent des regards méprisants. En me dirigeant vers mon premier cours de la journée, je ne peux m'empêcher de gamberger. Je suis embarrassée et je déteste ça.

C'est alors qu'une fille aux cheveux bruns me rentre littéralement dedans. Elle continue, fait quelques pas, puis s'arrête pour me dévisager.

– Bienvenue, Ella. Comment s'est passé l'avortement ? Ça n'a pas fait trop mal ? me demande-t-elle avec un sourire innocent.

Ma mâchoire se décroche.

C'est Claire quelque chose. Elle sortait avec Easton avant qu'il se lasse d'elle.

– Va te faire foutre, je murmure en lui passant devant.

J'arrive en classe de chimie en même temps qu'Easton. Il me jette un coup d'œil et aussitôt fronce les sourcils,

– Ça va, p'tite sœur ?

– Ça va, je réponds entre mes dents.

À mon avis il ne me croit pas, mais il ne prononce pas un mot en entrant dans la classe derrière moi. Nous nous dirigeons vers la table que nous partageons depuis le début du trimestre, et je remarque des sourires moqueurs tout du long.

– Super ! La poupée gonflable des Royal est de retour, hein, Easton ? lance un type du fond de la classe. Je suppose que Reed et toi vous êtes ravis.

Easton se retourne sur sa chaise. Je ne peux pas voir son visage, mais son expression doit être terrible car elle suffit à faire taire le perturbateur en un clin d'œil.

On entend quelqu'un tousser, puis des bruits de manuels qu'on ouvre et de vêtements qui bruissent.

– Ignore-les, me conseille Easton.

C'est plus facile à dire qu'à faire.

Toute la matinée, c'est de pire en pire. Easton est dans presque tous mes cours et, à chaque fois, il plante ses fesses derrière moi. Je deviens écarlate en entendant deux filles chuchoter que je baise avec deux de mes demi-frères.

– Elle le fait sûrement avec Gid aussi, dit l'une d'elles, sans même se donner la peine de baisser la voix. C'est probablement son bébé qui est passé à l'aspirateur.

Easton recommence son truc de «je me retourne avec un regard assassin», mais si ça calme ces langues de pute, ça ne fait pas taire la voix dans ma tête.

Val m'avait prévenue que des rumeurs couraient à mon sujet, mais est-ce vraiment ce que les gens croient ? Que je suis partie me faire avorter ? Que je baise avec Reed, Easton et Gideon ?

Je suis habituée à être gênée. Faire du strip-tease dès l'âge de quinze ans m'a appris ce que c'était que d'être humiliée, mais savoir que tout le monde à l'école raconte ces horreurs sur moi me met les larmes aux yeux.

Je me rappelle alors que j'ai Val, et que seule son opinion a de l'importance, à Astor Park. Et Easton, je suppose. Il ne m'a pratiquement pas quittée depuis que je suis rentrée à Bayview, alors je n'ai pas d'autre choix que de le considérer comme un ami. Même si je méprise vraiment son frère.

Après le cours, je fonce à mon casier pour changer de manuel scolaire, parce qu'ils ne tiennent pas tous dans mon sac. Easton disparaît dans le couloir, non sans m'avoir serré le bras auparavant, en entendant une autre série de chuchotements malveillants.

– Alors comme ça, aujourd'hui c'est le jour d'Easton ?

Je me crispe en reconnaissant la voix de Jordan Carrington. Je me demandais combien de temps mettrait cette pute à rejoindre le concert des langues de vipères.

Plutôt que de lui répondre, j'attrape mon livre d'histoire mondiale sur l'étagère du haut et je le remplace par celui de chimie.

– C'est ça le deal, n'est-ce pas ? Tu alternes entre Reed et Easton ? Les lundis, mercredis et vendredis, tu te tapes Reed. Les mardis, jeudis et samedis, c'est le tour d'Easton. (Jordan penche la tête.) Et le dimanche ? Tu le réserves à l'un des jumeaux ou aux deux ?

Je claque la porte de mon casier et je me retourne en lui souriant.

– Nan, le dimanche, je me tape ton petit copain. Sauf les fois où il est occupé, alors là, je baise ton père.

Ses yeux me lancent des éclairs.

– Surveille ton langage, espèce de pute !

J'ai du mal à garder le sourire.

– Surveille le tien, Jordan. À moins que tu veuilles que je te balance une gifle ?

Je la provoque en lui rappelant la raclée que je lui ai donnée dans le gymnase le mois dernier. Elle ricane.

– Vas-y, essaie. Montre-moi jusqu'où tu peux aller sans la protection de Reed.

Je m'avance, mais elle ne recule pas d'un pouce.

– Je n'ai pas besoin de la protection de Reed. Je n'en ai jamais eu besoin.

– Ah vraiment ?

– Oui, vraiment.

Je plante un doigt au milieu de sa poitrine, juste entre ses deux petits seins effrontés :

– Je suis capable de te démonter la tête toute seule, Jordan.

– C'est une ère complètement nouvelle qui commence à Astor Park, Ella. La famille Royal ne mène plus la danse à présent. C'est moi. Il suffit d'un mot de moi pour que chaque élève de cette école te rende la vie impossible.

– Ça alors, je suis terrifiée !

Elle fronce ses lèvres.

– Tu devrais l'être.

J'en ai plus qu'assez des trips de pouvoir de cette nana.

– Peu importe, pousse-toi de là.

Elle rejette ses cheveux châtains brillants sur son épaule.

– Et si je n'en ai pas envie ?

– Est-ce que tout va bien par ici ? demande une voix masculine.

Nous nous retournons toutes les deux en même temps pour découvrir Sawyer avec sa copine rousse, Lauren. Elle jette un regard gêné à Jordan, puis à moi.

– Ça ne te concerne pas, petit Royal.

Jordan ne le regarde même pas, mais elle prend le temps de jeter un regard moqueur à Lauren.

– Ça ne te concerne pas non plus, Donovan, alors pourquoi est-ce que vous ne fichez pas le camp, Sawyer et toi ? À moins que ce soit Sebastian ? Je n'arrive jamais à les reconnaître.

Une lueur mauvaise éclaire son regard.

– Et toi, ma belle ? Est-ce que toi tu arrives à les reconnaître ? Ou bien tu fermes les yeux quand ils te baisent ?

Je me demandais si Lauren savait que les jumeaux changeaient de place avec elle, l'expression sur son visage me fournit la réponse. Au lieu d'être choquée, elle a l'air gênée et indignée.

Mais cette fille a plus de couilles que je ne le pensais, parce qu'elle fait face au regard moqueur de Jordan et lui envoie un « Va te faire foutre, Jordan ». Puis elle prend Sawyer par la main et l'entraîne loin de nous.

Jordan se marre.

– Toute la famille est tordue, hein ? Mais je suppose que ça te convient, comme à cette traînée de Lauren. Pas vrai, Ella ? Une sale strip-teaseuse comme toi doit sans doute apprécier d'être chopée en même temps par deux Royal.

– Est-ce que tu as fini ? je lui demande froidement.

Elle me lance un clin d'œil.

– Oh non, ma chérie. Nous n'en aurons jamais terminé. En fait, nous ne faisons que commencer.

Elle me fait un petit doigt d'honneur et prend tranquillement le couloir sans se retourner.

Je la regarde s'éloigner, en me demandant dans quel foutu bordel je viens de remettre les pieds.

*

* *

Au déjeuner, Val et moi nous nous asseyons dans un coin et je m'efforce de faire comme si nous étions seules au monde. C'est difficile, pourtant, parce que je sens tous les regards rivés sur moi et ça me rend nerveuse.

Val prend une bouchée de son thon.

– Reed est en train de te mater.

Bien sûr. Je me retourne et je le découvre attablé avec d'autres footballeurs. Easton est là aussi, mais à l'autre extrémité de la table au lieu de sa place habituelle à côté de Reed.

Je lance un regard à Reed qui m'observe de ses yeux bleus perçants. Ces mêmes yeux dont les paupières devenaient lourdes chaque fois qu'on s'embrassait, qui flamboyaient chaque fois qu'on se retrouvait dans la même pièce.

– Est-ce que tu vas enfin me dire ce qui s'est passé entre vous ?

Je détourne mon regard et j'enfourne quelques pâtes.

– Non, dis-je légèrement.

– Aïe, mais tu sais que tu peux tout me raconter, insiste Val. Je suis une tombe.

Mon hésitation n'est pas due à un manque de confiance. Je n'ai juste pas l'habitude de me confier. Je préfère cacher mes sentiments. Mais l'expression de Val me persuade de lui donner quelques détails.

– Nous sortions ensemble. Il a merdé. C'est terminé à présent.

Elle fait la moue.

– Wouah ! Est-ce qu'on t'a déjà dit que tu racontais très mal les histoires ?

Je grimace.

– C'est tout ce que je peux dire pour l'instant.

– Très bien. Je ne te ferai plus chier là-dessus. Mais sache que je serai toujours là quand tu seras prête à en parler.

Elle ouvre sa bouteille d'eau.

– Au fait, qu'est-ce qu'on fait ce soir ?

– Tu n'en as pas marre de moi ? je plaisante.

Après mon rendez-vous décevant avec Lucy, je suis retournée chez Val, on s'est goinfrées de gâteau en regardant trois épisodes de *Step Up*[7]. Easton s'est barré au milieu du deuxième et n'a pas réapparu.

– Hé, je suis en deuil.

Elle fait pendre tristement sa lèvre inférieure.

– Il faut que tu me changes les idées pour que j'arrête de penser à Tam. Halloween, c'était notre dimanche préféré. On avait l'habitude de se déguiser ensemble.

– Ah. Il t'a envoyé d'autres messages ?

Il lui a envoyé trois textos la nuit dernière, mais Valérie n'a pas répondu.

– Il n'arrête pas. Maintenant, il me parle de se ramener ici pour que nous puissions parler.

Elle a l'air très triste,

– Les cœurs brisés, ça craint.

Ça, je le sais.

7. Ce film, *Sexy danse* en France, est sorti en 2006.

Comme un fait exprès, mon téléphone m'annonce l'arrivée d'un texto. Je tressaille en voyant le nom de Reed s'afficher sur l'écran.

Ne le lis pas, je m'ordonne.

Et comme une idiote, je le lis.

Arrête de faire comme si tu t'en foutais complètement de moi. Nous savons tous les 2 que c'est faux.

Je serre les dents. Beurk. Espèce de sale arrogant.

Arrive un autre message.

Je t'ai manqué quand tu étais partie. Autant que toi tu m'as manqué.

On va dépasser ça.

Non. J'ai envie de lui hurler d'arrêter de m'envoyer des messages, mais s'il y a un truc que je sais à propos de Reed Royal, c'est que c'est un sale égoïste. Il fait ce qu'il veut quand il veut.

Et ce message ne fait que me le rappeler.

Brooke, c'était une erreur. C'est arrivé avant qu'on se rencontre. Ça n'arrivera plus jamais.

La simple mention du nom de Brooke suffit à me faire serrer le poing autour de mon téléphone. Sans réfléchir, je lui renvoie un message salé.

Je ne te pardonnerai jamais d'avoir fait l'amour avec elle. Laisse-moi tranquille.

– Tu sais que je suis toujours là, pas vrai ?

La remarque un peu sèche de Val me remplit de culpabilité. Je remets mon téléphone dans mon sac et je reprends ma fourchette.

– Désolée. Je disais juste à Reed d'aller se faire voir.

Elle éclate de rire.

– Seigneur. Tu m'as manqué, tu sais ?

Et moi aussi je ris, pour la première fois de la journée, en fait.

– Toi aussi tu m'as manqué, je lui réponds, et je le pense réellement.

*
* *

Quand la cloche sonne la fin des cours, je n'ai qu'une hâte, c'est de sortir d'ici. Mon premier jour de classe après mon retour est un enfer. Des rires méchants, des messes basses, des moqueries et des regards assassins. J'ai envie de m'enfermer dans ma chambre, de mettre la musique à fond et de faire comme si cette journée n'avait jamais existé.

Je ne prends même pas la peine d'aller à mon casier. J'envoie un SMS à Val pour savoir si elle me rejoint plus tard et je cours au parking.

Et là, je m'arrête net. Reed est adossé à ma voiture, côté conducteur.

– Qu'est-ce que tu veux encore ?

J'en ai marre qu'il me poursuive tout le temps. Et je déteste l'air qu'il a. Il fait plus frais à présent, ses cheveux bruns sont battus par le vent et ses pommettes saillantes sont rosies par le froid. Il se redresse. Il est si grand et si musclé lorsqu'il s'avance vers moi.

– Sawyer m'a dit que Jordan t'a emmerdée.

– La seule personne qui m'emmerde, c'est toi. (Je lui lance un regard glacial.) Arrête de m'envoyer des sms. Arrête de me parler. C'est fini entre nous.

Il se contente de hausser les épaules.

– Si je te croyais vraiment, j'arrêterais. Mais je ne te crois pas.

Je l'avertis.

– Je vais bloquer ton numéro.

– Je prendrai un autre téléphone.

– Je vais changer mon numéro.

Il renifle.

– Tu crois vraiment que je ne pourrai pas l'obtenir ?

Je serre mon sac contre ma poitrine comme si c'était un bouclier. J'ai une boule dans la gorge.

– Tu m'as trompée.

– Je ne t'ai jamais trompée, dit-il d'une voix rauque. Je n'ai pas touché Brooke depuis six mois.

Il semble tellement sincère. Et s'il disait la vérité ? Si…

Ne sois pas idiote, me crie une voix intérieure. Beurk. Bien entendu, qu'il n'est pas sincère, je devrais le savoir plutôt que de me laisser embobiner par son air sombre et le tremblement imperceptible de sa voix. Pendant toute mon enfance, j'ai vu ma mère tomber amoureuse des mauvais types, encore et encore. Ils lui mentaient. Ils se servaient d'elle. Et autant je l'aimais, autant je détestais sa stupidité concernant les hommes. Ça lui prenait des mois, un an parfois pour se rendre compte que le pauvre type qui était dans son lit n'en valait vraiment pas la peine, pendant que moi j'étais là à attendre qu'elle réalise enfin.

Je refuse qu'on se joue de moi comme ça.

– Va au diable, Reed, je murmure. J'en ai fini avec toi.

Il se rapproche un peu.

– Ah ouais ? Alors, tu me dis que tu n'as plus envie de moi ?

– C'est exactement ça.

Je fais un pas de côté pour l'éviter et je me rue vers ma voiture. Mais ma tentative de fuite échoue lamentablement parce qu'il fait demi-tour et me bloque contre la portière. La chaleur de son corps traverse mes vêtements. Mon pouls s'accélère. Il place ses paumes contre la carrosserie pour me piéger entre ses bras.

– Tu prétends que je ne t'excite plus ?

Il baisse la tête et son souffle chaud me chatouille le cou. Quand je me mets à frissonner sans le vouloir, il rit doucement.

– Admets-le, je te manque.

Je serre les lèvres.

La joue de Reed frôle la mienne pendant qu'il continue à murmurer à mon oreille.

– La façon que j'ai de t'embrasser te manque. La façon dont je me glisse dans ton lit la nuit te manque. Et ce que tu ressens quand je pose mes lèvres ici te manque…

Il presse ses lèvres contre mon cou, et moi, je frissonne à nouveau. Ce qui le fait sourire un peu plus.

– Ouais, c'est certain, je ne te fais plus aucun effet, pas vrai bébé ?

– Ne m'appelle pas comme ça. (Je le repousse violemment, en ignorant les battements de mon cœur. Je déteste l'effet qu'il produit sur moi.) Et laisse-moi tranquille.

Une voix forte s'élève derrière nous.

– Tu as entendu, laisse-la tranquille.

Easton s'avance et attrape Reed par l'épaule. Bien qu'il ait un an de moins, Easton est aussi grand et baraqué que son frère. Ça ne lui demande aucun effort d'écarter Reed.

– C'est une conversation privée, dit Reed, l'air imperturbable.

– Ouais ? (Easton me jette un coup d'œil.) Tu as envie de parler avec ton grand frère, petite sœur ?

– Nan, je réponds d'un air faussement jovial.

Easton sourit.

– Voilà, Reed. Cette conversation est terminée.

Puis il abandonne son air moqueur et le remplace par de l'irritation.

– En plus, papa vient de m'envoyer un message. Il veut qu'on rentre tous, le plus vite possible. Lui et Brooke ont quelque chose à nous annoncer.

Je tourne la tête vers Easton.

– Brooke ?

Lui, avec un rire dur, se tourne vers Reed.

– Quoi, tu ne lui as pas dit ?

– Dit quoi ? je demande. Qu'est-ce que peut bien foutre Brooke à la maison ?

Reed lance un regard glacial à son frère.

– Ça alors, je me demande bien pourquoi tu ne l'as pas mentionné. Papa et Brooke se sont remis ensemble.

Mon corps tout entier se fige. Quoi ? Pourquoi donc Callum se serait-il remis en ménage avec cette sorcière ?

Et comment vais-je pouvoir lui faire face après ce que j'ai vu dans la chambre de Reed ?

Je vacille sur mes jambes et ma main se met à trembler. J'espère que les garçons ne s'en rendent pas compte, qu'ils ne voient pas combien je suis remuée.

Rentrer à la maison est tout à coup la dernière chose dont j'ai envie.

Chapitre 13

L'une après l'autre, nos voitures se garent dans la grande allée circulaire du domaine Royal. Ma décapotable. Le pick-up d'Easton. La Range-Rover de Reed et la Rover que partagent les jumeaux. Je reste dans ma voiture et je regarde les frères Royal claquer leur portière et disparaître par la porte latérale de la maison.

Je n'arrive pas à croire que Brooke soit là. Je n'arrive pas à croire que Reed ait « oublié » de le mentionner.

Toutes les fois qu'il m'a regardée en face et qu'il s'est moqué de moi en prétendant qu'il allait me récupérer et que je le désirais toujours, il ne pouvait pas me dire que Brooke était de retour ?

Mais, bien entendu, il n'a rien dit. Il croit peut-être qu'il suffit de prétendre qu'il n'a pas touché Brooke, qu'elle n'existe pas, pour que je l'oublie.

Eh bien non. Ella Harper n'oublie pas. Elle n'oublie jamais.

Je prends une profonde inspiration et je me dis qu'il faut que je sorte de ma voiture. Mais je ne peux pas bouger. Ce n'est que lorsque la porte latérale s'ouvre que je réussis à m'extirper du siège conducteur.

– Ella, m'appelle Brooke avec un grand sourire.

J'attrape mon sac et je fais le tour de la voiture en m'efforçant de ne pas la bousculer au passage. Mais elle m'arrête. Je n'ai jamais eu plus envie de balancer un coup de poing à quelqu'un qu'à cette femme, de toute ma vie. Elle est aussi blonde et refaite que dans mon souvenir, moulée dans une minirobe de luxe, avec des talons aiguilles immenses et assez de diamants pour remplir une boutique Tiffany.

– Je n'ai rien à te dire.

Elle rit.

– Oh, ma chérie, tu te trompes.

– Non. Maintenant, pousse-toi et laisse-moi passer.

– Pas avant qu'on ait eu une petite conversation entre filles, minaude-t-elle. Je ne peux pas te laisser entrer avant qu'on ait mis certaines choses au point.

L'incrédulité me fait grimper les sourcils au plafond.

– Il n'y a rien à mettre au point.

Et sans raison apparente, je baisse le ton, alors qu'elle et Reed mériteraient que je le hurle aux quatre vents.

– Tu as baisé avec le fils de Callum.

– Vraiment ? (Elle se remet à glousser.) Il me semble que si c'était le cas et si quelqu'un dans cette maison était dans la confidence (elle me lance un regard appuyé), alors Callum aurait été mis au courant.

Là, elle me tient. Et maintenant, je ne peux en vouloir qu'à moi-même pour m'être tue. Il aurait suffi d'un mot à Callum, et Brooke serait de l'histoire ancienne. Il l'aurait foutue dehors plus vite qu'il n'en faut pour le dire.

Mais… il aurait jeté Reed dehors avec elle. Peut-être qu'il l'aurait même renié.

Seigneur, tout ça me rend malade. Ça ne va pas dans ma tête. Sans ça, pourquoi est-ce que je me soucierais de ce qui peut arriver à Reed Royal ?

Brooke sourit en connaissance de cause.

– Oh, pauvre petite fille pathétique. Tu l'aimes.

Je serre les dents. Elle se trompe. Je ne l'aime plus. Plus maintenant.

– J'ai essayé de te mettre en garde. Je t'ai prévenue que les Royal allaient te détruire, mais tu ne m'as pas écoutée.

– Et c'est à cause de ça que tu m'as punie ? je demande d'un air sarcastique.

– Je t'ai punie ? (Elle semble réellement confuse.) Qu'est-ce que tu crois réellement que j'ai fait, ma chérie ?

– Tu as baisé avec Reed. Je vous ai surpris ensemble ! Ou bien est-ce que tu l'as oublié parce que ça t'arrange ?

Brooke secoue la main.

– Oh, tu veux dire la nuit où tu t'es enfuie ? Désolée de te décevoir, mais il n'y a eu aucune… excitation… cette nuit-là.

– Tu… tu étais toute nue, je bégaie.

– Je voulais prouver quelque chose. (Et devant mon air incrédule, elle écarquille les yeux.) Reed avait besoin d'une bonne leçon.

– Comme d'apprendre que tu es une menteuse et une tricheuse ?

– Non, que cette maison est la mienne. (D'un signe de la main, elle désigne le manoir derrière nous.) Que ce n'est plus lui qui mène la danse, mais moi.

Elle passe un doigt dans une de ses mèches dorées pour la remettre en place derrière son oreille.

– Je voulais lui montrer ce qui arrive quand il dépasse les bornes. Je voulais qu'il reconnaisse que je peux le détruire sans le moindre effort. Et tu vois à quel point c'était facile ? J'enlève ma robe et pouf ! Son histoire avec toi disparaît d'un seul coup. Ça, ma chérie, c'est ce qu'on appelle le pouvoir.

Je me mords la joue. Je ne sais plus que croire à présent. Est-ce que Reed a marchandé avec elle pour qu'elle me raconte ça ? Pour qu'elle mente et prétende qu'elle n'a pas couché avec lui, en échange de… quoi ? Est-ce que ça a la moindre importance ? Ils ont couché ensemble à un moment ou un autre. Et s'il est capable de trahir son père comme ça, songez combien ce sera facile pour lui de me trahir.

Je ne peux pas courir ce risque. Je sais ce que j'ai vu dans cette chambre à coucher. Brooke était nue. Et il est resté assis sans rien dire ! Si je laisse Reed et Brooke semer les graines du doute, ce ne sera plus qu'une question de temps avant que je fasse quelque chose de stupide… comme lui pardonner. Et ensuite, il me fera à nouveau souffrir et je ne pourrai blâmer que moi.

– Tu as fait l'amour avec le fils de Callum, je répète en laissant transparaître mon dégoût sur mon visage. Ça n'a pas d'importance que ce soit cette nuit-là ou une autre, tu l'as trahi avec son propre fils.

Elle se contente de sourire.

La nausée me remonte dans la gorge.

– Tu es…

Je m'arrête. Pfff. Aucune insulte au monde n'est suffisante pour cette femme.

– Je suis quoi ? se moque-t-elle. Une traînée ? Une croqueuse de diamants ? Vas-y, ne te gêne pas, tu as autre chose à dire ? Je ne comprends pas pourquoi les filles ne se serrent pas les coudes, mais honnêtement, ma belle, je me contrefous de ton opinion. Ce sera bientôt ma maison, ici, et c'est moi qui mènerai la danse. Tu ferais mieux de te ranger de mon côté.

Et elle hausse le sourcil.

Je me rappelle que j'ai déjà très souvent rencontré des filles comme Brooke.

C'est une magouilleuse et une intimidatrice. Charmante avec ceux qui ont du fric, prétentieuse envers les filles qui ne peuvent pas l'aider à grimper les échelons de l'échelle sociale, et mauvaise avec quiconque la menace.

Donc je reprends courage en me disant qu'elle me considère comme une menace, et moi aussi, je hausse un sourcil.

– Callum ne te laissera jamais me foutre dehors. Et même si c'était le cas, je m'en fiche. J'ai déjà essayé de foutre le camp, tu te rappelles ?

– Mais tu es revenue, n'est-ce pas, chérie ?

– Parce qu'il m'y a forcée, je marmonne.

– Non, parce que tu le voulais. Tu peux prétendre que tu hais les Royal autant que tu veux, ma douce, mais la vérité, c'est que tu veux faire partie de cette famille. De n'importe quelle famille, en fait. Ella la pauvre orpheline a besoin que quelqu'un l'aime.

Elle a tort. Je n'ai pas besoin de ça. Je me suis débrouillée toute seule pendant deux ans après la mort de maman. Je peux recommencer. Je suis très bien toute seule. N'est-ce pas ?

– Quelques légers petits coups de coude et je te garantis que Callum se rangera à mon opinion. Cela dépend de toi. Tu veux continuer à vivre comme les Royal ou tu préfères devoir à nouveau remuer ton cul pour obtenir quelques dollars ? Ton destin est entre tes mains.

Elle me montre l'espace désert à côté d'elle.

– Il y a encore de la place pour toi ici.

Nous nous retournons en même temps en entendant le bruit d'un moteur de voiture. Le SUV de Gideon s'arrête brutalement derrière la Range de Reed. L'aîné des frères Royal en descend, nous jette un regard et demande :

– Qu'est-ce qui se passe ici ?

– Je souhaite la bienvenue à Ella, c'est tout, répond Brooke en me faisant un clin d'œil. Viens m'embrasser, mon chéri.

Apparemment, Gideon préférerait embrasser un cactus, mais il s'avance en traînant des pieds.

– De quoi s'agit-il ? murmure-t-il. J'ai séché mes cours de l'après-midi et j'ai conduit trois heures d'affilée, alors ça a intérêt à être important.

– Oh, ça l'est. (Brooke nous lance un sourire énigmatique.) Rentrons, ton père et moi nous allons vous en dire plus.

Cinq minutes plus tard, Callum entre dans la pièce de devant, l'air sinistre. Il pose une main protectrice sur les fesses de Brooke. Et Brooke ? Elle a l'air ravi d'un chat dans un étal de poissons.

La pièce est parfaitement décorée dans un style très « plantation sudiste ». Les murs sont tapissés de papier peint crème. Le plafond est orné de larges moulures. La pièce est tellement grande qu'il y a deux coins salon, l'un à côté des portes-fenêtres drapées de soie pêche, l'autre plus près des portes.

Brooke s'assied dans un des fauteuils vert pâle et pêche, autour de la cheminée.

Au-dessus de l'âtre, il y a un splendide tableau représentant Maria Royal. Il y a quelque chose d'affreusement faux à voir Brooke assise dans cette pièce, devant ce tableau.

Quelque chose de l'ordre du sacrilège.

Après s'être servi un verre de whisky, Callum se place derrière Brooke, une main sur le dossier de son fauteuil et l'autre serrant son verre à whisky plein à ras bord.

Gideon va se placer devant les fenêtres. Les mains dans les poches, il fixe résolument la pelouse. Easton et moi nous nous dirigeons vers lui, mais la voix de Callum nous interrompt.

– Asseyez-vous. Toi aussi, Gideon.

Gideon ne bouge pas. Il fait comme si Callum n'avait rien dit. Reed jette un coup d'œil à son père et se décide en un instant. Il va s'installer à côté de son frère. Les lignes sont clairement dessinées.

Je regarde les doigts de Callum qui se crispent sur le dossier de la chaise. Son corps balance vers ses fils aînés, mais il reste coincé aux côtés de Brooke. Quelle emprise a-t-elle sur lui ?

Elle ne peut quand même pas être une si bonne affaire au pieu.

– Brooke, je veux dire, nous avons une annonce à vous faire.

Easton et moi échangeons un regard dubitatif. Les jumeaux sont à côté de moi, ils froncent les sourcils d'un air inquiet.

– Brooke attend un bébé.

Un sifflement collectif accueille cette annonce pendant que nous reprenons notre respiration, choqués.

Après avoir prononcé cette phrase, Callum porte son verre à sa bouche et le descend d'un seul trait.

Brooke a l'air heureuse, et son plaisir est atroce. C'est mal de frapper une femme enceinte ? Je serre les poings au cas où quelqu'un, n'importe qui, me donnerait le feu vert pour sauter par-dessus deux canapés et la table basse, et la bourrer de coups jusqu'à ce qu'elle crie grâce. Elle est en train de détruire cette famille, et je la déteste pour ça, autant que pour tout le reste.

– Qu'est-ce que ça a à voir avec nous ? finit par demander Easton.

Sa voix déborde d'insolence.

– C'est un bébé Royal, ce qui signifie qu'il va porter le nom de Royal. Nous allons nous marier.

Callum est implacable. Je devine que c'est à ça qu'il ressemble, en salle de conférences, mais ici il ne s'agit pas d'affaires. C'est sa famille.

Brooke lève la main gauche et tend ses doigts. Près de la fenêtre, tout le corps de Reed se tend. Derrière moi, Easton gronde.

– C'est la bague de maman ! éructe Sébastian. Tu ne peux pas lui donner la bague de maman.

Sawyer attrape un vase et le balance à travers la pièce. Il ne retombe pas vers Brooke, mais sa chute nous fait tous sursauter.

– C'est vraiment dégueulasse.

– Ce n'est pas sa bague. (Callum passe une main tremblante dans ses cheveux.) Elle lui ressemble, mais la bague de votre mère est en haut. Je vous le promets.

Je reste bouche bée. Quel genre d'homme offre à sa nouvelle femme une bague qui ressemble à celle de sa femme morte ? Et quel genre de femme accepte ça ? Le jeu que joue Brooke est trop tordu pour moi. C'est comme si elle prenait son pied à faire mal à tout le monde.

– Tes promesses ne valent pas mieux que la poussière sous ce fauteuil, dit Gideon à son père.

Il est froid et inflexible. C'est un contraste frappant avec ses manières policées habituelles. Gideon a toujours été le plus calme de tous les frères Royal. Mais il ne l'est pas du tout en ce moment.

– Tu peux faire tous les bébés que tu veux avec elle, ils ne font pas partie de notre famille et ils n'en feront jamais partie.

Puis il s'avance vers Brooke et Callum. Je retiens ma respiration lorsqu'il s'arrête devant eux.

– Tu ne seras jamais chez toi ici, lui dit-il, d'une façon tellement posée qu'il la fait légèrement grimacer. Peu importe pour qui tu ouvres tes cuisses, tu ne seras jamais autre chose qu'une pute de la rue Salem.

Brooke sourit.

– Et toi, tu ne seras jamais autre chose que le fils perdu d'un homme riche dont la mère s'est suicidée.

Gideon tressaille. Il tourne les talons et sort lentement de la pièce. Les jumeaux font de même. Puis Easton. Seuls Reed et moi restons, et je ne peux m'empêcher de lui jeter un coup d'œil. Son expression est celle du dégoût. De la colère. De la déception.

Mais quelque chose manque, et c'est… la surprise.

L'annonce de Callum à propos du nouveau bébé Royal a surpris tout le monde, sauf Reed.

Nos regards se croisent, et à cet instant précis, je lis la vérité dans ses yeux bleus.

Il savait.

Chapitre 14

REED

À l'instant précis où Ella lève les yeux sur moi, je réalise qu'elle fait fausse route. Je l'attrape par le poignet et la traîne hors du salon, jusqu'à la pièce de l'autre côté du hall d'entrée. Il se trouve que c'est l'ancien bureau de ma mère, et l'endroit où Gid et moi l'avons trouvée… morte. Parfait. C'est l'endroit idéal pour sauver ma relation avec Ella ? Sûrement pas.

– Écoute, je commence, mais elle démarre au quart de tour avant que je puisse prononcer une syllabe de plus.

– C'est ton bébé, n'est-ce pas ? siffle-t-elle.

– Non, je te le jure. Ce n'est pas le mien.

– Je ne te crois pas.

Ses mains sont deux petits poings serrés le long de ses flancs. Je veux la prendre dans mes bras, mais ça ne serait pas une bonne idée. Alors, je répète pour la centième fois, je crois :

– Je ne l'ai pas touchée depuis que tu es arrivée chez nous. C'était terminé bien avant ça.

Elle frappe la surface la plus proche et de la poussière se dissipe dans l'air. Cette pièce est restée fermée bien trop longtemps.

– Comment sais-tu que ce n'est pas le tien ?

Je réfléchis un moment, cette question m'oblige à fouiller dans ma mémoire défaillante, mais je n'ai pas le choix.

– Quand je l'ai vue, elle avait le ventre à peine gonflé.

Ella pâlit, je comprends qu'elle se rappelle cette nuit où elle a découvert Brooke à poil dans ma chambre.

– Tu n'en sais rien. Tu ne peux pas le savoir. Pas avant qu'elle ait fait un test. Ça me rend malade. (Elle pose sa main sur son ventre.) C'est la vérité, nom de Dieu, j'ai envie de vomir.

– Ce n'est pas le mien. Ça doit être celui de mon père. Eh merde, ça pourrait être celui de n'importe qui. Elle essaie simplement de tromper mon père, dis-je avec désespoir.

– Toi aussi.

Je retiens mon souffle. C'est un coup de poignard, et elle le sait. Mais je n'abandonne pas pour autant. Je vais remporter ce combat, même si je dois le faire à la déloyale.

– Je ne vais pas prétendre que je n'étais pas un queutard. Peut-être que j'en suis encore un, mais je ne suis pas le père de l'enfant de Brooke. Je ne t'ai pas trompée. J'ai gardé le secret sur ma vie passée, et c'était nul de faire ça. Je le sais. J'ai eu tort. Je suis désolé. Simplement… pardonne-moi, je t'en supplie. Ne nous rends pas malheureux tous les deux.

– Ça n'a plus d'importance à présent.

Il y a une fixité dans son regard qui me fait peur. Elle secoue la tête :

– Avant de te rencontrer, ma vie était remplie de trucs moches. Mais je faisais avec, parce que… qu'est-ce je pouvais faire d'autre ? Ça ne faisait rien que mon père ne soit jamais là, parce que j'avais maman. Je me suis dit que je devrais être reconnaissante quand elle est morte, parce qu'elle souffrait tellement. Et je suis arrivée ici et je t'ai regardé et j'ai pensé, c'est moi que j'entrevois derrière cet air dur, si dur. Ce garçon a perdu sa mère. Il est en colère, il souffre et je le vois. Peut-être qu'il le voit aussi chez moi ?

Elle serre ses bras contre son ventre, comme pour essayer de retenir quelque chose, de me maintenir à distance. Je n'en sais trop rien, à part qu'elle souffre. Je m'avance vers elle, mais elle esquive mon geste comme si l'idée que je puisse la toucher lui faisait mal.

Merde, elle souffre tellement et je lui ai fait ça. Je chuchote :

– Je t'ai vue, je te vois.

Elle ne m'écoute pas.

– Et j'ai pensé, je vais m'occuper de lui. Je vais réussir à le calmer, je vais réussir à le convaincre que nous sommes un merveilleux conte de fées. Mais ce n'est pas vrai. Nous ne sommes rien. Nous sommes du vent, irréels et vides de sens.

Elle frotte ses doigts les uns contre les autres, sans produire le moindre bruit.

– Nous ne sommes même pas une tragédie. Nous sommes moins que rien.

Ses mots me font mal. Elle a raison. Je devrais partir, mais je n'y arrive pas.

Et le fait qu'elle souffre tant me prouve qu'elle a besoin de moi. À présent, seul un lâche abandonnerait. C'est moi qui suis la cause de toute cette douleur, mais je sais que je pourrais la faire disparaître si seulement elle voulait bien me donner ma chance.

Je respire un grand coup.

– J'ai deux possibilités. Ou bien je sors d'ici, ou bien je continue à me battre pour toi. Devine laquelle je vais choisir ?

Elle me dévisage sans dire un mot, alors je poursuis.

– J'ai merdé. J'aurais dû être honnête avec toi dès le début. Brooke m'a dit qu'elle était enceinte cette nuit-là. J'ai paniqué. Mon cerveau a disjoncté. J'ai cherché une façon de m'en sortir qui m'éviterait de te dire que je l'avais touchée autrefois. J'avais honte. Ok ? Honte. Est-ce que c'est ça que tu veux entendre ?

Elle fait la moue.

– Ouais, eh bien, tu sais qui je suis ? Je suis la fille débile dans un film d'horreur. C'est toi qui m'as donné ce rôle.

Elle pointe un doigt accusateur vers moi.

– Je suis celle qui court se réfugier dans la maison où l'attend le type avec un couteau. Tu m'avais prévenue. Encore et encore, tu m'avais dit de garder mes distances. Mais je ne t'ai pas écouté. Je pensais que je savais mieux que toi.

– J'avais tort. Nous ne devrions pas rester loin l'un de l'autre. Nous ne pouvons pas être loin l'un de l'autre. Toi et moi, nous le savons bien.

Je m'avance vers elle et je m'arrête quand la pointe de mes pieds la frôle. Et dans un mouvement rapide, je la prends dans mes bras. Oh putain ! C'est tellement bon quand elle est dans mes bras. J'ai envie de passer ma main dans ses cheveux si doux et de l'embrasser, bordel, mais elle me lance un regard furieux.

– Arrête de me toucher, aboie-t-elle. J'aimerais mieux mourir...

Je lui couvre la bouche avec ma main et je l'avertis.

– Ne dis pas des choses que tu regretteras ensuite. Ne dis pas des choses irréparables.

Sa main se lève et s'écrase sur ma joue. Mon menton part à droite sous l'impact, mais je ne lâche pas. Ses yeux brillent et ses épaules tremblent. Je suppose que j'ai l'air aussi stupide, fou et hors de moi qu'elle.

– Qu'est-ce que tu veux ? Dis-le moi, et je le ferai. Tu veux que je me mette à genoux ? Que je te baise les pieds ?

– Non, garde ta dignité. Elle te sera bien utile pour te tenir chaud la nuit. Oh, mais attends, c'est vrai, tu as Brooke pour ça, répond-elle sournoisement.

Elle me repousse violemment et s'échappe. Elle réussit à ouvrir la porte et s'élance avant que je puisse la rattraper.

Dans le couloir, Papa et Brooke s'arrêtent. Papa regarde Ella qui s'enfuit, puis moi, d'un air intrigué. Brooke est tout sourires. Furieux, je leur passe devant, je pars à la recherche de Gideon. Peut-être a-t-il des réponses à mes questions. À présent, c'est le seul de mes frères qui accepte de me parler.

Je le trouve dehors, debout sur la ligne rocheuse qui sépare la pelouse de la petite bande de sable que nous appelons la plage. L'Atlantique est noir et glacé, vaguement éclairée par la lune à moitié cachée dans les nuages.

Il ne se retourne pas, mais il me demande :

– Ce môme, c'est le tien ?

– Pourquoi est-ce que tout le monde me demande ça ?

– Ça alors, mon pote, je me demande bien pourquoi quelqu'un qui sait que tu baisais avec Brooke se pose même la question.

– Ce n'est pas le mien. Je ne l'ai pas touchée depuis six mois au moins. Pas depuis la Saint-Patrick. On s'était complètement murgés, tu te souviens ? Je suis tombé dans les pommes en haut. Elle a grimpé sur moi. Je ne me rappelle pas grand-chose, sauf que je me suis réveillé à poil, avec elle à côté. Papa était dehors, il nous appelait pour dîner. J'allais le lui dire. Mais je me suis dégonflé.

Gideon ne répond pas. Il se contente de regarder l'eau fixement.

– Avant, je pensais que Dinah et Brooke essayaient de détruire notre famille, mais à présent, je pense que c'est nous. C'est nous qui tuons cette famille. Je ne sais pas comment arranger les choses, Gid. Dis-le-moi. Aide-moi.

Il ne fait rien, alors j'essaie à nouveau, désespérément, de le faire réagir.

– Tu te souviens quand maman nous lisait *Les Robinsons suisses* et que nous fouillions la côte pour dégoter la grotte idéale où vivre ? On était tous les cinq.

On allait tuer une baleine, manger des baies, confectionner nos vêtements avec de la mousse espagnole et des algues ?

– Nous ne sommes plus des mômes.

– Je le sais bien, mais ça ne veut pas dire que nous ne sommes plus une famille.

– Tu voulais partir, me rappelle-t-il. Putain, tu ne parlais que de ça. Foutre le camp d'ici. Maintenant qu'Ella est dans les parages, tu penses que ça vaut la peine de rester ? Quelle sorte de loyauté éprouves-tu vis-à-vis de ta famille ?

Il saute sur le sable, et la nuit l'engloutit en me laissant seul et misérable avec mes pensées.

Personne ne m'a forcé à faire l'amour avec Brooke. J'ai pris ma décision tout seul. J'ai éprouvé une satisfaction perverse à baiser littéralement mon père en baisant sa petite amie. Je voulais le faire souffrir. Il le méritait, après tout ce qu'il avait fait subir à notre famille.

Il a poussé maman à bout en la trompant et en lui mentant. J'ai l'impression que le pire, c'était les mensonges. S'il n'avait pas passé son temps à jurer qu'il n'était pas impliqué dans les trucs que faisait Steve, tous ces bordels aux quatre coins du monde, avec ces escort-girls de luxe, ces mannequins, ces actrices que l'argent d'un milliardaire peut acheter, peut-être que maman l'aurait quitté.

Et si elle l'avait quitté, elle serait sans doute encore en vie. Mais elle est morte. La négligence et les mensonges de papa l'ont tuée aussi sûrement que les cachets qu'elle a ingurgités cette nuit-là.

Je serre les dents. Bien sûr, ma vengeance est vide de sens, puisque je n'ai pas eu le cran de lui dire pour Brooke et moi. Et chaque fois que j'y pense, j'ai envie de vomir.

J'ai passé ces deux dernières années à tenter de tout détruire autour de moi.

Qui aurait pu penser que le succès aurait un goût aussi amer ?

Chapitre 15
ELLA

– Qu'est ce qui se passe ? me demande Val pendant le déjeuner du vendredi. Et ne me réponds pas que tout baigne, parce que vous avez tous l'air royalement déprimés. Même Easton ressemble à quelqu'un dont on vient d'écraser le chien.

– C'est un euphémisme ? je demande en tentant de plaisanter.

Valérie me dévisage.

– Non, pas vraiment.

Je picore mon plat. Je n'ai pas mangé grand-chose cette semaine, et je crois que ça se voit. Chaque fois que j'essaie de manger, l'image de Brooke nous annonçant qu'elle est enceinte surgit dans ma tête, sauf que ce n'est pas Callum qui est à ses côtés. C'est Reed. Et je continue à gamberger, je vois ensuite Reed qui porte le bébé, qui pousse une poussette dans le parc avec Brooke qui ressemble à un top model derrière lui, tous les deux en train de s'esclaffer aux premiers pas de leur bébé.

Pas étonnant que je ne puisse rien avaler.

Ce matin, quand j'ai enfilé mon jean, il flottait. Ce sont mes vêtements qui me portent au lieu du contraire.

Je ne suis pas prête à raconter à Val que toute la maison Royal est en train de pourrir de l'intérieur, mais si je reste muette, elle serait capable de me poignarder avec sa fourchette.

– Je croyais être la seule môme à problèmes, mais les psychodrames familiaux sont mille fois pires.

– C'est Reed ? demande-t-elle.

– Pas uniquement. C'est tout le monde.

Je déteste la tension qu'il y a dans cette maison. Cette façon qu'ont les frères de s'ignorer au petit déjeuner. Et je ne peux même pas m'échapper puisque j'ai perdu mon boulot. Je songe à en chercher un autre. Cette fois, ce n'est pas parce que j'ai besoin de fric mais parce que chaque fois que j'entre dans cette maison, j'ai l'impression qu'un poids énorme me tombe sur les épaules. Et ce sera encore pire une fois que le bébé sera là. Je ne sais pas comment je vais m'en sortir.

– La vie, c'est moche. Mais si ça peut te faire du bien, j'ai bloqué le numéro de Tam.

– Ah bon ?

Il était temps. La proposition stupide de Tam consistait à entretenir une relation non exclusive, essentiellement pour pouvoir garder Val sous le coude pendant qu'il s'envoyait en l'air partout sur le campus. Elle n'a vraiment pas besoin de ça.

– Ouais, ça fait du bien. Ça me faisait trop mal de lire ses textos, et je me sentais faiblir.

– Tu sais que tu peux trouver mieux.

– Je sais.

Elle avale une gorgée de Coca Zéro :

– Alors, la nuit dernière, je l'ai bloqué et j'ai bien dormi pour la première fois depuis longtemps. Je me suis réveillée ce matin, et ouais, je souffrais un peu moins.

– Ça va aller de mieux en mieux.

Mes paroles manquent de conviction. Avant, c'était mon mantra personnel. Je ne sais pas si j'y crois encore. Elle joue avec sa cannette.

– Je l'espère. Est-ce qu'il existe un bouton pour arrêter la réalité ? Parce que j'en aurais bien besoin.

– Des lunettes de soleil. Vraiment grandes, je lui conseille. Ou attends, encore mieux, un bouclier.

J'en aurais bien besoin à la maison, contre Reed.

Un sourire timide apparaît sur ses lèvres lorsqu'elle entend ma proposition débile.

– Est-ce que ça ne paraîtrait pas dingue de tenter de bouger avec ce truc ?

– Nan, c'est super-malin. Brevetons cette connerie, on va gagner des millions.

– C'est comme si c'était fait.

Et elle me fait un high five.

– Mon Dieu, Val, je crois que tu es la meilleure chose qui me soit arrivée depuis que je suis arrivée ici.

– Je sais.

Elle me lance un regard inquisiteur, regarde ensuite en direction de la table de l'équipe de foot, puis à nouveau vers moi.

– Allons au match ce soir.

– Euh, non merci. Je retire tout ce que j'ai dit de sympa à ton propos.

– Pourquoi pas ?

– Primo, je n'aime pas le football. Secundo, je ne veux pas applaudir des gens que je n'aime pas. Et tertio, tout le monde à Astor Park, à part toi, peut crever la gueule ouverte.

– Tu peux passer me prendre à dix-huit heures trente.

– Non. Je ne veux pas aller au match.

– Allez, viens. On a besoin d'une distraction, toutes les deux. Tu en as besoin à cause de Reed et moi à cause de Tam. Tout le monde va aux matchs des Riders. On va pouvoir passer en revue le stock de mâles disponibles et en choisir un pour se consoler.

– On ne pourrait pas plutôt manger cinq litres de glace ?

– On va faire les deux. Dévorer notre glace et être dévorées.

Elle fait gigoter ses sourcils, ce qui me fait rire, à contrecœur, mais intérieurement, mon cœur proteste. Le seul contact dont j'ai envie, c'est celui avec Reed. Ce salaud de tricheur.

Eh merde. Peut-être bien que j'ai besoin de distraction, finalement.

– Ok. Allons-y.

*
* *

– Sors de la voiture, m'ordonne Val en grimpant sur le siège passager, plus tard ce soir-là. Il faut que je jette un coup d'œil à la façon dont tu t'es fringuée.

– Tu verras ça quand on arrivera au match.

– Est-ce que tu fais ça pour que Reed éjacule dans son short de foot ou pour rendre dingues les autres filles d'Astor Park ?

J'ignore son allusion à Reed. Bien sûr que je ne pensais pas une seconde à le rendre fou de jalousie. Non-non-non. Pas du tout.

– Tu m'as dit qu'il fallait que je chope un nouveau mec ce soir. C'est ma panoplie de chasse à l'homme, dis-je en désignant mes vêtements de la main.

J'ai enfilé des chaussettes montantes rayées sur une paire de leggings noirs, et un vieux maillot que j'ai dégotté dans la friperie que j'ai découverte près de l'école. Je ne pouvais pas le rentrer dans mon legging sans avoir l'air de l'avoir bourré de vieilles chaussettes, du coup j'ai acheté une ceinture large et j'ai serré le pull dedans autour de ma taille. Deux tresses lâches et des yeux surlignés de noir, ce qui signifie un trait d'eye-liner et un maximum de mascara sur une épaisse couche de base pour que ça ne bouge pas, peaufinent encore mon look « pin-up de footballeur ».

– J'avais suggéré un mec, pas toute une horde, me lance Val avec une ironie désabusée. Mais peut-être que ça va m'aider, moi aussi. Tu choisis celui que tu préfères et tu me laisses le reste.

– Très drôle.

– Sérieusement. Je me dis que nous avons avoir besoin des jumeaux pour nous escorter à l'intérieur. Je crains la réaction des filles quand elles vont te voir.

La prédiction de Val n'est pas si éloignée de la réalité. Les petites amies des footballeurs se mettent à grimacer lorsque nous passons devant la zone où les copines et les parents de joueurs attendent la sortie des vestiaires.

Quelques insultes – « garce », « ordure » et « à quoi est-ce que tu t'attends ? » – bruissent dans la foule des autres filles.

– Ces nanas sont tellement jalouses qu'elles n'auront même pas besoin d'enfoncer leurs doigts dans leur gorge ce soir, balance Val. Leur jalousie va leur faire brûler leurs calories en trop.

Je hausse les épaules.

– J'ai déjà entendu pire et je m'en fiche un peu.

– Tu as raison. La semaine prochaine, on va être entourées par toute une équipe de joueurs de football super-sexy.

– Alors, j'irai droit au but. J'aime bien les challenges.

Quand nous arrivons à la partie des gradins réservée aux étudiants, Jordan nous repousse en nous lançant :

– Vous ne pouvez pas vous asseoir avec nous.

– Pourquoi ? Je suis trop nase pour tes précieux gradins ?

Elle sourit d'un air satisfait.

– Ça aussi. Mais tu ne portes pas les bonnes couleurs.

Je lève les yeux sur la foule des étudiants et je réalise qu'elle a raison. Ils sont tous attifés de façon à ce que la couleur de leur t-shirt forme un A doré sur le noir. Moi je porte un polo blanc et Val un pull court gris. Jordan porte une combinaison pantalon et la seule chose qui manque à sa panoplie en latex SM, c'est un fouet et une chaise.

– Je crois qu'on n'a pas eu le mémo sur le dress code.

Parce qu'il y en avait forcément un, à voir comment chacun s'est parfaitement plié au plan de Jordan. Je suis impressionnée malgré moi. Ce ne doit pas être facile de forcer plusieurs centaines d'étudiants à porter les hauts d'une couleur qui corresponde à l'endroit où ils sont assis sur les gradins.

– Peut-être que vous devriez jeter un œil de temps en temps aux snaps d'Astor.

Et elle se retourne avec un mouvement de sa chevelure impeccablement brillante.

Je ne savais même pas qu'Astor avait un compte Snapchat.

– Viens, dit Valérie en me tirant par le bras, on va aller s'asseoir avec les parents.

Nous nous trouvons une place en haut, là où nous pouvons tranquillement manger du pop-corn tout en faisant semblant d'encourager les Riders.

Je glousse.

– Mais c'est quoi ce truc de dingue que porte Jordan ? Elle est maîtresse sadomaso à mi-temps ou quoi ?

– Nan. (Val enfourne quelques grains de pop-corn.) L'équipe de danse va faire un show à la mi-temps avec l'orchestre, je suppose que c'est leur costume de scène.

Elle a raison. À la mi-temps, Jordan et sa troupe font un numéro pendant lequel elles secouent tellement leurs seins et leurs fesses que je pourrais tout à fait leur refiler des cartes de visite de *Daddy G* si jamais, un jour, elles sont à sec financièrement.

– Elles auraient au moins des billets de cinq dollars comme pourboires, je murmure à Val derrière ma main.

– Cinq dollars, c'est tout ? Moi j'exigerais au minimum un billet de vingt par mec avant de me désaper.

Je la taquine en répondant :

– Qu'est-ce que tu racontes ? Toi, tu te désaperais pour pas un rond.

Val m'a déjà avoué qu'elle avait des tendances exhibitionnistes. Quand nous allons au *Moonglow Club* lors des soirées spéciales plus de dix-huit ans, Val me fait danser avec elle dans des cages suspendues au plafond.

– C'est vrai. Mais ça me ferait plaisir d'être payée quand même. (Et elle me lance un regard songeur.) Combien disais-tu que tu gagnais quand tu bossais dans ces clubs ?

– Je ne te l'ai pas dit. Et le strip-tease n'a rien à voir avec la danse dans une cage devant une bande de lycéens et d'étudiants excités. La plupart des boîtes de strip-tease transpirent le désespoir et les regrets, et je ne veux pas uniquement parler des loges des filles.

Les gars sur le dancefloor qui trimballent leur solitude autour de steaks à huit dollars sont autant en manque d'affection que les filles sur la scène.

Val fronce le nez.

– Je ne sais pas. Ce serait chouette d'avoir un peu de fric en rab, tu as dû t'en faire pas mal pour pouvoir subvenir toute seule à tes besoins et à ceux de ta mère.

– Le fric, c'est la seule chose qui soit bien là-dedans. En plus, tu ne voudrais pas faire du strip-tease dans le coin. Imagine, tu te retrouves en classe avec quelqu'un qui t'a vue. Ça serait franchement glauque.

Elle soupire.

– C'était juste une idée comme ça.

Je ressens un élan de sympathie envers Val. Je sais que son statut de parente pauvre lui pèse. J'aimerais pouvoir lui donner une partie de mon fric, je n'en ai pas réellement besoin, mais elle n'est pas du genre à accepter l'aumône. Elle prendrait ça pour de la charité.

– Que dirais-tu si je t'engageais comme garde du corps ? Parce que tout le monde me regarde comme s'ils voulaient me trucider. Surtout celle-là, là-bas.

Je désigne le deuxième rang de la section étudiante, où une fille aux cheveux blond doré que je connais bien passe son temps à se tordre le cou vers moi en grimaçant.

– Ah. Abby ne ferait pas de mal à une mouche. Elle est trop passive. Tu crois qu'elle garde cette expression de Bourriquet[8] lorsqu'elle jouit ?

Je plaque une main sur ma bouche pour refréner mon éclat de rire.

Mais c'est vrai. L'ex de Reed est quelqu'un de pâle, de tranquille, aux bonnes manières, complètement à l'opposé de moi. Lorsqu'on m'a dit qu'Abby ressemblait à la mère de Reed, ça m'avait super-énervée parce que Reed adorait sa mère. Aujourd'hui, je me fiche comme de l'an quarante d'impressionner Reed Royal.

Mais pas Abby, apparemment. Et elle me considère visiblement comme une rivale, parce qu'elle n'arrête pas de me regarder. Si elle me posait la question, je pourrais lui donner quelques conseils pour gagner le cœur de Reed, comme de ne pas coucher avec son frère, par exemple.

---

8. Bourriquet (« Eeyore ») est un personnage des *Aventures de Winnie l'ourson*.

– Elle s'est vraiment pécho Easton pendant mon absence ? je demande à Val.

– Ouaip. Elle est franchement idiote, non ? Je veux dire, c'est la meilleure façon de faire fuir Reed. (Elle change de ton.) Et puis toi, tu es spéciale. Pas Abby. Reed ne retournera jamais avec elle à présent.

– Même Abby est trop bien pour lui, je grommelle. Il mérite de rester seul pour l'éternité.

Val pouffe de rire.

– En réalité, j'espérais vraiment que quelqu'un lui casserait les jambes pendant le match, mais malheureusement, il est toujours debout, il se promène.

– Nous, on pourrait lui casser.

– En lui filant des coups avec une batte de base-ball au milieu de la nuit, je demande mélancoliquement.

– On dirait que tu as déjà tout prévu.

– Je dois admettre que j'ai fantasmé là-dessus à plusieurs reprises.

– Quand on en aura fini avec Reed, est-ce qu'on pourra pousser jusqu'à la fac de State ?

– Pour sûr. Ensuite, on s'inscrira sur Graiglist[9] pour offrir nos services aux autres femmes. On baptisera notre batte « Vengeance ».

– Ton côté sanguinaire me rend toute chose !

– Gardes-en pour un des membres de la troupe. Tu en as repéré un ?

– Non. J'hésite encore.

9. Craigslist est un site américain de petites annonces et de forums de discussion sur différents sujets.

Ce qui signifie que la seule chose à laquelle elle pense, c'est à Tam. J'ai le même problème, sauf que moi, j'ai les yeux rivés sur Reed. Nous nous renfonçons dans nos sièges et nous nous intéressons au jeu.

Les Riders gagnent, comme on pouvait s'y attendre, et les conversations d'après match tournent toutes autour du Winter Formal[10] d'Astor qui aura lieu entre Thanksgiving et Noël. Pour Jordan, les conversations à propos de la danse sont de véritables préliminaires. Pendant que Val et moi nous descendons les gradins, elle resplendit littéralement. Notre progression est ralentie par tous les parents qui s'arrêtent pour dire à Jordan combien ils ont apprécié son numéro et combien elle est talentueuse.

À chaque compliment, Jordan redresse un peu plus la poitrine. Les pères de famille la détaillent avec envie, et elle ne semble pas s'en émouvoir.

– Beau spectacle ! je lance à Jordan lorsque nous arrivons à sa hauteur.

Elle est fantastique dans son costume moulant et ses joues roses et moites, à cause de ses efforts physiques sur le terrain.

Ses yeux papillonnent avec mépris sur moi avant de m'écarter du regard. Elle se tourne vers sa cousine.

– Tu vaux mieux que cette ordure, Val. Pourquoi ne viens-tu pas avec moi à la fête chez Shea ?

– Sans façon. Je ne grimperais pas dans ta voiture, même si j'étais poursuivie par les guerriers de *Mad Max*.

10. Le Winter Formal est un bal qui a lieu traditionnellement dans les lycées des USA et du Canada.

Derrière nous, quelques mômes ne peuvent s'empêcher de se marrer. Ça ne fait qu'aggraver la colère de Jordan.

– Je n'arrive pas à croire qu'on soit parentes.

– Je sais. Moi aussi, je me pose la question parfois. Comment quelqu'un de si gentil que moi peut se retrouver avec une cousine aussi salope que toi ?

Jordan s'avance vers Val et, bêtement, je m'interpose. Le poing de Jordan m'atteint à l'arrière du crâne à l'instant où Val charge. Je valdingue et j'atterris sur la rampe.

– Putain de merde, hurlent quelques types, un combat de filles !

Le vide se fait autour de nous et, soudain, c'est le chaos le plus total. Le pop-corn vole partout. Il y a des bras, des mains, des ongles sur mon visage. Une poigne solide m'extrait soudain de ce chaos et me fait passer par-dessus de la barrière. Quelqu'un d'autre me balance à l'écart, en sécurité. Je lève les yeux. C'est Reed.

Easton est de l'autre côté, il passe son bras autour de mon épaule pour me séparer de Reed. Ils agissent en binôme.

– Alors on y va, à cette fête chez Montgomery ? me demande Easton.

– Je te l'ai dit, je n'ai pas envie de m'habiller.

Il pouffe de rire en regardant mon accoutrement.

– On dirait bien que tu es déjà habillée, petite sœur.

Oh merde. Il marque un point. Il insiste.

– Allez viens ! Ça va être marrant.

Je renonce.

– Très bien. Après tout. Où est Val ?

Je me tourne vers les gradins, les organisateurs ont fait cesser le combat.

Un bras me fait brutalement tourner sur moi-même. C'est encore Reed.

– Mais qu'est-ce que tu portes, bordel ? À qui est ce maillot ?

– C'est juste un truc d'occasion.

– Enlève-le.

– Quoi ? Certainement pas.

Je cherche de l'aide du côté d'Easton, mais lui aussi fait la moue.

– Maintenant que j'y pense, tu ne devrais pas porter le maillot d'une autre équipe pendant nos matchs. Ça porte malheur.

– Mais vous avez gagné, je lui rappelle.

– Enlève-le tout de suite, ordonne Reed.

Sa voix est assourdie, parce qu'il est en train d'ôter le sien.

– Laisse tomber. Je ne mettrai pas ton maillot.

– Oh si, tu vas le mettre.

Ses protections d'épaules sont bloquées au niveau de ses oreilles.

– Merde ! East, file-moi un coup de main.

Easton l'ignore.

– Tu veux que je t'emmène, petite sœur ?

– Elle va venir avec moi, répond fermement Reed.

Il enlève enfin son maillot. Son regard signifie « ose me défier ». Alors, je le défie.

– Désolée, mon pote, mais ça ne va pas se passer comme ça.

– Ne m'appelle pas mon pote.

– Ne me donne pas d'ordres.

Il continue.

– Val peut très bien conduire ta voiture. Toi, tu viens avec moi.

– Oh mon Dieu ! Quand est-ce que tu vas comprendre le message, Reed ? C'est fini entre nous. (Ma frustration et ma contrariété atteignent des sommets.) J'ai déjà quelqu'un d'autre en vue.

Ses narines tressaillent.

– Tu parles !

Je regarde en direction de la ligne de joueurs en train de nous observer, debout contre la barrière, et une pensée diabolique éclôt dans mon cerveau. Mes yeux se posent sur Wade, le quaterback.

Wade est une pute. Sans aucun problème, il s'est déjà servi une nuit de la Range Rover de Reed pour baiser devant la boîte de nuit, parce que, d'après Reed, il ne pouvait pas attendre de rentrer chez lui pour tirer son coup.

Tout en souriant à Reed, je m'éloigne des Royal, je valse jusqu'à Wade et je me jette à son cou. Ses bras musclés se referment sur moi. Et quand je me penche pour l'embrasser, ses lèvres s'ouvrent automatiquement. Il a un goût de sueur, il sent la beuh et il embrasse merveilleusement bien. Sa langue reste résolument dans sa bouche, mais il se sert de ses lèvres comme un maître.

Pas étonnant que les filles quittent les clubs les plus chouettes pour faire l'amour avec lui dans la voiture d'un inconnu. J'attrape ses cheveux et je serre mes jambes autour de sa taille. Il grogne pour me répondre et plante ses doigts dans mes fesses.

Des acclamations fusent, mais sont subitement interrompues. La suite arrive immédiatement, c'est Reed qui m'arrache des bras de Wade.

– Qu'est-ce que tu fabriques, Carlisle ? gronde-t-il.

Wade hausse les épaules d'un air gêné.

– C'est elle qui m'a sauté dessus. Je ne pouvais pas la laisser tomber par terre.

– Tu ne la touches pas. Personne ne la touche.

Reed jette son casque dans l'estomac du premier joueur venu et s'avance vers Wade, poings serrés.

Le grand quaterback blond se marre et lève les mains en l'air.

– Je ne l'ai pas encouragée, mon pote.

Reed lui lance un regard furieux, puis pointe un doigt vers le reste de l'équipe.

– Ella est une Royal. Elle m'appartient. Si un connard parmi vous veut se la faire, il devra me passer sur le corps.

J'en reste bouche bée.

– Va te faire foutre, Reed. Je n'appartiens à personne et surtout pas à toi.

Je le frappe derrière le genou, puis je me retourne vers la ligne des joueurs de foot.

– Je suis disponible. Qui veut sortir avec une strip-teaseuse cochonne ? Je connais des trucs que même les stars du porno ignorent.

Les regards s'allument, mais sont immédiatement douchés par Reed. Son expression les force les uns après les autres à baisser les yeux et à regarder fixement le sol. Pas un seul d'entre eux ne s'avance.

– Lâches, je murmure.

Je fais demi-tour et je cours jusqu'à Val qui me sourit depuis les bancs de touche.

J'emmerde tous ces mômes d'Astor Park. Qu'ils aillent tous au diable !

Chapitre 16

Savannah et Shea Montgomery habitent un hôtel particulier à l'intérieur du domaine du country club. À l'entrée principale, Val se penche vers un garde et lui tend une enveloppe blanche. Il la fait glisser sous une lampe spéciale. Une inscription secrète apparaît. Puis il nous fait signe de passer.

– Sans déconner, Val, c'est quoi ce truc ?

Elle me tapote les genoux avec l'invitation. La surface du carton blanc cassé est totalement vierge.

– De l'encre UV. Comme ça, on ne peut pas faire de copies.

– Vraiment ?

Je passe mes doigts sur la surface, je ne sens absolument rien d'autre que le papier.

– Mais tu peux me dire ce qu'une fête de lycéens peut avoir de tellement spécial pour qu'on ait besoin de gardes à l'entrée et d'invitations top secrètes ?

Je jette l'invitation à l'arrière et redémarre pour passer le portail à présent grand ouvert.

– Ils aiment bien limiter la foule, répond-elle.

– Si seulement ils se servaient de leur pouvoir pour limiter la présence de certains trous du cul.

Je n'ai pas encore revu Daniel Delacorte, mais j'imagine qu'il est toujours à l'école, qu'il se balade dans les couloirs d'Astor comme s'il ne s'était rien passé entre nous.

– Du moment qu'un trou du cul a du fric, il peut entrer.

Elle a raison, mais ça ne me rend pas plus heureuse.

Le son des basses qui s'échappe de la maison nous accueille avant même que nous nous engagions dans l'allée. Nous nous garons au bout d'une longue file de voitures, à flanc de colline.

Val me guide à travers la pièce principale jusqu'à la véranda. La maison des Montgomery est hyper-moderne, toute en angles et en plans bizarres, en surfaces vitrées et en métal. La piscine, dans le jardin de derrière, est éclairée par en dessous. Des jets d'eau jaillissent du béton et retombent dans l'eau, mais personne ne se baigne, il fait bien trop froid.

– Je vais chercher quelque chose à boire. Tu veux quoi ? me demande Val en montrant une glacière.

– Une bière, c'est parfait.

Je remarque la présence de Reed à l'autre bout de la véranda. Une fée aux grandes ailes avec une couronne de fleurs discute avec lui. Argh. C'est Abby. Leurs têtes sont si proches l'une de l'autre que ses cheveux bruns frôlent le bord des pétales. Tout ça donne une impression vaguement porno. Cette scène est douloureusement semblable à l'un des premiers souvenirs que j'ai de Reed.

Abby est sa précédente petite copine. Peut-être est-ce la seule. Contrairement à Easton, Reed est difficile.

Il a fait l'amour avec Abby, et ensuite avec Brooke. Je ne connais pas le reste de sa vie sexuelle. C'est peut-être ça. Peut-être a-t-il perdu sa virginité avec Abby. Peut-être existe-t-il un lien entre eux qui les rapproche pour toujours.

Daniel, le violeur, m'a dit un jour que ces deux-là étaient faits l'un pour l'autre.

Est-ce que c'est vrai ?

Est-ce que j'en ai quelque chose à faire ?

Bien sûr que oui. Et je me déteste pour ça.

Je fais demi-tour avant de devenir agressive, d'aller arracher les cheveux d'Abby et d'ordonner à Reed d'arrêter de lui adresser la parole, parce qu'il est à moi.

Je ne sais pas si ça a été le cas, même dans ces moments intimes où ses doigts caressaient mes cheveux, sa langue plongeait dans ma bouche et sa main entre mes cuisses.

La maison est remplie de corsets très ajustés, de vêtements éclaboussés de faux sang et sans doute également de quelques fausses paires de seins. Tout le monde est déguisé, à quelques exceptions près. Les Royal font partie des non-conformistes. Eux portent des tee-shirts et des jeans usés. La première fois que je les ai vus, j'ai cru que c'était des racailles. Ils ne ressemblent pas à des élèves de classes préparatoires, plutôt à des dockers avec leurs épaules musclées et leurs cheveux en bataille.

Lorsque nous entrons, les gens se retournent sur notre passage et je regrette immédiatement ma tenue. Je suis en quelque sorte la footballeuse libertine de la soirée. Encore une fois, je me donne en spectacle. C'est bizarre, avant j'étais super-douée pour me fondre dans la masse, mais depuis que je suis arrivée, je passe mon temps à faire, sans le vouloir, des trucs qui me mettent directement sous les feux des projecteurs.

Comme me battre avec Jordan.

M'afficher avec Easton.

Baiser avec Reed.

M'enfuir.

Porter ce déguisement ridicule.

J'attrape Val par l'épaule.

– Il faut que je me change. Ou, au moins, que je me démaquille.

Les lourds traits de crayon qui cernent mes yeux me paraissent soudain vraiment nuls, comparés à tous ces visages parfaitement maquillés de ballerines ou de princesses. C'est comme si Disney avait fait des siennes, mais un Disney pour adultes, d'après l'heure de fermeture.

Val proteste :

– Mais tu es magnifique.

– Non. Si je veux pouvoir tenir le coup pendant les deux années qui viennent, il faut que je baisse d'un ton.

Val secoue la tête en signe de protestation, mais me désigne le couloir de la main.

– Je t'attends là.

C'est facile de trouver les toilettes, il y a déjà la queue devant. Je m'adosse au mur. Pourquoi est-ce que je fais tout pour qu'on me remarque ? Parce que je veux que Reed fasse attention à moi ?

La file diminue, et finalement les deux filles devant moi entrent. Lorsque la porte s'ouvre, j'entends une bribe de conversation.

– Abby avec Easton ? Je ne te crois pas. Abby ne gâcherait jamais ses chances de se remettre avec Reed en faisant l'amour avec son frère.

– Pourquoi ? Ça a bien marché pour cette fille, Ella. Elle est sortie avec East au Moonglow, et ensuite, bam ! Elle s'est retrouvée avec Reed.

– Alors quoi, tu veux dire qu'Easton teste les filles pour son frère ?

– Qui sait ? Peut-être qu'ils sont comme les jumeaux, ils sont dégueulasses. (Puis, après un long silence, elle reprend.) Oh mon Dieu, Cynthie ! Tu trouves ça excitant ?

– Je ne sais pas. Ce n'est pas comme si tu n'avais pas envie de faire la tranche de viande dans ce genre de sandwich ? Moi, même si c'est mal, je n'aurais pas envie de rester correcte.

Puis c'est un silence total avant un énorme éclat de rire, suivi par cette déclaration d'une des filles :

– Baisons, épousons, tuons les Royal !

La porte se referme, mais je les entends quand même. Je me dis qu'il va falloir que j'ouvre le robinet lorsque je ferai pipi, parce que les murs sont aussi fins que du papier à cigarette.

– Mais ils sont cinq, Anna, se plaint Cynthie, alors choisis-en trois.

– D'accord. Baiser Reed, tuer Gideon et épouser Easton.

À l'idée qu'une autre fille puisse faire l'amour avec Reed, quelque chose se fissure en moi.

C'est déjà assez dur comme ça de le voir en compagnie d'Abby. Je n'ai aucune envie de l'imaginer avec toutes les filles qui font la queue pour baiser avec lui.

– Easton est un chien, proteste Anna.

– C'est un amour, dit Cynthia. Et les mauvais garçons repentis font les meilleurs maris, d'après ma mère. À toi à présent.

Ok, peut-être que Cynthia n'est pas si garce, après tout. Easton est vraiment le plus gentil garçon de toute la bande.

– J'épouse Gideon, parce que c'est lui l'aîné et qu'il finira par diriger tout le business familial. Je baise avec Easton, parce qu'il a dû apprendre pas mal de trucs vu tout le temps qu'il a passé sous les jupes des filles. Et je tue les jumeaux.

– Les deux ?

– Ben oui.

Je tressaille. C'est vache. Anna est une peau de vache.

– Tu ne trouves pas qu'Abby et Reed ont l'air d'être bien ensemble ? me murmure quelqu'un d'une voix doucereuse, interrompant ainsi mon espionnage.

Beurk. C'est Jordan Carrinton. Elle n'est pas costumée, c'est bien dommage. Elle aurait fait une sorcière fantastique.

– Tu n'as pas un truc sur le feu ? je lui demande.

– Et toi, tu n'as pas de Royal à baiser ?

Je lui réponds sur un ton désinvolte.

– Peut-être bien que si, j'en ai un ou deux. Je parie que ça t'énerve, pas vrai, Jordan, que les Royal baisent avec tout le monde sauf avec toi ?

Elle pique un fard, mais se reprend très vite.

– Et toi, ça ne te gêne pas de jouer les traînées ?

Puis elle poursuit, l'air impatiente.

– Tu devrais écrire un bouquin sur tes expériences. Ça donnerait un véritable récit d'émancipation féministe. « *Cinquante nuances de baise. Les années lycée* ».

– Seulement cinquante ? Ça n'est pas assez pour une traînée comme moi.

Jordan rejette ses longs cheveux noirs par-dessus son épaule.

– Je te laissais le bénéfice du doute. Je pensais que même toi, tu n'avais pas besoin de trois cents mecs pour te rassurer sur ta propre valeur.

Je me demande alors si elle m'a crue quand je lui ai raconté que j'étais encore vierge. Sans doute pas.

Pourtant c'est la vérité. Avant Reed, je n'avais même jamais fait une pipe.

Lui et moi, nous sommes allés assez loin ensemble, mais pas jusqu'au bout. Je lui avais dit que j'étais prête, mais il préférait attendre. Sur le coup, j'ai cru que c'était par respect pour moi. Maintenant, eh bien, je n'ai pas la moindre idée de la raison pour laquelle il n'a pas voulu me déflorer.

Peut-être que les filles dans les toilettes ont raison. Peut-être que Reed aime qu'Easton les teste pour lui. Cette pensée me remue douloureusement le ventre.

– Tes petites insultes minables ne marchent pas sur moi, Jordan.

Je me redresse. Je suis plus grande qu'elle et j'utilise cet avantage.

– Je rends coup pour coup, tu t'en souviens ? Et je n'ai pas peur des coups bas. Alors vas-y, ramène-toi. Voyons ce qui va se passer.

– J'en tremble, me répond-elle, mais il y a un soupçon qu'inquiétude dans sa voix.

Nous en sommes toutes les deux conscientes. Je m'autorise à lui lancer un sourire féroce.

– Tu as intérêt.

La porte des toilettes s'ouvre et j'entre en croisant les deux pipelettes. Mes mains sont toutes moites. Je les essuie sur mon tee-shirt et je m'examine dans le miroir.

Astor Park n'est vraiment pas fait pour moi. Ça ne sera jamais mon truc. Alors, pourquoi tenter de changer pour mieux y correspondre ? Même si j'étais habillée exactement comme Jordan, que je portais un maquillage léger et des vêtements de luxe, jamais ces mômes ne n'accepteraient comme l'une des leurs.

Je serai toujours une intruse et une traînée.

Je vais aux toilettes, je me lave les mains et je sors sans rien changer du tout.

Une fois revenue dans la pièce principale, j'observe la foule. Les joueurs de football sont les dieux de la soirée. Je ne sais pas si c'est comme ça toute l'année, si en décembre, après la fin de la saison de foot, c'est au tour de l'équipe de basket ou de celle de lacrosse, ou je ne sais quel autre sport. Mais ce soir, les maîtres, ce sont les footballeurs à la large carrure. Mon regard s'arrête sur plusieurs d'entre eux. Leurs yeux croisent les miens puis se détournent.

Rien d'étonnant donc, lorsque je regarde derrière mon épaule, de tomber sur Reed. Il est adossé au mur et dévisage chaque mâle de la soirée.

Je m'avance.

– Tu m'as dit que tu ferais n'importe quoi pour moi.

– C'est vrai, répond-il d'un ton bourru.

– Ouais ? Alors, prouve-le.

– Tu veux que je te laisse tranquille ? devine-t-il.

– Ouaip. Ne me parle plus. Ne me touche plus. Ne me regarde même plus ou je jure devant Dieu que je vais baiser avec le premier mec venu devant tes yeux.

Quelque chose dans mon apparence ou ma voix semble le convaincre que je suis sérieuse, parce qu'il me fait un rapide signe d'approbation.

– Juste pour ce soir, alors.

– Peu importe, je murmure avant de le quitter.

Chapitre 17

– Quoi de neuf? me demande Val lorsque j'entre dans la véranda.

Elle s'avance vers moi, une bouteille de bière fraîche à la main.

– Je n'arrive pas à trouver un seul type qui me regarde en face.

Je parcours la foule des yeux, je découvre Easton de l'autre côté de la véranda. Il a une main sur la hanche de Sheah Montgomery, et tous deux se dévorent du regard.

– Je suppose que Reed a réellement fixé les règles du jeu.

– On ferait mieux d'aller à Harrisville, suggère Val.

– C'est quoi ?

– Un lycée public, à environ trente minutes d'ici. Là-bas, personne n'en a rien à fiche de la hiérarchie sociale d'Astor Park. Mais je suis un peu étonnée que tout le monde obéisse à Reed. Le mot avait été passé que la famille Royal était sur la pente descendante.

Je bois une gorgée de ma bière avant de lui répondre,

– Tu te rends compte du ridicule de tout ça ?

– Pourtant, ça ne l'est pas. Cet ordre hiérarchique est donné par la naissance. Depuis longtemps.

Le gouverneur de l'État est un ancien élève d'Astor. Les juges qu'il nomme sont des hommes et des femmes avec qui il est allé en classe. Le lycée que tu as fréquenté détermine l'université dans laquelle tu iras. Les boulots que tu obtiendras ensuite dépendent des clubs dont tu as été membre. Plus ils sont secrets et exclusifs, mieux c'est. C'est la raison pour laquelle je vis pendant neuf mois de l'année avec les Carrington. Pour pouvoir offrir à mes enfants le départ privilégié dans la vie que n'ont pas eu mes parents.

– Je vois. Mais tu peux tout de même être heureuse sans tout ce binz. (Je montre la fête avec ma bouteille.) J'étais heureuse avant d'arriver ici.

– Mmmm.

Val me regarde d'un air incrédule. Quand elle s'aperçoit que je fronce les sourcils, elle poursuit :

– Tu étais vraiment heureuse toute seule ? Avec ta mère malade dont tu devais t'occuper ? Bien sûr, tu faisais face, mais tu ne peux pas me dire que tu étais vraiment, profondément heureuse.

– Peut-être que je n'étais pas profondément heureuse, mais je l'étais plus que maintenant.

Elle hausse les épaules.

– Ok, mais ça ne change pas le fond du problème. Astor, c'est en miniature ce que nous devrons affronter lorsque nous serons adultes. Tous ces enfoirés vont diriger notre société, à moins qu'on réagisse.

Je pousse un soupir. Je suis énervée, surtout parce que je sais qu'elle a raison. Mais comment vais-je réussir à survivre ? Comme je ne peux pas m'enfuir, je suppose qu'il va falloir que j'affronte tous ces gens et que je m'arrange avec eux.

– Si la famille Royal est sur la pente descendante, qui donc est sur la pente ascendante ?

– Jordan, bien sûr. Elle sort avec Scott Gastonburg.

Val me montre un grand type adossé au manteau de la cheminée.

Je le regarde de plus près. J'ai bien l'impression de l'avoir déjà vu, avec son costume de cow-boy, sauf que la dernière fois, il n'avait pas la bouche close. La dernière fois, c'était au club et il était allongé par terre, en train de se faire casser la figure par Reed. Je lance avec une certaine malice,

– Je comprends pourquoi ils sont ensemble. C'est elle qui parle, et lui se contente d'approuver en souriant. Le parfait boy-friend.

Je ne me sens pas du tout coupable parce que Reed lui a cassé la figure. Scott avait dit des horreurs sur moi. Pas aussi horribles que celles qu'a dites Jordan, mais tout de même.

Avec un petit sourire narquois, Val sirote son vin frais en acquiesçant en silence. Puis d'un signe du menton, elle me désigne un autre type assis sur le bras du canapé.

– Qu'est-ce tu penses de lui ?

– Je ne sais pas qui c'est. Jolies pommettes, cela dit.

Le garçon dont parle Val a des cheveux noir de jais et porte un costume de pirate, agrémenté d'un sabre qui a l'air dangereusement vrai. L'éclat du métal semble trop réel pour être celui d'une épée de bal costumé.

– N'est-ce pas ? C'est Hiro Kamenashi. Sa famille possède une bonne partie du groupe automobile Ikoto. Ils ont ouvert une usine il y a deux ans et, apparemment, ils possèdent plus d'argent que certains petits pays.

– Il est sympa ?

Elle hausse les épaules.

– Je n'en sais rien. Cela dit, j'ai entendu dire qu'il se débrouillait pas mal au pieu. Tiens-moi mon verre. J'y vais.

J'attrape son verre de vin avant qu'il ne tombe par terre et je regarde Val se glisser à travers la foule et taper sur l'épaule de Hiro. Quelques secondes plus tard, elle l'entraîne dans la pièce voisine, là où les couples vont s'isoler.

Ça me fait un coup au ventre. Si Reed et moi étions ensemble, nous serions aussi dans cette pièce. Nous serions collés l'un contre l'autre. Je sentirais son sexe se presser contre mon corps. Il comprendrait mon désir à ma respiration haletante et à mes petits gémissements irrépressibles. Nous sortirions pour trouver un coin sombre, ses doigts glisseraient sous ma chemise et mes mains dessineraient les contours de ses muscles. Et dans le noir, loin de la foule, sa bouche se scellerait avec la mienne et tous mes sentiments d'abandon et de solitude s'envoleraient.

J'ai menti à Valérie. J'ai connu des instants de bonheur intense. Le problème, c'est que la chute qui a suivi ces instants de bonheur m'a fait énormément souffrir.

Je secoue la tête pour me débarrasser de ces pensées dangereuses à propos de Reed et je fais à nouveau le tour de la salle des yeux, à la recherche de mon Hiro à moi. Lorsque je m'arrête sur Easton, c'est pour le découvrir appuyé à une des colonnes du porche. Ce n'est pas Sheah qu'il serre entre ses jambes. C'est Savannah, vêtue d'une robe blanche aérienne. Elle a l'air splendide mais triste, comme la princesse abandonnée qu'elle est.

Easton, espèce d'abruti.

Pourtant, je suis aussi stupide que lui, moi qui suis à la recherche de n'importe quel garçon autour de qui passer mes bras afin de me sentir mieux.

Pour une fois que j'ai quelqu'un qui se soucie de moi, et dont je me soucie aussi, je ne vais pas le laisser commettre une autre bêtise ce soir.

– Hé, Easton, dis-je en m'approchant.

Il tourne paresseusement la tête vers moi. Ses yeux sont parfaitement vitreux. Merde.

Je ne sais pas du tout ce qu'il a bien pu avaler, et le garçon fait bien trente centimètres et quarante-cinq kilos de plus que moi. Impossible de le porter pour le tirer de là.

Alors, j'improvise.

– Val s'est dégoté un mec, j'ai besoin d'un partenaire de danse.

– Ça ne m'intéresse pas.

Sa main remonte le long du buste de Savannah jusqu'à ce que son pouce se pose sous son sein. Elle me fait la moue, l'air butée. Elle me met au défi de lui faire lâcher prise.

Et je le fais, parce que sinon ils vont le regretter tous les deux demain matin. J'insiste.

– Viens Easton. J'ai faim. Allons chercher un truc à manger.

Il se penche et embrasse Savannah sur l'épaule. Il ne m'écoute déjà plus. Alors, je tente ma chance auprès d'elle.

– Tu ne vas pas te sentir mieux après ça. Ils ont peut-être le même nom de famille, mais ils ne sont pas pareils pour autant.

Son regard provocateur vacille un peu jusqu'à ce qu'Easton lance assez fort pour que tout le monde entende :

– Quoi, tu es la seule fille qu'on peut sauter ?

Quelques ricanements et un cri d'étonnement amènent un sourire à ses lèvres. Il m'a blessée comme s'il en avait eu l'intention. Peut-être qu'après tout il n'est pas aussi défoncé que ça. Il sait exactement ce qu'il fait et, apparemment, Savannah également.

– Très bien. Allez-y, foutez votre vie en l'air. Tous les deux.

Mon expression meurtrie doit réussir à pénétrer le brouillard de camé dans lequel il évolue, parce qu'il se met à pâlir, comme s'il regrettait.

– Ella…

Je repousse deux ou trois étudiants qui en restent bouche bée et je fonce droit dans Jordan qui m'accueille avec un sourire narquois, tout en sirotant un cocktail.

– Tu es jalouse parce que tes Royal vont voir ailleurs ? Tout le monde sait bien que tu n'étais qu'une passade.

Avec son verre toujours en main, elle avance la main comme pour effacer une tache invisible sur mon épaule.

Le liquide glacé déborde du verre et se met à couler goutte-à-goutte dans mon décolleté.

– Fréquenter des traînées, c'est amusant une nuit ou deux, mais ensuite, la puanteur devient insupportable.

En reculant, je lui demande calmement :

– Tu en sais quelque chose, pas vrai ?

– En réalité, je ne fais qu'avancer une hypothèse, parce que les relations crades, ce n'est pas mon truc. Être trempée, non plus.

Jordan sourit en continuant à vider son verre sur mon maillot. La fureur me saisit. Je l'agrippe par son chemisier en soie et je me frotte partout contre elle.

– Et voilà, maintenant nous sommes mouillées toutes les deux, je minaude.

– C'est un Balmain à mille dollars ! hurle-t-elle en me repoussant. Tu es vraiment une pute.

Je lui adresse un petit sourire narquois,

– Tu dis ça comme si c'était un défaut.

Et je m'éclipse pour partir à la recherche de Val avant que Jordan ait le temps de me balancer une autre horreur. Je trouve ma copine avec Hiro au milieu du dancefloor. Il a les mains posées sur ses fesses.

Il faut que je lui tape plusieurs fois sur l'épaule pour attirer son attention.

– Qu'est-ce qui ne va pas ? demande-t-elle.

– Je veux partir. Je ne peux pas rester une minute de plus.

Val jette un regard dépité à Hiro, puis se retourne vers moi.

– Ok. Laisse-moi faire un tour aux toilettes et j'arrive.

Hiro propose alors.

– Pourquoi est-ce que je ne te raccompagnerais pas chez toi ? J'ai déjà Tina et Cooper, son petit copain, avec moi.

Val me lance un regard suppliant.

– Ça te va ?

– Bien sûr.

Mais je ne le pense pas. J'aurais bien besoin d'une amie pour me remonter le moral. Je veux que quelqu'un me prenne la main, repousse mes cheveux en arrière, me trouve une serviette. Je veux pouvoir raconter à quelqu'un que Jordan est vraiment une salope et que ce quelqu'un me réponde qu'il est normal que je la déteste.

Mais Val est mon amie, et elle aussi a besoin de quelque chose ce soir, quelque chose que je ne peux pas lui offrir. Je lui fais un sourire rassurant et je m'éloigne ensuite avec le cocktail à base de vodka qui dégouline entre mes seins.

La foule ne s'ouvre pas devant moi comme dans une scène de film. Je dois repousser et bousculer des flics, des voleurs, des super-héros et des loups-garous. Plus d'une bière a été renversée sur moi lorsque j'atteins enfin la porte d'entrée. J'ai l'impression d'avoir été plongée dans une cuve de houblon.

Je me dirige rapidement vers ma voiture. Mon talon se coince dans un trou et ma cheville cède.

En soufflant et en gémissant, je continue pieds nus sans prêter attention aux petits cailloux qui s'incrustent dans mes talons comme des pointes d'aiguille.

Quand j'atteins la décapotable, je jette mes souliers sur le siège arrière et je saisis la poignée.

Ouh !

Mais qu'est-ce que c'est que ça ? Ma main est toute collante. Je tâtonne maladroitement en prenant mon téléphone de la main gauche pour éclairer ma main droite. J'ai quelque chose de gluant et de jaunâtre sur les doigts, et… ce sont des fourmis ?

C'est dégueulasse !

Je frotte ma main sur mon maillot de toutes mes forces, seulement voilà, maintenant la paume de ma main est non seulement collante mais aussi couverte de fibres textiles.

Folle de rage, je dirige la torche de mon téléphone sur la portière de ma voiture. Elle brille, elle est recouverte de miel, et une colonie de fourmis s'égaillent autour de la poignée et tout le long de la fente de la porte.

En me penchant sur la capote ouverte, j'ai comme un pressentiment. Le téléphone n'éclaire pas bien, mais suffisamment tout de même pour que je puisse voir sur le cuir d'autres fourmis et des traînées luisantes. Le dossier du siège conducteur est recouvert de cette merde.

C'en est trop. Trop de tout ça ! Cette ville. Ces mômes horribles. Toute cette vie ridicule, censée être tellement mieux que ma vie d'avant, uniquement parce que j'ai un portefeuille bien rempli. Je rejette ma tête en arrière et je pousse un énorme cri de frustration. Toute celle qui s'est accumulée depuis que je suis rentrée à Bayside dans ce bus à la con.

– Ella !

J'entends quelqu'un qui court sur les pavés.

– Qu'est-ce qui se passe ? Qui t'a fait mal ? Où est-il ? Je vais le tuer !

Reed s'arrête en trébuchant quand il réalise enfin que je suis seule. Je hurle.

– Pourquoi est-ce que tu me suis ?

Il est la dernière personne que j'ai envie de voir avec des fourmis qui me courent dessus, la bière qui sèche sur ma peau et ma main dégueulasse et toute collante.

– Je t'appelle depuis cinq bonnes minutes, mais tu étais tellement perdue dans tes pensées que tu ne m'as pas entendu. (Il m'attrape par les épaules.) Tu es blessée ?

Ses mains glissent le long de mes bras jusqu'à mes hanches. Il me retourne et je le laisse faire. J'ai tellement besoin de quelqu'un qui prenne soin de moi que même ça, ça me fait du bien. Et je me déteste pour ça.

Je me détache et je trébuche contre la portière de la voiture.

– Ne me touche pas. Je vais bien. J'ai crié à cause de ça.

Et je lui montre la voiture de la main.

Il examine la décapotable en braquant la torche de son téléphone sur le foutoir.

– Qui a fait ça ? gronde-t-il.

– C'est peut-être toi, je murmure et au même instant, mon cerveau comprend que cette accusation n'a pas de sens, Reed n'a aucune raison de bousiller ma voiture.

– C'est mon père qui t'a donné cette bagnole, soupire-t-il d'un air irrité, pourquoi est-ce que je la bousillerais ?

Je lui réponds méchamment.

– Qui peut savoir pourquoi tu agis comme tu le fais ? Je n'arrive absolument pas à imaginer ce qui se passe dans ton cerveau malade.

J'ai l'impression qu'il lutte pour garder son calme. Pourquoi est-il énervé, je n'en ai pas la moindre idée. C'est moi qui ai retrouvé ma voiture infestée de fourmis pendant qu'il flirtait avec son ex.

– Tu as baisé avec Abby pendant mon absence ?

La question m'a échappé.

Je le regrette cent fois plus encore lorsque je vois un semblant de sourire apparaître sur ses lèvres.

– Non.

Alors, de quoi est-ce que vous discutiez tous les deux à voix basse, tout à l'heure ? je hurle en silence. Je me force à laisser tomber pour tenter de résoudre le problème que j'ai pour l'instant. Pour cela, je n'ai pas besoin de Reed, ou de qui que ce soit d'autre. Je me suis débrouillée toute seule pendant des années.

Je m'essuie encore une fois la main et je passe mon pouce sur l'écran de mon téléphone. Je tape maladroitement le mot « taxi ».

– Tu ne vas pas me demander de quoi on parlait ?

– Non.

J'ai compris la leçon. Je sélectionne la première occurrence et j'appelle.

– Les Taxis Jaunes, à votre service.

– Je suis à…

Je couvre le micro avec ma main,

– C'est quoi le nom de cet endroit ?

– Madame ? J'ai besoin d'une adresse, me demande l'opératrice avec impatience.

– Une minute.

Reed secoue la tête et m'arrache le téléphone des mains.

– Désolé, c'est une erreur.

Puis il raccroche et range mon téléphone dans sa poche.

– Abby s'excusait d'être sortie avec Easton. Je lui ai dit de ne pas s'en faire.

– C'est toi qui devrais t'en faire. Rends-moi mon téléphone.

Il ignore ce que je viens de dire.

– J'ai d'autres choses en tête. Comme de me demander pourquoi ma nana roule une pelle à mon quaterback.

– Parce qu'il est bandant.

Je fixe la poche de Reed en me demandant comment je vais faire pour récupérer mon téléphone. Mon regard dérive sur la gauche, où il y a un énorme renflement. Qui semble grossir encore pendant que je le fixe. C'est celui dont je me souviens, pressé contre moi, dur et chaud…

Certaines parties de mon corps se mettent à se crisper et à me picoter. Je serre les cuisses.

– Tu ne l'aimes pas, dit Reed d'une voix rauque.

– Tu ne sais pas ce que j'aime.

– Oh si, je le sais.

Il enroule un bras autour de ma taille.

Sa bouche se colle à la mienne.

J'attrape sa tête pour le repousser, mais au lieu de cela, je le retiens. Nous nous embrassons comme si nous voulions nous tuer à l'aide de nos lèvres, de nos langues et de nos dents. Ses mains agrippent mes bras. Mes doigts plongent dans ses cheveux. Ce renflement dans son jean n'est plus seulement un souvenir, c'est une réalité, et mon corps tout entier exulte. Oh mon Dieu, comme ça m'a manqué. Ses lèvres sur les miennes. Son corps brûlant serré contre le mien. Ça m'a manqué, et je déteste me l'avouer.

J'arrache ma bouche de la sienne. Je crie.

– Arrête de m'embrasser !

Ses lèvres esquissent un sourire.

– Alors, recule-toi.

Et comme je ne le fais pas immédiatement, il recommence et sa langue pénètre entre mes lèvres entrouvertes. Cette fois-ci, sa main est glissée sous la ceinture de mes leggings, il me déshabille. J'essaie maladroitement de passer la mienne sous son tee-shirt pour pouvoir sentir sa peau nue. En gémissant, il me soulève et sans m'en rendre compte, j'enserre sa taille entre mes jambes.

Je sens le métal froid du capot sous mes fesses nues. Les doigts de Reed me malaxent les cuisses. La tension que j'ai ressentie jusque-là devient douloureuse. Je me débats sous son étreinte sauvage.

Sa bouche quitte la mienne pour se poser sur mon cou, puis sur mes épaules.

– C'est ça, oui, bébé. Tu es à moi, marmonne-t-il contre ma peau.

Oui, je suis son. Son… bébé ?

– Non, non, pas du tout.

Je me tortille pour lui échapper, à bout de souffle, honteuse, en tentant frénétiquement de remonter mon legging.

– Tu as déjà un bébé et il n'est pas moi.

Il se relève lentement, sans se donner la peine de tirer sa chemise ou de refermer le zip de son jean qui, apparemment, était ouvert.

– Pour la dernière fois, bordel, Ella, je n'ai pas mis cette fille enceinte. Pourquoi est-ce que tu ne veux pas me croire ?

Il y a une telle sincérité dans sa voix que je le crois presque. Mais ce « presque » est le mot clé. Me reviennent soudain en mémoire toutes les fois que ma mère me demandait d'offrir une seconde chance au dernier petit ami en date qui venait de la tromper.

Il a changé, mon cœur. Il est différent. C'était un malentendu. La femme, en fait, c'était sa sœur.

Je n'ai jamais compris pourquoi elle ne voulait pas comprendre qu'on lui mentait. À présent, j'en arrive à me dire que c'était peut-être parce qu'elle voulait tellement croire à l'amour qu'elle se convainquait que son baratineur de petit copain lui disait la vérité. Juste pour pouvoir avoir quelqu'un à ses côtés.

Je laisse échapper, dans un souffle :

– Bien sûr que tu vas nier. Qu'est-ce que tu pourrais dire d'autre ? Mieux vaut oublier tout ça.

– Tu crois vraiment que je peux oublier ça ? Tu m'as embrassé, tu as toujours envie de moi.

Sa voix est grave, tendue.

– Ne te vante pas. J'aurais pu embrasser n'importe qui en ce moment. J'ai embrassé n'importe qui. Tu comprends ? Si Wade avait été là à ta place, je l'aurais embrassé, de la même façon.

Reed fronce les sourcils.

– Wade est un mec bien. Ne lui brise pas le cœur pour ensuite revenir avec moi. Tu n'es pas comme ça.

– Tu ne sais pas comment je suis.

– Si, je le sais. Tu l'as dit toi-même, je vois en toi. Je vois tes blessures et ta solitude. Je vois ta fierté et la façon dont elle t'empêche de t'appuyer sur les autres. Je vois ton grand cœur et à quel point tu veux sauver le monde entier, y compris un con comme moi.

Le ton de sa voix est envoûtant.

– J'en ai marre de jouer la comédie, Ella. Pour moi, il n'existe pas d'autre fille au monde que toi. Si tu me vois en train de parler avec une autre, sache que c'est de toi que je lui parle. Si tu me vois marcher aux côtés d'une autre, sache que je regrette que ce ne soit pas avec toi. (Il s'avance.) Tu es la seule qui compte pour moi.

– Je ne te crois pas.

– Comment puis-je te faire changer d'avis ?

Je le repousse. Il se tient bien trop près de moi, j'ai besoin d'une certaine distance entre nous.

– Tu veux que je te supplie. Eh bien, je vais le faire.

Il commence à se mettre à genoux.

– Hé mec ! Royal se fait fouetter ! crie quelqu'un.

Cette exclamation est suivie d'un bruit de fouet et de nombreux éclats de rire avinés. Un groupe de garçons passent devant nous en titubant. Ils se dirigent vers le côté de l'hôtel particulier. Je rattrape Reed avant qu'il soit à genoux. Je le déteste, mais je déteste plus encore les élèves d'Astor.

Reed, lui, n'a pas l'air du tout embêté par ces imbéciles qui se moquent de lui. Il se contente de leur répondre par un petit sourire et un doigt d'honneur.

Les larmes me montent aux yeux. Je fais en sorte qu'il ne puisse pas s'en apercevoir. Je murmure :

– Je déteste cet endroit. Astor est vraiment l'école la plus nulle que je connaisse.

Un lourd silence s'installe entre nous. Il finit par pousser un long soupir.

– Viens, je te ramène à la maison.

Ma voiture est dégueulasse et donc hors d'usage. J'avoue ma défaite et je grimpe dans son 4x4, mais je m'arrange pour m'asseoir le plus loin possible de lui.

– Qu'est-ce qui est arrivé à ton maillot ? Il est trempé.

– J'ai croisé Jordan.

Ses mains se crispent sur son volant.

– Je vais lui faire payer.

– Comment ?

– Laisse-moi faire.

Je regarde fixement dehors et j'étouffe les relents d'espoir qui tentent de s'immiscer dans mon cœur. C'est de Reed Royal dont il s'agit. Un type qui a baisé la petite amie de son père. Il n'a aucune morale, aucun principe. La seule chose qui compte pour lui, c'est d'obtenir ce qu'il veut.

Donc, non, je ne peux pas me permettre d'espérer quoi que ce soit. Mon cœur n'y résisterait pas. Pas une seconde fois.

Chapitre 18

REED

Regagner le cœur d'Ella s'avère bien plus long que je le croyais. Et plus difficile, également. J'ai cru que notre baiser, à la soirée chez Shea, signifiait qu'elle avait changé d'avis. En fait, il a eu l'effet inverse. Elle ne me croit toujours pas, et sans test ADN, je ne sais pas comment la convaincre.

Papa n'a pas mentionné de test de paternité, mais il va sûrement en demander un, n'est-ce pas ? Il ne peut pas s'unir à cette vipère sans la moindre preuve.

J'ai passé tout le week-end comme un pauvre malheureux, ignoré de tous, sauf de Brooke et de papa. Ella, Easton, les jumeaux, Gid. Ils sont tous en pétard contre moi.

Ne vous méprenez pas, je le mérite. À cent pour cent. Faire l'amour avec Brooke a été la décision la plus stupide de ma vie. Le fait que j'aie toujours été difficile s'agissant des nanas n'a fait qu'aggraver les choses, parce que quelqu'un comme Brooke n'aurait jamais dû faire partie de la sélection. J'aurais dû lui résister. J'aurais dû résister à cette envie irrépressible de punir mon père. Je sais d'expérience que chacune de mes conneries finit toujours par me retomber dessus. Mais je l'ai fait et je ne peux rien y changer. Je peux me détester pour ça, je peux avoir le sentiment d'être une véritable merde chaque fois que j'y repense, mais je ne peux pas réécrire le passé.

Et Ella ne peut pas passer sa vie à m'en tenir rigueur, pas vrai ?

– Tu la dévisages.

Je me rends compte que Wade me fait les gros yeux. Eh ouais. Je suis coincé. Je regardais fixement la table d'Ella. Elle est assise avec Val à l'autre extrémité de la salle à manger et je sais qu'elle a choisi cette table exprès. Elle met autant de distance entre nous qu'il est humainement possible.

Et elle s'est installée dos à la salle. Dos à moi. Elle veut me faire comprendre que c'est fini entre nous, mais nous savons tous les deux que ce n'est pas vrai. Elle me détestait déjà avant et elle a quand même craqué pour moi. Rien n'a vraiment changé entre nous. Nous nous faisons face, nous nous tournons autour en permanence, comme des adversaires, mais nous sommes toujours là dans le cercle, l'un et l'autre. Et c'est tout ce qui compte. Je fais la moue.

– J'ai le droit de la mater. Mais pas toi, par contre. Ôte tes yeux de ma nana. Et tes lèvres aussi.

Il se contente de sourire.

– Hé, ce n'est pas ma faute si elle a fourré sa langue dans ma bouche.

Je grogne.

– Reviens là-dessus et je t'assomme.

– Tu ne ferais jamais de mal à ton quaterback, se marre Wade en se levant de sa chaise. Je te prendrai plus tard, mon pote. J'ai quelqu'un qui m'attend aux toilettes.

Tous les mecs ont les yeux écarquillés. Wade est célèbre pour ses parties de baise dans les toilettes.

À l'autre bout de la table, quelqu'un lance.

– Hé, East, j'ai entendu dire que tu t'étais tapé Savannah Montgomery ?

Je sursaute. Sérieusement ? D'abord Abby, et maintenant Sav ? Lorsque Abby m'a alpagué à la fête, c'était pour s'excuser d'être sortie avec Easton. Elle a prétendu qu'elle était furieuse contre moi et que, pour elle, c'était une façon de me blesser. J'ai eu un mal de chien à ne pas lui répondre, *je me fous royalement d'avec qui tu baises*. C'est pourtant vrai, je m'en fiche. J'en avais fini avec Abby, avant même qu'Ella apparaisse. Elle peut bien faire l'amour avec qui elle veut, ça m'est égal. Ce qui m'importe, en revanche, c'est Easton. Mon frère est hors de contrôle et il n'y a rien que je puisse faire pour l'arrêter. C'est la raison pour laquelle je ne ferme pas l'œil la nuit. Enfin, ça et Ella.

En parlant d'Ella, un de mes coéquipiers mentionne soudain son nom. J'arrête de faire semblant de n'en avoir rien à faire et je me retourne pour faire face à deux membres de l'équipe de foot qui cancanent comme s'ils étaient au banquet de la Junior Ligue.

– Qu'est-ce qui il y a à propos d'Ella ?

Neiman Halloway, un latéral offensif de seconde année, fait la grimace.

– J'ai juste entendu dire qu'elle avait passé un sale quart d'heure en cours d'expression orale.

– Qu'est-ce qui s'est passé ?

Je croise les bras en regardant fixement les deux joueurs. S'ils ne se mettent pas à parler, ils vont bientôt avoir l'empreinte de leur plateau-repas sur leur tronche.

Neiman se racle la gorge.

– Je n'y étais pas, mais ma sœur est dans sa classe. Elle m'a dit qu'Ella avait dû rendre un laïus sur les gens dont elle avait eu à s'occuper, ou un truc du genre. Elle l'a écrit en parlant de sa mère, et… euh…

Il est gêné.

– Crache le morceau. Je ne vais pas te cogner pour avoir répété ce qui s'est dit en classe, mais je risque fort de le faire si tu continues à me faire perdre mon temps.

Depuis l'autre extrémité de la table, Easton écoute attentivement, lui aussi, mais il évite mon regard quand je tente de croiser le sien.

– Bon. Ok. Alors, apparemment, certains mômes l'ont fait chier en balançant des trucs du genre, « moi aussi je m'occupe des strip-teaseuses, en général quand elles se trémoussent devant moi ». Et ma sœur m'a dit qu'une des Pastel avait demandé à Ella si elle avait des vidéos sur lesquelles sa mère lui apprenait comment faire une pipe à ses clients.

Je sens mon visage se crisper et devenir de plus en plus grimaçant au fur et à mesure qu'il parle. Et je me rappelle qu'il n'est que le messager, et que je ne dois pas démolir le messager.

À présent, Neiman est plus pâle qu'un fantôme.

– Et ensuite, une fille lui a dit que sa mère était morte de honte, vu qu'elle était une telle traînée.

Je chope alors un semblant de mouvement du coin de l'œil et j'aperçois en me retournant Ella et Val qui avancent sur le parquet ciré, avec chacune un plateau vide à la main.

Je suis tenté de lui courir après, mais même si je meurs d'envie de la consoler, je sais qu'elle n'a aucune envie de m'écouter. En plus, consoler, ce n'est pas toujours suffisant.

Wade avait raison, il faut que les choses changent à l'école. Avant son départ, personne, à part peut-être Jordan, n'aurait osé parler sur ce ton à Ella.

Je me tourne vers les gars et je leur demande en grinçant des dents :

– C'est tout ?

Neiman et son pote échangent un regard inquiet. Non, je suppose que ce n'est pas tout. J'attends donc la suite. C'est son copain qui prend la relève.

– En sortant de cours, un type a demandé à Daniel Delacorte s'il lui avait balancé des billets d'un dollar quand elle avait ouvert les cuisses. Il a répondu : « Non, elle ne les vaut pas. C'était juste des pièces de vingt-cinq cents. »

Je serre mes poings sur mes genoux, parce que j'ai peur de perdre le contrôle et de démolir toute cette école de merde. Je hurle à Neiman :

– Envoie un texto à ta sœur ! Je veux des noms.

Neiman sort son téléphone plus vite encore que lorsqu'il se rue sur la défense adverse quand elle poursuit son quaterback. Il tape un court message, puis nous restons environ une minute assis, à attendre la réponse. Quand son téléphone bipe, je suis sur le point de tuer quelqu'un.

– C'est Skip Henley qui a raconté ce truc sur les billets de un dollar…

Henley n'a pas le temps de finir sa phrase, je suis déjà debout. J'aperçois Easton qui se lève, lui aussi, mais je l'arrête d'un signe de la main. Je gronde.

– Je m'en charge.

Quelque chose, du respect peut-être, surgit dans son regard, malgré lui. Hum. Peut-être que ma relation avec mon frère n'est pas totalement foutue.

Je parcours la salle à manger des yeux jusqu'à ce que je tombe sur ma cible. Skip Henley. J'avais ce môme à l'œil depuis un moment déjà. C'est une grande gueule qui aime bien se vanter à propos des nanas qu'il chope, avec une foule de détails dégueulasses. Je traverse la salle jusqu'à la table d'Henley qui s'arrête de parler à mon approche.

– Henley, dis-je froidement.

Skip se tourne avec précaution. Il a l'air 100% BCBG, avec ses cheveux parfaitement gominés et son visage de joli garçon, rasé de frais.

– Ouais ?

– Tu as eu cours d'expression orale avant le déjeuner ?

Il hoche la tête.

– Ouais. Et alors ?

– Alors, voilà le marché. (Je tapote ma poitrine.) Je te laisse frapper le premier coup. C'est gratuit. Tu fais comme tu veux. Et ensuite je vais te défoncer la gueule à tel point que même ta mère ne va pas te reconnaître.

Il regarde autour de lui, cherchant frénétiquement une échappatoire. Mais il ne m'échappera pas, et si jamais il a eu un jour des amis, ils font tous semblant de ne pas le connaître. À sa table, tout le monde détourne le regard, tripote son téléphone ou joue avec sa nourriture. Skip est tout seul, et il le sait.

– Je ne sais pas ce que tu crois que j'ai fait, commence-t-il, mais…

– Oh, tu as besoin qu'on te rafraîchisse la mémoire ? Pas de problèmes. Laisse-moi t'aider, mon pote, tu as sorti des horreurs sur Ella Harper.

La panique brille dans ses yeux avant de se métamorphoser en indignation. Il se rend compte qu'il n'a pas beaucoup de choix, donc il décide, stupidement, de doubler la mise.

– Et alors ? Je ne disais que la vérité. Nous savons tous que ta nana a passé tellement de temps sur le dos qu'elle a le mot sperme tatoué sur sa peau…

Je ne lui laisse pas le temps de terminer sa phrase. Je l'agrippe par le col de sa chemise et je le soulève jusqu'à ce que son visage effleure le mien.

– Ou tu as des couilles en acier, ou tu as des pulsions suicidaires. J'opte pour la deuxième solution.

– Je t'emmerde, crie Henley en me crachant au visage. Tu crois que c'est toi le chef dans cette école,

Royal ? Tu crois que tu peux ramener une pute chez nous et la tringler devant nos yeux ? Mon grand-père connaissait le général Lee ! Je ne veux rien avoir à faire avec ce genre de traînée.

Puis il se jette sur moi en hurlant et je le laisse me donner le premier coup. C'est faiblard, comme lui. Comme toutes les brutes épaisses, en réalité. C'est pour ça que ce sont des brutes épaisses. Parce que ce sont des idiots qui n'ont pas confiance en eux et qui essaient de se rassurer.

Son premier coup rebondit sur ma mâchoire, parce qu'il ne sait pas frapper. En rigolant, j'attrape cette tête de nœud à la gorge et je le tire vers moi.

– Ton papa ne t'aime pas assez pour t'apprendre à te battre, Skippy[11] ? Je te montre. C'est ça, un vrai coup.

Je lui frappe le visage à deux reprises.

– Voilà. Tu comprends comment ça marche ?

J'entends quelqu'un qui pouffe derrière nous. Je reconnais le rire d'Easton. Mon frère apprécie le spectacle.

Henley pleurniche de douleur en reculant. Une odeur d'urine remplit l'espace autour de nous.

– Pas possible ! Il s'est pissé dessus, hurle quelqu'un.

Dégoûté, j'attrape Skip par le col, je lui balance un bon coup de pied dans l'arrière-train, ce qui le fait tomber face contre terre. Je me penche sur lui en lui écrasant la colonne vertébrale avec mon genou.

– Tu adresses encore la parole à Ella ou à une de ses copines, et tu recevras bien pire qu'un ou deux uppercuts au visage, compris ?

Il hoche la tête en pleurant lamentablement.

---

11. Nom d'un kangourou dans une célèbre série télévisée des années 70.

– Bon.

Je le pousse pour me relever et j'annonce à la foule autour de nous :

– Et ça marche aussi pour vous. À partir d'aujourd'hui, vous allez tous vous comporter correctement ou ce qui vient d'arriver à ce connard vous arrivera aussi.

Dans la salle à manger, on entend une mouche voler. Les regards nerveux et craintifs que je vois autour de moi m'apportent une véritable satisfaction. Là encore, Wade avait raison, ces mômes ont besoin d'un leader, de quelqu'un qui les empêche de s'entre-dévorer.

Je n'avais peut-être pas posé ma candidature, mais ce boulot, c'est le mien, que je l'aime ou pas.

*

* *

Au lieu d'aller en cours, je me rends aux toilettes pour hommes du premier étage, à côté du gymnase. Il n'existe aucune règle écrite édictant que ce sont celles de l'équipe de football, mais c'est comme ça. Et Wade en fait bon usage. Ce semestre, il a cours d'affaires publiques. Depuis que sa mère baise avec le prof, il n'y a jamais mis les pieds. Il dit qu'après avoir ingurgité tous ces glucides au déjeuner, il n'a plus que deux possibilités pour lui, dormir ou baiser. Et que baiser, c'est plus marrant.

Je toussote en entrant pour prévenir les occupants qu'ils ne sont plus seuls, mais ça ne gêne pas du tout Wade. J'entends des gémissements haletants, entrecoupés de « oui Wade, je t'en prie, Wade », susurrés à un rythme qui m'est familier.

Ça m'ennuie. Je m'appuie contre les lavabos et j'observe la porte fermée d'un des cabinets qui se met à bringuebaler bruyamment quand Wade passe la surmultipliée. Au son de sa voix, je déduis que c'est Rachel Cohen son coup d'après déjeuner.

Wade possède une faculté de concentration d'un petit pois, mais avec les filles, il se donne à fond. On ne peut pas lui en demander plus. Je jette un coup d'œil à ma montre. Je ne veux pas rater le prochain cours.

Je frappe à la porte.

– Vous avez bientôt fini, les enfants ?

Le bruit s'arrête et j'entends un cri de surprise étouffé, ainsi que des paroles rassurantes chuchotées. « Je te tiens bébé... » Un bruissement puis « ... Vas-y. C'est bon, non ? Ne t'en fais pas pour ce vieux Reed dehors... Aah, tu aimes ça. Tu veux que j'ouvre la porte ?... Non ? Ok, mais il est là dehors. Il peut t'entendre. Merde, tu aimes vraiment ça. Ouais, bébé, vas-y. »

Un doux gémissement s'échappe, puis encore des bruissements, suivis par un long, long grognement. Enfin, ils ont fini. La porte s'ouvre. J'attire l'attention de Wade en tapotant l'écran de ma montre. Il hoche la tête en terminant de se reboutonner, puis il prend Rachel dans ses bras et lui claque un baiser humide.

– Purée, bébé, c'était incroyable.

Elle soupire contre lui. Je reconnais ce son. Ella faisait le même quand nous nous amusions tous les deux. Je meurs d'envie de l'entendre à nouveau, et ça me fout les boules qu'elle ne me laisse plus l'approcher.

Je me racle la gorge bruyamment.

Wade sort, tout en soulevant Rachel dans ses bras.

– Je te verrai après la classe ? demande-t-elle, pleine d'espoir.

– Y'a intérêt, bébé.

Il s'arrête et me lance un regard par-dessus son épaule. Je secoue la tête en signe de dénégation. Il hausse la tête comme pour me signifier que ça ne coûte rien de demander.

– J'aurai terminé seulement après le dîner. Garde tout ça au chaud pour moi, d'accord ? (Il tapote le devant de sa jupe toute froissée.) Je vais penser à toi tout l'après-midi. Ça va être un moment difficile.

Depuis toutes ces années que je le connais, je ne saurais dire si Wade est sincère ou pas.

– Tu veux dire que ça va être un moment dur ? minaude-t-elle.

– Ok, ça suffit comme ça, je lance impatiemment.

– Wade !

– À très vite, Rach. Il faut absolument que je discute d'un truc avec Reed, sans ça je te promets qu'on aurait remis ça.

Elle hésite tellement que Wade est obligé de la pousser dehors. Il déplace la poubelle contre la porte et revient d'un pas nonchalant. J'ouvre les robinets pour éviter que des oreilles indiscrètes nous entendent. Et je vais droit au but.

– La voiture d'Ella a été enduite de miel à la fête des Montgomery, vendredi soir, et je viens de corriger un trou du cul qui l'avait démolie pendant le cours d'expression orale. Qu'est-ce qui se passe, bordel ?

– Tu es sérieux ? Tu ne m'as donc pas écouté la dernière fois qu'on en a parlé ? En fait, si, tu as écouté et tu m'as dit que tu t'en foutais, répond-il sèchement.

– Eh bien, maintenant je ne m'en fous plus. Je veux savoir pourquoi Ella est à nouveau la cible. Tout le monde sait pertinemment que je vais filer une raclée à quiconque la regarde de travers. Je ne comprends pas pourquoi on la fait chier comme ça.

Wade passe ses mains sous le robinet. Il les lave en prenant tout son temps avant de répondre.

– Wade ?

Il lève ses mains en l'air.

– Ok, ne me frappe pas. Regarde ce beau visage.

Puis, en se tapotant le menton :

– Il n'y aura plus de Rachel si tu abîmes cette tronche.

Je baisse les yeux sur Wade. Il fait cinq centimètres de moins que moi.

– Pourquoi les gens s'en prennent-ils à Ella ?

Il hausse les épaules.

– Avant, ils pétaient de trouille devant toi. À présent, plus vraiment.

– Qu'est-ce que c'est censé vouloir dire ?

– Ça signifie que Delacorte a toujours toutes ses dents alors qu'il a essayé de violer ta nana. Jordan peut dire tout ce qu'elle veut sans les moindres représailles. Tout le monde pense qu'Ella et toi, c'est terminé, et que, puisque tu arrêtes de protéger les autres, ils ne vont pas se priver. Ella est la proie idéale.

– Autre chose ?

Wade hausse les épaules d'un air piteux,

– Ce n'est pas assez ?

Je baisse la tête, frustré.

– Si, ça suffit bien.

– Tu vas faire quelque chose ?

– Qu'est-ce que tu en dis ?

Et je repousse du coude la poubelle loin de la porte.

– J'en dis que si vous, les Royal, vous présentiez un front uni, tout le monde se calmerait. Personne n'apprécie vraiment ce qui se passe, mais les gens ont peur, ou alors ils sont flemmards. Et franchement, mon pote, tu fais partie de la seconde catégorie.

Je serre les dents, mais il n'a pas tort. Gideon était bien plus actif que moi comme « surveillant général » à l'école. Il faisait attention. Il devinait qui était les responsables des conneries et il s'arrangeait pour les faire tomber les uns après les autres. Habituellement, c'était moi qui délivrais les messages.

Après son départ, tout le monde s'est dit que je devenais le responsable, et je n'ai pas fait grand-chose pour leur prouver qu'ils avaient raison ou tort. Jusqu'à maintenant. Je me retourne vers lui.

– Tu as raison. Je me suis comporté comme un trou du cul de flemmard.

Wade sourit.

– J'ai toujours raison. Alors, qu'est-ce que tu vas faire à présent ?

– Je ne suis pas encore sûr. Mais ne t'en fais pas, cette merde va changer.

Et je lui lance un regard assassin.

– Je m'en occupe.

Chapitre 19

ELLA

Je rentre à la maison et je fonce droit dans ma chambre. Je me jette sur mon lit où je me mets en boule. Je ne veux qu'une chose, faire comme si cette journée de merde n'avait jamais existé. Chaque fois que je pense avoir touché le fond de l'humiliation, ces enfoirés des classes préparatoires d'Astor Park me prouvent le contraire. Mais je ne pleurerai pas pour autant. Non. Je ne verserai pas une seule larme. Je ne leur donnerai pas ce pouvoir sur moi.

Pourtant, en cours d'expression orale, ça craignait comme jamais. J'ai vraiment eu un mal de chien à supporter leurs insultes envers maman. Je n'arrive pas à croire que le prof soit resté là comme un imbécile, sans réagir, pendant cinq bonnes minutes avant de faire taire la classe.

Peut-être que j'aurais dû aller chez Val, comme elle le voulait ? On aurait pu s'asseoir sur son lit et manger de la glace en parlant de son nouveau béguin, ce qui, tout à coup, me semble bien plus sympa que de rester à bouder dans ma chambre toute la soirée.

En plus, je ne serais pas en train de sursauter chaque fois que j'entends des pas dans l'escalier. Je n'arrive pas à croire que j'ai embrassé Reed l'autre soir. Non, j'ai fait plus que l'embrasser. Il avait baissé mon pantalon et ses mains étaient posées sur mes fesses. Qui sait jusqu'où je l'aurais laissé aller si tout ce truc à propos du bébé n'avait pas ressurgi entre nous.

Et s'il était réellement le père du bébé de Brooke ?

Comment je vais faire pour vivre dans la même maison que Reed et Brooke et leur bébé, que le pauvre Callum va élever comme le sien sans rien savoir ?

Seigneur ! Depuis quand est-ce que ma vie est devenue un tel mélo ?

Je serre mon visage très fort dans mes mains, jusqu'à ce que je sente mes dents appuyer contre mes joues. Cette douleur-là n'atténue pas celle que je ressens au fond de mon cœur.

Reed me… manque. Je m'en veux, mais je n'y peux rien. Tout ce truc que je lui ai dit sur le fait qu'il voyait en moi… je le ressens encore. Quand Reed me fixe de ses grands yeux bleus, c'est comme s'il pouvait voir mon âme. Il arrive à traverser la façade de dure à cuire derrière laquelle je me planque. Il voit mes peurs, ma vulnérabilité et il ne me juge pas pour autant.

Et j'ai vraiment cru que je pouvais le voir, moi aussi. Est-ce que je l'ai simplement imaginé ? Ces moments de gaieté où nous baissions tous deux la garde, ce regard franc qu'il avait tout à coup quand il me disait qu'il espérait être digne de moi, la sensation de paix qui m'enveloppait lorsque nous nous endormions dans les bras l'un de l'autre… Est-ce que tout cela n'existait que dans mon imagination ?

Je sors mon livre de maths de mon sac à dos et je m'efforce de me concentrer. Après quoi, je me fais plaisir en regardant deux épisodes débiles de *The Bachelor*, mais ce n'est pas drôle quand Val n'est pas là en train de faire des vannes sur les différents concurrents.

– Ella. (La voix de Callum retentit dans le couloir, suivie d'un coup vif sur ma porte.) Le dîner est servi. Descends, s'il te plaît.

– Je n'ai pas faim.

– Viens, répète-t-il. Nous avons des invités.

Je regarde la porte en faisant la moue. Habituellement, Callum ne joue pas au parent avec moi, mais là, son ton est sévère et paternel.

– Nous dînons dans le patio, ajoute-t-il.

Ensuite, je l'entends frapper aux autres portes pour rassembler ses troupes. Il se donne la peine de nous appeler un à un et il a l'air un peu… inquiet.

Je m'assieds lentement en me demandant qui peuvent bien être nos « invités ». Brooke, évidemment, parce que cette sorcière est là pratiquement tous les soirs depuis qu'elle et Callum ont lancé leur bombe « bébé ».

Mais qui d'autre ? Autant que je sache, Steve était le seul ami de Callum et il est mort.

En soupirant, je me relève et j'enlève mon uniforme pour quelque chose de plus approprié pour un dîner.

Malheureusement, j'oublie tout le temps d'aller faire des courses. Du coup, je suis obligée d'enfiler une des robes datant de ma virée shopping avec Brooke.

J'entre dans le couloir à l'instant précis où Reed et Easton sortent de leurs chambres. Je les ignore l'un comme l'autre, et ils font de même. Nous descendons dans un silence de pierre.

Lorsque nous entrons dans le patio, je comprends immédiatement pourquoi Callum était inquiet. Nous avons deux invitées à dîner, Brooke et… Dinah O'Halloran.

À mes côtés, le corps tout entier de Reed se fige. Ses yeux bleus passent d'une pétasse blonde à l'autre.

– Nous fêtons quoi ? demande-t-il froidement.

Brooke nous fait son plus grand sourire.

– Nous célébrons nos fiançailles, idiot ! (Elle repousse ses cheveux d'un petit coup de tête.) C'est officieux, bien sûr, parce que nous organiserons une vraie fête de fiançailles, une fois que nous aurons réglé tous les détails. Dans un endroit décadent comme *Le Palace* ou le *King Edward* ? Qu'en penses-tu, Dinah ? On choisit un endroit branché ou un lieu plus distingué ?

Dinah lève le nez d'un air dégoûté.

– Le *King Edward* n'est plus ce qu'il était, Brookie. C'était bien plus exclusif avant, mais depuis qu'ils ont baissé leurs tarifs, la clientèle est beaucoup plus bas de gamme.

Callum nous jette un coup d'œil aux garçons et à moi et il nous ordonne.

– Asseyez-vous. Vous êtes grossiers.

Je vérifie quels sièges sont disponibles. Brooke et Dinah sont assises de part et d'autre de Callum, pendant que Sawyer et Sebastian, qui font tous les deux la tronche comme à leur habitude, sont vautrés sur des sièges à l'autre extrémité de la table.

Reed et Easton évitent les sièges vides à côté des deux femmes et s'installent à côté des jumeaux. Ce qui me laisse deux possibilités, franchement pas très excitantes. Je décide que la moins pire des deux c'est Dinah, et je m'assieds à contrecœur à côté d'elle.

Je viens tout juste de m'asseoir lorsque Gideon passe la porte-fenêtre.

– B'soir ! murmure-t-il.

Callum hoche la tête en signe d'approbation et lance d'une voix tranchante :

– Je suis content que tu aies pu venir, Gid.

Le ton de Gideon se fait encore plus sec.

– Parce que tu m'as vraiment laissé le choix, pas vrai, papa ?

Sa mâchoire se crispe quand il comprend que la seule place restante est celle à côté de Brooke.

Brooke. Sa future belle-mère.

Elle tapote la chaise.

– Viens t'asseoir, mon chéri. Tu veux que je te serve un verre de vin ?

– Je prendrai de l'eau, répond-il froidement.

Une fois que nous sommes tous installés, un silence désagréable plane sur la table. Chacun des fils Royal fronce très fort les sourcils. Callum les observe, l'air déçu. Mais qu'est-ce qu'il espérait ? Ses fils ne lui ont pratiquement pas adressé la parole depuis l'annonce de l'arrivée du bébé. J'ai vu les jumeaux reculer chaque fois que Brooke a fait des effets de manche, avec son gros diamant. Easton est plus souvent bourré que sobre. Apparemment, il faut insister lourdement pour que Gideon revienne à la maison. Quant à Reed, il a bien fait l'amour avec la petite amie de son père deux, trois ou cent fois.

Alors ouais. Callum est vraiment à côté de la plaque s'il s'imagine que son grand et joyeux dîner de famille peut être autre chose qu'un véritable désastre.

– Merci beaucoup de m'avoir invitée ce soir, minaude Dinah. Cela faisait des siècles que je n'étais plus venue en visite au palais Royal.

Son ton mordant reflète parfaitement ce qu'elle ressent de ne pas avoir été invitée plus souvent. Elle est très belle ce soir, malgré le venin distillé par ses yeux verts. Ses cheveux d'or sont relevés et deux boucles d'oreilles en diamant pendent à ses oreilles. Elle porte une robe blanche au col en V profond qui met autant en valeur son bronzage que son décolleté. Je comprends pourquoi mon père a été séduit. Dinah ressemble à un ange sexy. Je me demande combien de temps il lui a fallu pour se rendre compte qu'en fait, c'était un démon.

Callum a dû louer les services d'un traiteur pour le dîner, parce que trois femmes en uniforme que je ne connais pas entrent dans le patio d'un pas léger et commencent à nous servir. Cela me met mal à l'aise et je dois me forcer à rester sur ma chaise, alors que je meurs d'envie de me lever pour les aider. Puis tous les neuf, nous nous mettons à manger. Est-ce que c'est bon ? Je n'en ai pas la moindre idée. Je ne fais pas attention à ce que j'enfourne. J'essaie simplement de ne pas vomir.

Brooke se remet à parler du futur bébé Royal, et ça me donne la nausée.

– Si c'est un garçon, j'aimerais que son deuxième prénom soit Emerson, comme le père de Callum, qu'il repose en paix, explique Brooke à Dinah. Tu ne trouves pas que ça sonne bien ? Callum Emerson Royal le Second.

Elle a prévu d'appeler le bébé Callum ? Pourquoi pas Reed ? ai-je envie de balancer. Alors, je serre mon verre à eau de toutes mes forces, parce qu'à l'idée que Reed soit son père biologique, je suis toujours folle de rage. Et ça me file la nausée. Et c'est juste complètement atroce.

Reed prétend que la dernière fois qu'il a fait l'amour avec Brooke, c'était il y a plus de six mois, et elle n'est pas assez enceinte pour ça. Finalement, peut-être qu'ils n'ont pas fait l'amour la nuit où je les ai surpris. Il dit que non. Brooke dit que non.

Peut-être qu'ils disent la vérité ?

Oui, Ella. Et c'était bien évidemment sa sœur que le dernier petit ami de maman tenait par la main. Idiote !

Ella ?

Je relève la tête. Callum me regarde avec insistance.

– Désolée. Quoi ?

– Brooke t'a posé une question.

Je me tourne à contrecœur vers Brooke qui me fait un clin d'œil.

– Je t'ai demandé si tu avais des suggestions de noms pour une fille.

– Non. Désolée. Je n'y connais pas grand-chose.

– Les garçons ? demande-t-elle aux Royal. Vous avez des idées ?

Aucun d'eux ne répond. Les jumeaux font comme s'ils étaient trop occupés à s'empiffrer, mais Reed, Gideon et Easton l'ignorent carrément. Comme je suis la seule qui ait participé à la conversation, si on peut considérer que six malheureux mots sont une contribution, je deviens rapidement le centre d'intérêt des adultes.

– Je suis déçue que tu ne viennes pas me rendre visite au penthouse plus souvent, me dit Dinah. J'aimerais apprendre à connaître la fille de mon mari.

Elle prononce « fille » comme si c'était un gros mot. Le visage de Callum se crispe, mais sa bouche reste résolument close.

– Je n'ai pas été invitée, je lui réponds sur un ton aussi froid.

Le regard de Dinah s'assombrit.

– Tu n'as pas besoin d'invitation, me répond-elle sur un ton mielleux. Le penthouse est à moitié à toi, tu te rappelles ?

– Sans doute.

Devant mon expression songeuse, elle hausse les épaules et se tourne vers Gideon.

– Comment ça va à l'université, chéri ? Ça fait longtemps que je ne t'ai pas vu. Raconte-moi tout ça.

– Ça va bien, dit-il avec une certaine brusquerie.

– Tu as une rencontre de natation bientôt, non ? (Dinah caresse la surface de son verre.) Je crois bien que Brooke l'a mentionné, non ?

Un muscle de sa mâchoire tressaute avant qu'il réponde,

– Oui, c'est vrai.

Brooke prend la parole, le regard brillant.

– On pourrait tous y aller pour l'encourager. Qu'en penses-tu, Callum ?

– Ah… oui. Ça me paraît… une bonne idée.

Reed renifle doucement.

Callum lui lance un avertissement du regard. Je les déteste tous, autour de cette table.

La tension monte, monte, jusqu'à me donner l'impression que les murs se referment sur moi et que je suffoque. Et pourtant, merde, nous sommes en plein air.

– Je regrette que tu n'aies pas pu connaître ton père, reprend Dinah. Steve était un homme tellement… formidable. Et loyal. Tellement loyal, pas vrai Callum ?

Callum acquiesce et se sert un autre verre de vin. Je suis presque sûre qu'il en est à sa deuxième bouteille. Pendant ce temps, Brooke, elle, boit de l'eau pétillante à cause de sa grossesse.

– Le meilleur des hommes qui soit, répond lourdement Callum.

– Pas très bon pour gérer son argent, cela dit, remarque Dinah. (Ses yeux verts se plissent sur moi un moment.) Est-ce que tu tiens de ton père ou de ta mère, Ella ?

– De ma mère, je réponds laconiquement, mais bordel, comment est-ce que je peux le savoir ?

– Bien entendu, réfléchit-elle. Après tout, Steve ne savait pas pour toi. Tu n'avais aucune existence pour lui pendant la plus grande partie de ta vie.

Sympa, et subtil comme attaque, Dinah. Mais vous savez quoi ? J'ai grandi entourée de femmes plutôt rosses qui flippaient en permanence de perdre trop tôt leurs atouts physiques. Je peux supporter n'importe quoi venant d'elle.

Je souris.

– Il m'a fait un signe. Je veux dire, il m'a laissé tout ce qu'il pouvait.

Et il m'aurait laissé encore bien plus si tu n'avais pas affrété un cargo entier d'avocats pour s'assurer que le moindre centime qui traînait tombe dans ton escarcelle.

Elle me répond avec un sourire carnassier.

– Je pensais à toi l'autre jour…

S'il te plaît, oublie-moi.

… et à quel point nous nous ressemblons. Ma mère n'allait pas bien quand j'étais jeune et nous déménagions tout le temps, comme toi. Dans sa vie, elle a toujours pris les mauvaises décisions. Nous étions souvent…

Elle s'interrompt pour boire une gorgée de vin. Bien malgré nous, nous buvons chacune de ses paroles et elle s'en délecte, de toute évidence.

– Bien souvent, les gens qui sont passés dans ma vie n'avaient pas la meilleure influence qui soit. Parfois, ces hommes voulaient obtenir de moi des choses qu'une enfant ne devrait jamais avoir à donner.

Dinah me regarde avec espoir. Je suppose qu'elle est comme ces anciens prédicateurs du Sud qui ont besoin d'un signe d'acquiescement pour être certains que leur message a bien été intégré. Je murmure :

– C'est bien dommage.

Elle a raison, pourtant. Son histoire ressemble à mon propre passé. Mais je me refuse à la plaindre. À présent, sa vie n'a plus rien à voir avec tout ça.

– Oui, n'est-ce pas ?

Elle s'essuie les coins de la bouche avec sa serviette.

– J'aimerais bien te donner quelques conseils, d'une fille perdue à une autre. Il ne faut pas attendre pour obtenir ce que tu veux dans la vie, parce que si tu le fais, tu vas finir comme nos mères, utilisée et, pour finir, morte. Et je suis certaine que tu ne veux pas de ça, n'est-ce pas, Ella ?

Callum repose sa fourchette sur la table plus violemment que nécessaire.

– Je ne crois pas que ce soit une conversation appropriée pendant un dîner.

Dinah lui fait un signe de main dédaigneux.

– C'est une conversation entre filles, Callum. Je partage un peu de ma sagesse durement gagnée avec Ella.

Et elle me prévient qu'elle va essayer de me prendre tout ce que Steve m'a laissé.

– C'est un scénario de film de Lifetime ? s'interpose Easton avant que j'aie le temps de répondre. Parce que j'ai supprimé cette chaîne de ma télé.

– Moi pareil, dit Sawyer. Où est le dessert ?

– Bon, eh bien, si l'histoire de ma vie et celle d'Ella vous ennuie, parlons de vous, les garçons ? Je sais qu'Easton et les jumeaux aiment bien s'amuser. Et vous deux ? Reed ? Gideon ? Est-ce que vous voyez quelqu'un en particulier ou bien est-ce que vous brisez tous les cœurs comme vos petits frères ?

Elle part d'un rire taquin. Personne ne l'accompagne.

– Nous sommes célibataires tous les deux, s'écrie Gideon.

Ça attire l'attention de Brooke. Elle tourne une mèche de cheveux autour de son doigt et me lance un regard espiègle pendant que les serveuses apportent le chariot des desserts.

– Et toi, Ella ? Tu n'as pas encore trouvé l'être cher ?

Callum me regarde aussi, à présent. Je suppose qu'il a choisi ce moment pour lever sa tronche d'ivrogne de sa bouteille de vin. Je baisse les yeux sur mon assiette de dessert, comme si mon tiramisu était la chose la plus intéressante que j'aie jamais vue.

– Non, je n'ai personne.

Un autre ange passe. Je termine mon gâteau aussi vite que je peux, et je remarque du coin de l'œil que tous les garçons font pareil. Gideon nous bat tous. Il laisse tomber sa fourchette dans son assiette vide et recule sa chaise.

– Je dois aller passer un coup de fil.

Son père fronce les sourcils.

– Nous sommes sur le point de prendre le café.

– Je n'en veux pas, marmonne Gid.

Et il file du patio comme s'il ne pouvait y rester une minute de plus. Reed ouvre la bouche pour parler, mais le regard de Callum lui intime l'ordre de se taire. *Tu ne bouges pas d'ici*, signifie-t-il. Et Reed se renfonce violemment dans son siège. L'équipe du traiteur arrive avec des plateaux de café latte dont la mousse dessine de jolis dessins. Le mien représente une feuille. Celui de Brooke un arbre, mais ça aurait dû être une fourche.

– Excusez-moi, dit Dinah pendant qu'on sert les cafés, je dois aller faire un tour au petit coin.

Reed surprend mon regard. Nous faisons tous les deux les gros yeux. Je regrette immédiatement ce moment de complicité à cause du petit sourire content qui apparaît sur ses lèvres.

Cette fois-ci, c'est Easton et moi qui battons ses frères. Nous avalons nos latte en un temps record. Nous reposons nos tasses et prenons la parole en même temps.

– Je vais aider le traiteur à ranger ces assiettes…

– Je vais rapporter ce plateau…

Nous nous regardons un instant, mais notre besoin mutuel de fuir nous rapproche.

– Ella et moi nous allons nous en occuper, termine Easton.

Je le remercie d'un signe de tête.

Callum proteste.

– L'équipe du traiteur est parfaitement capable de…

Mais Easton et moi sommes déjà en train de ramasser les assiettes et les tasses qui traînent.

Nous nous hâtons en direction des portes-fenêtres. J'entends Reed marmonner son mécontentement dans mon dos.

– Les grands esprits se rencontrent, murmure Easton.

Je le regarde en grimaçant.

– Parce que comme ça, on est à nouveau amis ?

Il prend un air coupable. Lorsque nous arrivons à la cuisine, il pose les assiettes dans l'évier, jette un coup d'œil rapide à l'équipe de restauration et baisse le ton.

– Je suis désolé de ce que je t'ai dit à la fête de Sav. J'étais… raide défoncé.

– Tu n'as pas à utiliser ça comme excuse, je réplique. Tu es en permanence défoncé et tu ne m'avais jamais parlé comme ça jusque-là.

Il rougit.

– Je suis désolé. Je suis un trou du cul.

– Ouais.

– Tu me pardonnes ?

Il prend son air de petit garçon qui ferait fondre la terre entière, mais cette fois, je ne vais pas le laisser s'en sortir aussi facilement. La réflexion qu'il m'a faite l'autre nuit était moche. Et blessante. Alors, je secoue la tête et je sors de la cuisine.

– Ella. Allez, attends.

Il me rattrape dans le couloir et me prend par le bras.

– Tu sais que je dis des conneries sans réfléchir.

Soudain, ça me chauffe.

– Tu as quand même dit devant tout le monde à cette fête que j'étais une traînée, Easton.

Il gémit.

– Je sais. J'ai bien merdé, ok ? Tu sais que je ne pense pas ça de toi. Je… (Il plisse son front.) Je t'aime beaucoup. Tu es ma petite sœur. S'il te plaît, ne sois pas fâchée.

Avant que je puisse lui répondre, un léger bruit attire mon attention. On dirait un gémissement. Ou bien un soupir, peut-être ?

Je jette un coup d'œil vers le bout du couloir. Il n'y a que trois pièces dans cette partie de la maison, des petites toilettes pour dames, l'office et un placard.

– Tu as entendu ? me demande Easton, d'un air intrigué.

Je ne sais pas ce qui me pousse à m'avancer plus loin dans le corridor. Je marque une pause devant l'office, mais je n'entends rien derrière la porte. Rien non plus dans le placard.

Dans les toilettes, alors…

Easton et moi nous nous immobilisons en entendant le gémissement. C'est une femme qui fait ce bruit. Mon sang se fige, parce qu'il y a six femmes en ce moment dans le manoir Royal, et que je sais où sont cinq d'entre elles. Brooke est dans le patio. Les serveuses sont dans la cuisine. Et moi, je suis ici.

Ce qui signifie…

Je me tourne vers Easton en ouvrant de grands yeux. Je me sens mal. Il a dû arriver à la même conclusion que moi, parce qu'il entrouvre légèrement la bouche.

– Easton, je siffle lorsqu'il pose la main sur la poignée de la porte.

Il pose un index sur sa bouche. Et, ô horreur, il entrouvre la porte.

Nous n'avons pas besoin de l'ouvrir plus pour entrevoir le couple à l'intérieur des toilettes. C'est la tête blonde de Dinah. Et celle, sombre, de Gid. Ses mains à lui l'agrippent par les hanches. Son corps à elle se cambre vers lui.

Easton referme doucement la porte des toilettes. Il a l'air profondément écœuré. Il titube comme s'il venait de recevoir une gifle.

D'un commun accord, nous ne prononçons pas un mot avant de nous être assez éloignés.

Je chuchote, horrifiée.

– Oh mon Dieu !

Easton me bâillonne et dit à voix basse :

– La ferme. On n'a rien vu, compris ?

Sa main tremble lorsqu'il la retire. Il me jette un dernier regard, puis disparaît dans le vestibule. Quelques secondes plus tard, j'entends claquer la porte d'entrée.

Chapitre 20

Il est minuit quand mon téléphone se met à sonner. Je ne dors pas. Quand je ferme les yeux, je revois les têtes de Dinah et Gideon, et ses mains posées sur ses fesses. C'est beaucoup trop proche de l'image que je me fais de Brooke et de Reed, et je me demande si c'est comme ça que Reed a eu cette idée stupide.

Je tends le bras et j'attrape mon téléphone sur la table de nuit. L'icône qui s'affiche, c'est celle de Val en train de me lancer un baiser.

– Hé, quoi de neuf, poulette ?

Seul le silence me répond. Je m'assieds.

– Val ?

Dans un semi-sanglot, j'entends :

– Ella c'est moi, Val.

– Je sais. Ton nom s'est affiché. Qu'est-ce qui ne va pas ? Où es-tu ?

Je suis hors de mon lit et j'enfile déjà un caleçon long en attendant sa réponse.

– Sur le boulevard South Industrial, à l'extérieur d'une sorte d'entrepôt. Il y a une rave.

– Qu'est-ce qui est arrivé ? Tu veux que je vienne te chercher ?

– Ouais. Je suis désolée de te déranger. (Elle semble être dans un sale état.) Je me suis fait déposer parce que j'avais entendu dire que Tam était en ville, mais je ne l'ai pas trouvé, mon chauffeur s'est barré et c'est très glauque par ici.

Je soupire, mais je n'émets aucun jugement. Après tout, est-ce que n'étais pas moi-même en train d'embrasser Reed il y a quelques nuits de ça ? J'en ai tellement honte que je n'ai même pas pu l'avouer à ma meilleure amie.

– J'arrive le plus vite possible.

Elle commence à dire quelque chose, mais elle s'arrête.

– Quoi ? je demande en attrapant mes clés sur la commode.

– C'est juste que… cet endroit est dangereux. Il vaudrait peut-être mieux que tu prennes quelqu'un avec toi.

Elle veut dire Reed ? Ouais, d'accord. Je préférerais me couper une jambe que de lui demander quoi que ce soit.

– Je vais voir si Easton est à la maison.

– Ok. Je vous attends.

Je trouve mes chaussures, j'ouvre ma porte et je m'arrête net en voyant Reed affalé contre le mur. Je n'ai pas le temps de retenir ma porte qui tape contre le mur. Le bruit le réveille en sursaut.

Ses yeux encore embrumés passent de mes vêtements à mon sac, puis à mes clés.

– Où vas-tu ? demande-t-il, aussitôt en alerte.

– Je vais chercher un truc à manger.

C'est un mensonge franchement pourri, mais je m'y tiens. Puis je lui demande, l'air de rien :

– Easton est dans le coin ? Il a peut-être faim.

Reed se redresse.

– Peut-être. Mais tu vas devoir l'appeler, parce que la dernière fois que je l'ai vu, il sortait boire des coups avec Wade et la bande.

Merde.

– Pourquoi tu n'es pas avec eux ? Et pourquoi est-ce que tu te mets en planque devant ma chambre comme un satyre ?

Il me lance un regard incrédule.

– Ce n'est pas évident ?

Je me tais, parce que c'est évident mais, plus important, j'ai peur que si j'ouvre la bouche à nouveau, une foule de questions n'en jaillissent. Comme depuis combien de temps fait-il ça, et est-ce que c'est parce qu'il a peur que je m'enfuie ou parce qu'il veut simplement être le plus proche possible de moi ? Je crains encore plus ses réponses.

Et il faut que j'aille récupérer Val, alors je me détourne et je commence à descendre les escaliers. Sans rien dire, Reed me suit.

Il est mon ombre silencieuse à travers le grand corridor et son chandelier géant, puis à travers la salle à manger, et jusqu'à la cuisine où je m'étais assise sur ses genoux en souhaitant que ce soit lui mon petit déjeuner à la place de celui que Sandra avait préparé.

– Remonte, Reed. Je n'ai pas besoin de toi.

– Quelle voiture vas-tu prendre ?

Je m'arrête si brusquement qu'il manque me rentrer dedans.

– Oh !

Je réalise soudain que ma voiture pleine de miel et de fourmis est inutilisable. Je l'ai garée dans le garage que Callum n'utilise jamais, parce qu'il me fallait un peu de temps pour dénicher quelqu'un qui puisse la nettoyer et que je ne savais vraiment pas comment expliquer ce bordel à Callum en attendant.

Il tend la main, m'arrache mes clés de voiture et les empoche.

– Viens. Je t'emmène.

L'avertissement de Val qui m'a dit d'amener quelqu'un avec moi me revient à l'esprit, mais je n'ai pas envie de demander quoi que ce soit à Reed.

– Est-ce que je peux t'emprunter ta voiture ?

– Primo, ce n'est pas une voiture, c'est un SUV. Deuzio, non.

Je n'ai pas le temps d'argumenter. Val a besoin de moi. Et apparemment, j'ai besoin de Reed. Mais comme je n'ai pas à lui montrer de la reconnaissance, je pousse un soupir énervé et je pénètre dans l'entrée où j'attrape la première veste qui me tombe sous la main. À l'instant précis où je la ferme, je me rends compte que c'est celle de Reed. Super. Maintenant, mes narines sont pleines de son parfum.

– Très bien, mais lorsque nous arriverons là-bas, tu resteras dans la voiture.

Il me répond en grognant, ce qui pourrait aussi bien être un accord qu'un « je ne vais pas me disputer avec toi avant que tu sois montée dans ma voiture ».

– Bon, où va-t-on ? me demande-t-il pendant que je boucle ma ceinture.

Je lui donne l'adresse, il me retourne un regard désabusé.

– J'ignorais que le quai était le seul endroit où acheter un truc à manger à deux heures du matin.

Je réponds d'un air innocent.

– On m'a dit que c'était le meilleur en ville.

– Toi et moi savons très bien que tu n'y vas pas pour acheter à manger. Tu veux me dire ce qui se passe ?

– Pas particulièrement, non.

Je m'attends à ce qu'il me balance une phrase du genre « dans ma voiture, on suit mes règles », mais au lieu de ça, il reste silencieux.

Ses doigts se crispent sur le volant. Il doit sans doute imaginer que c'est mon cou et que s'il serre assez, je finirai par cracher le morceau. Je lui dirais « oh Seigneur, Reed, je me fiche que tu aies baisé avec la petite amie de ton père et que tu l'aies peut-être mise enceinte. Entre dans ma chambre et déflore-moi, je t'en prie ».

Enfin, s'il veut toujours de ma virginité. Je veux dire, bon ouais, il dit qu'il me désire, mais qu'est-ce que cela signifie ? Est-ce que c'est juste une question de fierté pour lui ? Une fille qui le rejette est une blessure pour son ego, alors il la harcèle pour restaurer l'image qu'il a de lui ?

Je ne peux plus me fier à mon instinct, à présent. Après tout, j'ai laissé Reed entrer même après qu'il s'est comporté en salaud avec moi. Je ne peux pas du tout lui faire confiance, à présent qu'il est sympa.

J'aurais dû l'écouter lorsqu'il me disait de rester à l'écart. Mais j'étais toute seule, j'étais stupide et quelque chose en lui m'attirait. J'ai pensé… je ne sais pas ce que j'ai pensé. Peut-être que mon taux d'œstrogènes était super-élevé et que j'ai été prise dans une sorte d'horrible épisode hormonal. Ou bien est-ce ainsi que je fonctionne ? J'ai passé toute ma vie à observer maman prendre les mauvaises décisions, l'une après l'autre, lorsqu'il s'agissait des hommes. Est-ce que c'est vraiment une surprise si j'agis de la même manière ?

Reed tend la main pour me serrer le genou.

– Tu vas te faire mal au crâne à tant réfléchir.

À son contact, mon pouls s'accélère. Je bouge mon genou. Il comprend le message et reprend le volant à deux mains, pendant que je fixe le tableau de bord en tentant d'ignorer les regrets qui m'envahissent. Je marmonne :

– Mon problème, ce n'est pas que je réfléchis trop, c'est que je ne réfléchis pas assez.

– Tu n'as pas de problèmes, Ella. Pas de la manière dont tu penses en avoir. Tu es bien comme tu es.

Le compliment me fait chaud au cœur. Le Reed doux et gentil est plus puissant et plus dangereux que Reed l'enfoiré. Je ne peux pas gérer ça en ce moment. Je suis fatiguée, et mes défenses sont au plus bas.

– Ne sois pas gentil avec moi. Ça ne te ressemble pas.

À ma grande surprise, Reed éclate de rire. Ce n'est pas un rire joyeux, il est un peu teinté d'amertume, mais c'est tout de même un rire.

– Je ne sais plus qui je suis, à présent. Je suis perdu, je crois. Mes frères aussi le sont.

J'ai un petit coup au cœur. Oh non. Vulnérable, Reed est encore plus dangereux. J'essaie désespérément de changer de sujet.

– C'est ça qui déconne chez Easton ?

– Si je comprenais ce qui se passe avec East, je ne partirais pas avec toi au milieu de la nuit pour le sortir de Dieu sait quel pétrin dans lequel il s'est fourré. Alors, si tu as des idées pour lui remettre les yeux en face des trous, n'hésite pas, je suis tout ouïe.

– Nous n'allons à la rescousse d'Easton pour l'instant. Et si tu veux des idées pour savoir comment l'aider, demande à quelqu'un d'autre. Je n'ai pas la moindre idée de ce qui se passe chez lui.

La seule chose que je sais, c'est qu'Easton m'a avoué un jour qu'il avait des addictions. Sa mère lui manque atrocement, il aime ses frères, et ce qu'il a vu dans les toilettes, ce soir, l'a rendu malade.

Je suis sur le point d'en toucher deux mots à Reed. De lui demander s'il est au courant. Mais comme pour un tas d'autres choses qui se passent dans cette maison, je me dis que moins j'en sais, mieux c'est. À contrecœur, je lui donne un os à ronger :

– Je ne crois pas qu'il apprécie d'être tenu à l'écart. D'un côté, il y a toi et Gideon. De l'autre, les jumeaux. Peut-être qu'il n'a pas l'impression de faire partie de votre fratrie.

Je connais ce sentiment, et cela pourrait expliquer pourquoi Easton a été si choqué de découvrir Gideon et Dinah ensemble. Pourquoi il sort avec Abby et Savannah. Pourquoi il boit et fume comme un fou. Peut-être qu'il tente de se rapprocher de ses frères d'une façon assez tordue…

Reed grogne.

– Je crois que je n'avais jamais envisagé les choses comme ça.

Il se met à tapoter sur le volant, puis change brusquement de sujet.

– Tu n'as toujours pas raconté à mon père ce qui s'est passé avec ta voiture.

– Comment le sais-tu ?

– Parce que sans ça, il serait en train de piquer sa crise et de passer des milliers de coups de fil. Et tu n'aurais pas caché ta voiture remplie de fourmis là où papa n'a aucune chance de tomber dessus.

– J'ai cherché partout une boîte capable de la nettoyer.

– Je vais m'en occuper.

La scène sur laquelle nous tombons m'empêche définitivement de lui répondre. Des voitures quittent un grand parking à toute vitesse, pendant que des sirènes de police se font entendre au loin.

Reed ralentit, je me jette à l'extérieur. Dès que je touche le sol, je me mets à hurler.

– Val, Val, où es-tu ?

Une silhouette mince se détache d'un buisson, le long du trottoir, et se jette sur moi.

– Oh mon Dieu, j'ai bien cru que tu n'arriverais jamais ! sanglote Val contre mon oreille.

Lorsque je me recule, je remarque un coquard sur son œil gauche et une marque rouge sur son front. Je m'écrie :

– Qu'est-ce qui t'est arrivé ?

– Je te raconterai dans la voiture, s'il te plaît, partons.

– Bien sûr.

Je passe mon bras autour d'elle, mais quand nous faisons un premier pas vers la voiture, Val trébuche et manque m'entraîner par terre avec elle. Reed apparaît devant nous. Il prend Val dans ses bras en désignant sa voiture de la tête.

– Allons-y.

Cette fois, je l'écoute sans hésiter. Les sirènes se rapprochent de plus en plus, les gens nous bousculent, ils s'enfuient en courant.

Reed sprinte jusqu'à la voiture. Je lui tiens la porte, il installe Val à l'arrière. Je grimpe à côté d'elle et Reed saute sur le siège conducteur.

– Ne m'emmenez pas chez moi, s'il vous plaît. Je ne supporterais pas de voir Jordan ce soir, geint Val.

– Bien sûr que non. Tu peux dormir avec moi.

Reed me fait comprendre d'un signe de tête qu'il a entendu et il démarre en direction du nord, vers la maison. Il demande :

– Qui t'a fait ça, Val ? Je vais le dérouiller.

Val penche la tête en arrière sur le dossier du siège. Elle est épuisée, émotionnellement comme physiquement.

– Tu n'es pas obligée de le dire.

Je caresse son bras nu. Sa jolie tenue, un petit haut et son short brodé, me semble intacte. Je ne vois pas d'autres traces de coups que ceux sur son visage. Elle m'adresse un sourire triste.

– Ça va. Je suis tombée sur une ex de Tam. On s'est battues, c'est ridicule, alors si tu dois dérouiller quelqu'un, ce sera moi.

Elle ferme les paupières, et des larmes silencieuses se mettent à couler sur son visage. Je m'approche, je passe un bras autour de ses épaules. Je la tiens bien serrée contre moi pendant tout le reste du trajet. Une fois à la maison, je l'aide à monter dans ma chambre à coucher où elle s'effondre sur mon lit. Je la déchausse, je lui enlève son short et son haut et je prends une bouteille d'eau fraîche dans mon frigo. Elle s'en saisit avec un sourire reconnaissant.

– Tu préfères le maillot de foot d'Astor ou celui d'Iron Man ?

Elle fixe le tee-shirt de foot, mais choisit l'autre.

– Iron Man, s'il te plaît.

Je lui tends Iron Man, heureuse qu'elle ne me demande pas comment il se fait que j'ai encore un vieux t-shirt d'entraînement de Reed. Je lui aurais répondu que c'est parce qu'il est confortable, mais n'importe qui, doué d'un minimum de raison, aurait compris que ce n'est pas pour ça que je le garde.

Val se glisse sous la couette juste quand Reed apparaît avec un flacon de médicaments à la main.

– Valium, dit-il en entrant par la porte que j'avais laissée ouverte.

Je ne lui pose pas la question de savoir pourquoi il a une ordonnance pour ça. Je sors juste un comprimé et je le tends à Val.

– Vous avez besoin d'autre chose ?

– Non merci.

Il se balance d'un pied sur l'autre, puis finit par sortir, à contrecœur.

Val s'endort presque instantanément, mais je suis trop énervée pour faire pareil. Je me pelotonne à côté d'elle et je reste là sans bouger, un certain temps, jusqu'à ce qu'un bruit dans le couloir attire mon attention. En prenant soin de ne pas réveiller mon amie, je traverse tout doucement la pièce et je déverrouille la porte. Bien entendu, Reed s'est installé derrière.

– Va te coucher.

Il ouvre un œil.

– Je suis couché.

– Il n'y a pas de lit dans ce couloir.

– Je n'ai pas besoin d'un lit.

– Très bien.

Je vais pour claquer la porte, mais à la dernière seconde, je me souviens que Val dort. Je ferme la porte tout doucement et je m'appuie contre elle en essayant de me souvenir que je ne l'aime pas. Qu'il a été cruel envers moi. Que j'ai passé toutes ces dernières semaines tourmentée par des visions de lui avec Brooke, avec l'envie de me recroqueviller et de mourir.

Et voilà qu'il est assis à ma porte en essayant de me faire croire qu'il a changé.

J'ouvre à nouveau, violemment, et je trépigne.

– Qu'est-ce que tu fais là ?

Mes mots jaillissent. Ils ressemblent plus à une supplique qu'à une accusation. Reed se lève. Il porte un t-shirt sans manches et un pantalon de survêtement qui tombe sur ses hanches. Ses biceps se gonflent quand il avance son bras vers moi.

– Tu sais pourquoi.

La flamme dans ses prunelles m'excite instantanément et attise ma colère en même temps.

– Ne me touche pas.

Il laisse retomber son bras. Je déteste cette déception que je ressens. *Reprends-toi, Ella !*

– Très bien, c'est toi qui touches.

J'écarquille les yeux au fur et à mesure qu'il enlève ses vêtements, ici, dans le couloir.

Reed nu, avec sa poitrine musclée et ses cuisses dures comme de la pierre, et cette ligne mince de poils qui pointe vers sa ceinture ? Non. Non. *Non !*

– Rhabille-toi ! je lui ordonne en lui lançant sa chemise à la figure.

– Non.

Il l'attrape au vol et me la relance. Et ensuite, il m'attire contre lui. Chaque centimètre de son corps est dur. Chaque centimètre. Je m'attends à une autre démonstration frénétique, comme celle qui s'est déroulée sur le parking de Savannah, mais Reed me surprend. Il me touche doucement la joue.

Sa respiration se calme, ses doigts caressent tendrement mes cheveux et tournent ma tête dans l'axe idéal pour un baiser.

C'est le baiser le plus tendre que j'ai jamais reçu. Lent. Doux. Le contact léger comme une plume de ses lèvres, les mouvements timides de sa langue… Je le sens qui tremble, mais je ne sais pas si c'est de nervosité ou parce qu'il est excité, ou les deux. Je me hurle intérieurement de bouger, de le repousser. Si j'appelle à l'aide, peut-être va-t-il arrêter de m'embrasser comme si j'étais la seule personne au monde qui compte pour lui. Mais je n'en fais rien. Mon corps stupide fond contre le sien. Mes lèvres stupides s'ouvrent pour lui.

Prends ce qu'il peut t'offrir et, ensuite, renvoie-le d'où il vient, me murmure une petite voix. *Utilise-le.*

C'est une excuse bien commode, n'est-ce pas ?

Mais dans le brouillard de mon désir naissant, je lâche un peu de lest et Reed utilise son avantage pour me hisser jusque dans ses bras, puis m'emmener dans sa chambre. D'un coup de pied, il ferme la porte derrière lui et me jette sur son lit.

– Tu m'as manqué ! murmure-t-il.

En ouvrant les yeux, je m'aperçois que les siens brillent d'émotion.

– C'est bon, tu n'as pas besoin de me le dire. Tu peux me le montrer.

Sa main quitte ma tête et glisse entre mes jambes, et quand ses doigts me touchent, je ne peux m'empêcher de remuer les fesses. Il grogne de plaisir contre ma bouche et caresse cet endroit tellement sensible en me faisant gémir.

Je déteste le pouvoir qu'il a sur moi. Je déteste ne plus avoir le moindre contrôle. Je déteste être ici. Que ma mère soit morte. D'être immédiatement tombée amoureuse de Reed.

Des larmes perlent et glissent jusqu'à nos lèvres jointes. Reed se recule brusquement.

– Tu pleures ?

Je m'agrippe à lui encore plus fort. C'est comme si une partie de moi disait que j'avais subi trop de pertes dans ma vie et que je ferais aussi bien de m'accrocher aux miettes que Reed Royal consent à m'offrir. Mais je ne peux pas m'arrêter de pleurer. Mes larmes coulent, vite et fort. Reed les essuie au fur et à mesure, malgré cela, je continue de plus belle.

– Je t'en prie, arrête de pleurer, bébé. S'il te plaît, me supplie-t-il.

J'essaie. Je retiens ma respiration, mes larmes refoulées me secouent violemment le corps.

– C'est terminé. Je ne te toucherai plus. Je te le promets. Ella, tu me tues.

Il pose ma tête tout contre sa poitrine et caresse mes cheveux. Ça me demande plus longtemps que je ne veux l'admettre pour me calmer et, pendant tout ce temps, Reed s'excuse et répète sa promesse de me laisser tranquille.

C'est ça que je veux, je me répète, mais sa promesse de ne plus me toucher me fait sangloter de plus belle.

Je finis par réussir à me maîtriser assez pour pouvoir le repousser.

– Je suis désolée.

Il me regarde d'un air triste.

Je me lève et m'éloigne du lit pour mettre de la distance entre nous, ce dont j'ai vraiment besoin. Plus je m'éloigne de Reed, plus mes idées redeviennent claires.

– Il faut que nous nous laissions tranquilles, l'un comme l'autre. Nous ne nous faisons pas de bien.

– Qu'est-ce que ça veut dire ?

– Tu sais ce que ça veut dire.

Il se lève et pose ses mains sur ses hanches. J'évite de regarder son corps nu, son beau visage. Si seulement cette nuit il pouvait se transformer en laideron, ce serait un soulagement pour moi.

– Alors, tu vas accepter que je sorte avec quelqu'un d'autre ? Que je pose mes lèvres sur une autre fille ? Et qu'elle pose ses mains partout sur moi ?

Je retiens un haut-le-coeur. Je me force à respirer par le nez.

Et à mentir.

– Oui.

Je sens le poids de son regard pendant ce qui me paraît être une éternité. J'ai envie de me jeter dans ses bras, mais pour ma propre sauvegarde, je garde la tête baissée et les pieds fermement plantés au sol.

– Non, ce n'est pas vrai, poursuit Reed calmement. Tu me fais du mal et tu me rejettes, mais je ne vais pas abandonner.

Il s'avance vers moi et je croise les bras. Mais il se contente de m'embrasser sur le front et sort de sa chambre.

Ses dernières paroles flottent dans l'air. Je m'effondre par terre, je serre mes genoux contre ma poitrine. Je suis vexée qu'il n'ait pas tenté de me faire changer d'avis. Je sais que j'aurais craqué. Je suis vexée qu'il continue à promettre de me harceler. Non, ce n'est pas vrai. Je m'en veux de ressentir cette douce chaleur m'envahir lorsqu'il affirme que, quoi que je lui balance à la figure, il va me reconquérir.

Chapitre 21

Je me traîne jusqu'à ma chambre et parviens à dormir deux heures avant que le réveil sonne pour aller à l'école. Je sors une main de sous les couvertures, je cherche mon téléphone à tâtons. En coupant la sonnerie, je jette un coup d'œil à l'autre extrémité du matelas. Val est à moitié hors du lit, elle a une jambe par-dessus l'édredon et un bras qui pend du matelas.

Je la secoue.

– C'est l'heure de se lever, Belle au bois dormant.

– Non, je ne veux pas, marmonne-t-elle.

– Les cours commencent dans… (mon esprit encore embrumé a besoin d'une minute pour calculer)… dans une heure et dix minutes.

– Réveille-moi dans vingt minutes, alors.

Je sors du lit, j'attrape une bouteille d'eau dans le réfrigérateur et je vais dans la salle de bains. Je cligne des yeux à plusieurs reprises, jusqu'à ce que mon reflet dans le miroir se fasse plus net.

Ma peau ne garde aucune trace des caresses de Reed. Il n'y a aucune marque dans mon cou, là où il m'a sucée. Aucun signe extérieur de ma faiblesse. J'appuie un doigt sur ma lèvre inférieure et je fais comme si c'était Reed. Val surgit derrière moi, ce qui m'empêche de continuer à délirer comme une débile. Son œil au beurre noir n'est pas beau à voir.

– Je sais que tu as dit à Reed hier soir que tu avais déclenché une bagarre, mais si quelqu'un te fait du mal, je le tue.

Et je ne plaisante même pas.

– Alors il faudra que tu commences par moi, parce que ça, c'est… (elle me montre son front)… le résultat du coup de boule que j'ai donné à l'ex de Tam.

Je tressaille.

– La prochaine fois, tu ferais peut-être mieux de te servir d'une bouteille de bière ou, mieux encore, tu m'emmènes avec toi. (Je croise son regard dans le miroir.) Tu ne m'as jamais parlé d'une rave. Pourquoi est-ce que tu ne m'as pas demandé d'y aller avec toi ? Je t'aurais filé un coup de main.

– Je ne l'ai appris qu'hier soir tard. J'ai reçu un texto d'une fille qui va à Jefferson, c'est l'ancien lycée de Tam. Elle m'a dit qu'elle était certaine de l'avoir vu. Je n'ai même pas pris le temps de réfléchir à ce que je faisais. Je me suis habillée, je me suis fait déposer par Jordan qui allait chez Gastonburg. Ensuite, je me souviens, que je me suis retrouvée embringuée dans une bagarre stupide entre nanas avec une inconnue, à cause de Tam.

– J'avais cru comprendre que c'était une de ses ex, pas une inconnue. Elle était dans sa fac ?

C'est comme si Val venait de recevoir un coup de poing dans le ventre.

– Non. Je pense qu'il me trompait depuis des années. C'est pour ça que j'ai dit que c'était son ex.

– Oh non !

Je la prends dans mes bras et la serre fort contre moi.

– Je suis tellement stupide.

Tu n'es pas la seule.

Je m'éclaircis la voix.

– J'ai embrassé Reed hier soir.

– Vraiment ?

Elle semble pleine d'espoir.

– Ouais. Il dormait devant ma porte. C'est flippant, non ?

Val recule pour me montrer ses yeux écarquillés.

– Super-flippant, acquiesce-t-elle, sans avoir l'air totalement convaincue.

Je me penche sur le meuble de toilette.

– Ouais, moi non plus je ne trouve pas que c'est flippant. Je devrais, mais je pense plutôt que c'est vachement… gentil de dormir par terre devant ma porte parce qu'il a tellement peur que je m'enfuie de nouveau.

Je me frotte le front, embarrassée par ma propre faiblesse.

– Hier, il a tabassé Skip Henley pour toi.

J'écarquille les yeux de surprise.

– Quoi ?

Val bouge un peu, elle a l'air gênée.

– Je n'ai rien dit, parce que je sais que tu n'as pas envie de parler de Reed, mais… ouais. Il a cogné Skippy au beau milieu de la cantine, parce qu'il t'avait fait chier au cours d'expression orale.

Une débauche d'émotions me submerge. De la joie. De la satisfaction, parce que ces commentaires venimeux, hier au cours d'expression orale, avaient été tellement durs. Et ensuite, de la culpabilité, parce que… merde, parce que depuis mon retour, je n'ai pas arrêté de repousser Reed et, malgré ça, il fait le piquet devant ma porte pour me protéger et il se bat pour défendre mon honneur. Peut-être que je… Seigneur, est-ce qu'il mériterait d'avoir une seconde chance ?

– Je me suis dit que si tu apprenais ce qu'il a fait, tu te sentirais peut-être mieux, m'explique Val en haussant les épaules. Et au moins Reed ne t'a pas trompée et il ne cherche pas à éviter tout contact avec toi. Ce n'est pas un menteur comme Tam. (Val pose sa main sur mon bras.) Tu aurais une brosse à dents pour moi ? J'ai l'impression d'avoir une charogne dans la bouche.

Je me penche pour fouiller sous la console. J'en sors un panier rempli de jolis savons emballés et d'un tas de brosses à dents neuves.

Je lui en donne une, avant de déposer une dose de dentifrice sur ma brosse à dents électrique. Pendant que Val se brosse les dents et se lave la figure, je retourne dans ma chambre et j'examine mon placard plein de vêtements choisis par Brooke. Et pourtant, je ne trouve rien. La seule chose à laquelle j'arrive à penser, c'est à cette phrase : *Reed ne t'a pas trompée.*

Quand Val me l'a dit, mon premier mouvement n'a pas été de nier.

Parce que c'est la vérité.

À présent, je ne crois plus qu'il m'a trompée. Je ne sais pas si le bébé est le sien. Mais… si je crois qu'il ne m'a pas trompée, je devrais le croire quand il dit qu'il n'est pas le père de cet enfant. Et Val à raison à propos d'autre chose également : Reed n'est pas un menteur. Lorsque nous étions ensemble, jamais il ne m'a menti. Il a été très franc quand il m'a annoncé qu'il prévoyait de quitter la ville après son diplôme, qu'il n'était pas doué pour les relations humaines ou qu'il détruisait les gens autour de lui.

Et il ne parle jamais des filles ou de ce genre de conneries puériles. Dans un éclair de lucidité, je comprends soudain qu'il parle de ses parents. Il les aimait profondément, et tous les deux l'ont laissé tomber.

Sa mère s'est suicidée en laissant cinq fils seuls face à leur douleur. Son père se noie dans l'alcool et les mégères. Ce n'est pas étonnant que Reed m'ait dit que le sexe, ce n'était que du sexe. Qu'il ait tenté de l'utiliser comme une arme. Il s'en sert pour se punir et punir les autres. Il vit comme il peut avec l'héritage que lui ont laissé ses parents défaillants, mais il y a une lutte intérieure en lui, et c'est de cette lutte qu'il m'a parlé.

– Attention, tu vas te baver dessus, remarque Val en sortant de la salle de bains.

Je m'essuie d'une main coupable et je cours au lavabo me rincer la bouche.

Avouer à Val que j'ai toujours des sentiments pour Reed est une chose, lui avouer que je pense à lui pardonner est une tout autre histoire. Une histoire dont je ne connais pas la fin.

En la rejoignant devant mon placard, je la questionne,

– Qu'est-ce que tu crois que je vais retrouver dans mon casier aujourd'hui ? Des ordures ? De la bouffe avariée ? Des tampons usagés ?

Val me montre son bleu.

– Et ça alors ? J'ai l'impression d'être la mannequin d'une affiche contre les violences faites aux femmes.

– Je peux te camoufler ce truc. Je l'ai déjà fait. (Devant son air étonné, je me hâte de lui expliquer.) Pas sur ma mère, ni sur moi, mais sur des filles avec qui je bossais.

– Beurk.

– Je sais.

Je tourne le dos au placard.

– Tu sais quoi ? Je crois que j'ai envie de sécher et d'aller faire un tour au centre commercial. Qu'est-ce que tu en dis ?

Un sourire s'épanouit lentement sur ses lèvres.

– J'en dis que j'ai très envie de manger un gros bretzel bien moelleux avec un FroYo[12] pour le déjeuner.

– On dit qu'on est malades ?

– Non. On sèche, c'est tout. On va au centre commercial, on mange des trucs horribles, on fait chauffer les cartes de crédit de nos tuteurs. Et ensuite on va se faire maquiller chez Sephora. Après, on pousse jusqu'au port et on s'empiffre de coquillages, tellement qu'on ne plaira plus qu'aux espèces sous-marines.

Je lui lance un grand sourire.

– Ça me convient parfaitement.

---

12 Le FroYo est une glace au yaourt.

*
* *

– Comment s'est passée ta virée shopping ?

Je sursaute en entendant la voix de Brooke. J'étais sur le point de me préparer un en-cas, mais comme d'habitude, sa présence me coupe l'appétit.

Je repousse mon bol de corn-flakes et je m'éloigne du comptoir.

Brooke valse vers moi sur ses talons de dix centimètres. Je me demande si elle va continuer à porter des talons aiguilles lorsqu'elle sera enceinte de huit mois, en se dandinant dessus avec son ventre énorme. Probablement. Elle est suffisamment idiote pour prendre le risque de trébucher et de se casser la figure, même enceinte.

Beurk. Pourquoi est-ce que je pense à la grossesse de Brooke ? Ça me donne un peu plus envie de gerber.

– Le traitement par le silence ? C'est ça ? (Brooke se marre en se dirigeant vers le frigo.) Je m'attendais à mieux venant de toi, Ella.

Je grimace dans son dos.

– Comme tu te fiches pas mal de savoir comment s'est passée ma journée, je t'épargne l'effort de bavarder avec moi, ce dont ni l'une ni l'autre n'avons la moindre envie.

Brooke attrape un pichet d'eau filtrée et s'en sert un grand verre.

– En fait, j'attendais avec impatience de pouvoir te parler. Callum et moi avons discuté la nuit dernière, et nous nous sommes dit que ce serait une bonne idée si toi et Dinah, vous organisiez ma baby shower[13].

Je me fige sur place. Elle se fiche de moi ?

– Ça serait une belle opportunité de rapprochement pour elle et toi, poursuit Brooke. Callum est d'accord.

Ouais, bien sûr. C'est impossible que ce soit une idée de Callum. Le jour où il m'a emmenée chez la tendre veuve de Steve, il s'est bourré la gueule dans la voiture et m'a demandé de ne pas écouter un mot de ce que me dirait Dinah O'Halloran.

Brooke m'observe, pleine d'espoir.

– Qu'en penses-tu, mon chou ?

Je lui réponds sur le même ton sirupeux.

– Ce que j'en pense ? Je pense que j'aimerais voir un test de paternité avant de perdre mon temps avec une baby shower.

Sa mâchoire délicate se contracte.

– Ce n'est pas ce que je te demande.

– Nan, en effet, je ne crois pas.

Je m'appuie contre le comptoir et je hausse les épaules.

– Tu as peut-être réussi à faire croire à Callum que c'était un bébé Royal, mais moi, j'ai des doutes, mon chou.

– Oh, c'est un bébé Royal, c'est certain. Mais es-tu sûre de vouloir savoir quel ADN Royal a composé la moitié de ce petit bout d'amour ?

13. La baby shower, très pratiquée aux USA, est une fête organisée en l'honneur d'une future maman, généralement par ses meilleures amies.

En souriant, elle tapote le petit renflement de son ventre. Je serre les poings. Elle a cogné là où ça fait mal, et elle le sait.

Tu ne peux pas frapper une femme enceinte, me dit une voix ferme dans ma tête. Je ravale ma colère et je force mes doigts à se détendre.

Brooke hoche la tête en signe d'approbation, comme si elle s'était introduite dans mon crâne et qu'elle savait pertinemment que je crève d'envie de lui cogner dessus.

– Bon, revenons à cette baby shower, dit-elle comme si ce petit moment moche n'avait pas eu lieu. Tu devrais vraiment songer à aider Dinah à organiser cette fête. Elle n'est pas contente du tout de la façon dont tu l'as traitée au dîner.

– Je lui ai à peine adressé la parole.

– Exactement. (Brooke me regarde en fronçant les sourcils.) Tu n'as pas intérêt à te faire une ennemie de Dinah, Ella.

Je lui retourne son froncement de sourcils.

– Qu'est-ce que ça veut dire ?

– Ça veut dire qu'elle n'accepte pas facilement la grossièreté, et que ton comportement, comme celui des garçons, l'a vraiment mise en pétard.

J'hésite à lui répondre.

Elle n'avait pas l'air en pétard pendant qu'elle baisait avec le fils de Callum dans les toilettes de l'entrée.

– Quand je lui ai parlé le lendemain matin, elle a même prononcé le mot tabou qui commence par « C », dit Brooke d'une voix chantante.

J'en suis bouche bée. Wouah ! Dinah m'a traitée de co…

– « Contester », ajoute Brooke en gloussant devant ma tête horrifiée.

Je la regarde sans comprendre.

– Dinah a menacé de contester le testament de Steeve, précise-t-elle, et si elle va jusqu'au bout, je te garantis que le procès traînera pendant des années. Quand elle en aura terminé, il ne restera plus un sou ni pour toi ni pour elle, les avocats auront tout mangé. Je l'ai déjà mise en garde, mais Dinah a toujours été très têtue et la façon dont tu l'as traitée l'a terriblement offensée.

Je secoue la tête en signe de contrariété.

– Qu'est-ce que ça peut bien lui faire ? Je ne la connais pas et je n'ai jamais connu Steve.

Brooke avale un peu d'eau.

– Estime-toi heureuse. De ne pas avoir connu Steve, je veux dire.

Je fais la moue. Bien que je n'aie aucune envie de m'embarquer dans une discussion avec ce démon femelle, je ne peux m'empêcher d'être piquée par la curiosité chaque fois que quelqu'un mentionne le nom de mon père biologique.

– Pourquoi ?

– Parce que, malgré ce que pense Callum Royal, Steve était un ami épouvantable.

Vu que sa source est probablement Dinah, qui est à un échelon supérieur en matière de méchanceté, je n'en crois pas un mot. Mais je souris gentiment et je hoche la tête parce que c'est la façon la plus rapide d'échapper à cette discussion.

– Si tu le dis.

– C'est la vérité. Tu as de la chance qu'il soit mort. Je n'aimerais pas être témoin de ce qu'il pourrait faire subir à une jeune innocente comme toi.

Ces paroles très cash, très différentes de ses phrases mielleuses habituelles, me font hérisser les poils de la nuque.

– Je sais que Dinah est furieuse à propos du testament, mais je n'y suis pour rien.

La bouche de Brooke se tord d'une vilaine façon.

– Steve aurait légué sa fortune à une tortue si cela avait pu lui permettre de spolier Dinah. Le fait qu'il te laisse tout a été un grand choc. Même Callum pensait que cet argent irait à ses fils.

Alors, là, ça m'en bouche un coin. Est-ce que c'est pour ça que Gideon ne m'aime pas ? Parce qu'il pense que je lui ai piqué son héritage ?

– Les garçons vont déjà avoir un énorme paquet de Callum.

Brooke secoue la tête d'un air faussement désemparé.

– Sur cette terre, on en veut toujours plus. Tu n'as donc pas encore appris ça ? (Elle repose son verre sur le comptoir, entre nous.) Il n'est pas trop tard, Ella. Dinah et moi, nous pouvons devenir ta famille. Tu n'as pas besoin de rester ici avec ces hommes. Ils sont toxiques. Ils vont se servir de toi et te détruire.

Je la dévisage avec incrédulité.

– Personne ne m'a blessée autant que toi. Tu essaies de démolir cette famille, et je ne comprends pas pourquoi. C'est quoi ton but ? Qu'est-ce que tu as contre eux ?

Elle soupire comme si j'étais une enfant idiote.

– Mon but, c'est la survie et, Seigneur, j'ai tenté de te l'enseigner. J'ai tenté et retenté de te dire de t'éloigner. Tout ce que j'ai fait depuis que tu es arrivée, je l'ai fait pour ton bien.

Son ton change. Il n'est plus mielleux, mais dur et cinglant.

– Mais je vois que tu es comme les autres. Tellement aveuglée par les sourires éclatants des Royal que tu ne vois même pas où est ton salut. Ma mère m'a pourtant toujours dit de ne pas donner de la confiture aux cochons.

– Et je suis un cochon parce que je ne crois pas que les Royal vont me détruire ?

– Tu es ignorante et aveuglée par tes envies d'adolescente, ce qui est triste, mais (elle hausse imperceptiblement les épaules) je ne peux pas t'aider. Tu vas devoir apprendre la rude leçon par toi-même.

– Tu n'as vraiment pas la carrure d'un prof. Et tu devrais peut-être te concentrer sur ton propre avenir, parce que quand les résultats des tests de paternité vont arriver, je ne pense pas que Callum continuera à t'ouvrir tout grand son portefeuille.

Je ramasse mon bol de cornflakes et me dirige vers la porte de la cuisine.

– Toi aussi, fais attention à toi, me lance-t-elle, parce que je ne t'offrirai pas mon épaule pour pleurer quand Reed t'aura brisé le cœur. Ou peut-être que tu devrais essayer Gideon. Je sais de source sûre que c'est une bête de sexe.

Je ne peux m'empêcher de montrer que je suis choquée.

Brooke éclate de rire.

– Tu es une vraie môme. Ton air horrifié est adorable. Voilà un dernier conseil, oublie les frères Royal. Ils sont dangereux pour toi. Laisse-nous, Dinah et moi, t'aider avec ton argent, et nous vivrons toutes heureuses pour le restant de nos jours.

– Je fais toujours plus confiance à Reed qu'à toi.

Ma réplique cinglante la laisse de marbre. Pire, elle sourit et continue imperturbablement.

– Joue-la finement, et tu pourras être demoiselle d'honneur à mon mariage. Tu ne trouverais pas ça amusant ?

Je préférerais marcher pieds nus pendant dix kilomètres sur de la lave en fusion que d'être sa demoiselle d'honneur.

– Non merci.

Son regard furibard me troue le dos pendant que je sors de la cuisine. Là, je tombe directement sur le sourire éclatant de Reed.

– Je le savais, tu éprouves encore des sentiments pour moi, murmure-t-il.

J'ai envie de nier, de lui dire qu'il se trompe, mais les mots meurent au fond de ma gorge.

Je ne peux pas lui dire ce qu'il a envie d'entendre. Je suis trop… chamboulée par tout ce qui tourne dans ma tête. Je ne suis pas prête à avoir cette conversation avec lui.

– Tu viens tout juste de prendre ma défense, insiste-t-il quand je ne réponds pas.

Je secoue la tête.

– Je ne t'ai pas défendu. Je me suis défendue, moi.

Chapitre 22

REED

Je me suis défendue, moi.

Ça fait deux jours qu'Ella me l'a dit, et je ne peux toujours pas m'empêcher d'y penser. Comme je ne peux pas non plus m'empêcher de penser à cette nuit dans ma chambre. Ses larmes. La façon dont elle a insisté sur le fait que nous n'étions pas bons l'un pour l'autre.

Elle a raison. Enfin, à moitié. Elle est définitivement bonne pour moi, mais moi, à quel point le suis-je pour elle ? J'ai été un vrai salaud quand elle est arrivée chez nous. Je l'ai bousculée et traitée comme une merde, parce que je détestais l'idée que mon père ramène chez nous la bâtarde de Steeve alors qu'il ne s'occupait même pas de nous, ses propres fils.

Comme papa se souciait vraiment d'elle, mes frères et moi avons fait l'inverse, nous l'avons ignorée.

Eh ouais, j'ai changé d'avis. Je me suis laissé séduire. J'ai baissé ma garde de plus en plus, jusqu'à tomber totalement sous le charme. Mais même après que j'ai craqué, j'ai gardé mes secrets pour moi. Je l'ai tout de même repoussée, et plus d'une fois. Je l'ai quand même laissée partir, plutôt que de lui expliquer tout de suite l'histoire avec Brooke. J'ai dit à Ella que j'allais tout faire pour la reconquérir, mais en fait, qu'est-ce que je fais concrètement pour y parvenir ? Je flanque mon poing dans la gueule d'Henley pour elle, mais qu'est-ce que j'ai réellement à lui offrir ? Elle parvient très bien à prendre soin d'elle-même.

Le truc, c'est que la raison pour laquelle elle se bat toujours en solo et qu'elle se défend par elle-même, c'est parce que personne ne l'a jamais fait pour elle.

À partir d'aujourd'hui, ça va changer.

– Tu ne veux vraiment pas me déposer chez moi d'abord ? bougonne Wade sur le siège passager de ma Range Rover.

Il examine chaque voiture sur le parking de *La Baguette Française*.

– Et pourquoi est-ce que je le ferais ?

La boulangerie est à seulement cinq minutes de l'école, alors que la maison de Wade est à l'opposé, à vingt minutes de là.

– J'en ai pour cinq minutes.

– Il y a quelqu'un qui m'attend chez moi.

– Qui est-ce ?

– Rachel, sourit-il timidement. Et sa copine Dana.

Je pouffe de rire.

– Ah ah ! Tu n'aurais vraiment pas dû bousiller ta Porsche hier soir, alors. Mais tu l'as fait, et maintenant tu es coincé, tu vas devoir me suivre comme un caniche jusqu'à ce qu'elle soit réparée.

Il me fait un doigt d'honneur.

– À cause de toi, je suis en retard pour une triplette, Royal. Je ne te le pardonnerai jamais.

– Je vais chialer.

Je laisse les clés sur le contact et j'ouvre ma portière.

– Attends-moi ici. Ça ne sera pas long.

– Tu as intérêt.

La boulangerie est étonnamment vide. D'habitude, c'est tout le temps bourré de monde, mais je ne vois que deux mômes d'Astor Park et un trio de vieilles dames assises à une table dans un coin.

L'ancienne patronne d'Ella fronce les sourcils en me voyant approcher du comptoir.

– Monsieur Royal, que puis-je faire pour vous ?

Je reprends mon souffle.

– Je suis venu m'excuser.

Maintenant, elle hausse les sourcils.

– Je vois. Je vais être honnête, vous ne semblez pas être le genre de garçon qui connaît la signification de ce mot.

– Croyez-moi, je sais demander pardon. (Je lui fais un sourire triste.) Je suis même certain que je n'ai pratiquement fait que ça ces derniers temps.

Elle me répond avec un sourire hésitant.

– Écoutez, c'est ma faute si Ella s'est enfuie, je lui explique d'un seul trait. Je ne sais pas si elle vous l'a dit, mais elle et moi, on sortait plus ou moins ensemble.

Lucy hoche la tête.

– Elle ne me l'a pas dit, mais je savais qu'elle fréquentait quelqu'un. La semaine avant son départ, elle avait l'air heureuse comme jamais.

Je suis terrassé par la culpabilité. Ouais, Ella a été heureuse. Jusqu'à ce que je prenne ce bonheur et que je le transforme en un truc moche. Comme toujours.

– J'ai merdé. (Je me force à agir en homme et à regarder Lucy droit dans les yeux.) Ella n'était pas malade. Elle s'est enfuie parce que je ne lui ai pas laissé d'autre choix. Mais je vous le dis, elle se sent vraiment mal de vous avoir laissée tomber.

– C'est elle qui vous a envoyé pour me dire ça ? demande Lucy en faisant la moue.

J'étouffe un rire.

– Vous plaisantez ? Elle me tuerait si elle savait que je suis ici. Avez-vous déjà rencontré quelqu'un qui a plus de fierté qu'Ella Harper ?

Lucy se pince les lèvres, comme pour retenir un rire.

– Elle adorait ce boulot, dis-je sincèrement. Personne dans ma famille, moi y compris, ne voulait qu'elle travaille. C'est… euh… une affaire de statut.

Je suis un enfoiré. Je réalise que nous, les riches, nous sommes vraiment les pires.

– Mais elle a quand même pris ce job, parce qu'elle est comme ça. Elle n'accepte pas l'aumône ni de rester le cul sur sa chaise toute la journée comme nous autres, à Astor Park. Elle aimait vraiment vous avoir comme patronne.

– Moi aussi, j'aimais beaucoup l'avoir ici avec moi, dit Lucy comme à contrecœur. Mais, ça ne change rien au fait qu'elle m'a laissée tomber pendant plus de deux semaines.

J'insiste.

– C'est entièrement de ma faute. Sérieusement, c'est moi l'unique responsable. Je me sens mal, je déteste l'idée de lui avoir fait perdre un boulot qu'elle aimait vraiment. Alors, je vous demande de bien vouloir reconsidérer son licenciement. S'il vous plaît.

– J'ai déjà embauché un remplaçant, Reed. Je ne peux pas me permettre d'avoir deux employés.

La déception m'envahit.

– Oh. Je comprends.

– Mais…

Je sens l'espoir renaître.

– Mais quoi ?

– Kenneth n'est libre que l'après-midi, poursuit Lucy. (Il est clair qu'elle n'est pas ravie de cette situation.) Je n'ai trouvé personne qui puisse arriver à cinq heures trente du matin, comme le faisait Ella. (Elle sourit.) Ça ne court pas les rues, les jeunes prêts à se lever avant l'aube.

– Ça ne pose pas de problèmes à Ella, je réponds du tac au tac. Son implication dans le boulot est immense. Vous le savez.

Lucy a l'air songeur.

– Oui, je suppose que je le sais.

J'attends, les deux mains sur le comptoir, je l'observe, plein d'espoir.

– Alors, vous allez lui donner une seconde chance ?

Elle ne me répond pas tout de suite. Mais elle finit par dire :

– Je vais y penser.

Comme je ne peux lui en demander plus, je lui serre la main, je la remercie de m'avoir accordé du temps et je quitte la boulangerie, le sourire aux lèvres.

*
* *

C'est la première fois depuis les fiançailles et l'annonce de sa grossesse que Brooke ne s'incruste pas chez nous. Brooke et son âme damnée, Dinah, partent deux semaines à Paris pour chercher une robe de mariée. Lorsque papa nous apprend la nouvelle, les jumeaux laissent éclater leur joie. Notre père les regarde fixement, avant de nous prévenir que nous allons tous dîner ensemble dans le patio. Moi, je hausse les épaules et je sors. Tant que Dinah et Brooke n'y assistent pas, ce dîner ne me pose aucun problème.

Sandra, notre gouvernante, pose deux énormes cocottes sur la table du patio qui est déjà dressée pour sept personnes. Elle prévient Callum.

– J'y vais à présent. Mais j'ai laissé assez de nourriture au réfrigérateur pour que vous surviviez jusqu'à la fin du week-end.

– Aïe, Sandy, non. Tu pars encore en vacances ? lui demande Sawyer d'un air inquiet.

– Je n'appelle pas vraiment ça des vacances, soupire-t-elle. Ma sœur vient d'avoir un bébé et je vais à San Francisco pendant une semaine pour l'aider. Je prévois pas mal de nuits blanches dans les jours à venir.

– Prenez autant de temps que nécessaire, lui dit papa avec un gentil sourire. Une semaine supplémentaire, si vous en avez besoin.

Sandra renifle.

– Euh… euh… pour qu'en revenant je découvre que ces deux-là (elle désigne les jumeaux) ont encore essayé de mettre le feu à ma cuisine ?

Papa glousse pendant que cette femme brune et potelée sort par la porte de derrière.

Des bruits de voix se font entendre dans la cuisine. Ella apparaît dans la porte-fenêtre.

– Désolée d'être en retard, lance-t-elle hors d'haleine, j'étais au téléphone.

Elle se glisse sur la chaise à côté de Callum.

– Vous ne devinerez jamais qui vient de m'appeler !

Papa lui lance un sourire indulgent. Moi, de mon côté, je cache mon sourire, je ne veux absolument pas qu'elle le voie. Mais je suis presque certain de savoir qui vient de l'appeler.

– Lucy ! (Ses yeux bleus brillent d'excitation.) Elle veut bien me donner une seconde chance à la boulangerie. Qui aurait pu imaginer cela ?

– Vraiment ? je dis sur un ton parfaitement neutre. C'est une super-nouvelle.

Du coin de l'œil, je remarque qu'East m'observe d'un air intrigué, mais il ne dit pas un mot.

– Ça pour une nouvelle, c'est une nouvelle, dit papa d'une voix mécontente.

Ella lui fait la moue.

– Vous n'êtes pas content que j'aie retrouvé mon travail ?

– Je n'ai jamais voulu que tu travailles, bougonne-t-il. J'aimerais mieux que tu te concentres sur tes études.

– Est-ce qu'on va encore revenir là-dessus ?

Elle soupire bruyamment et attrape la cuillère de service.

– Je suis parfaitement capable de travailler et d'aller en classe en même temps. Bon, maintenant, qui veut des lasagnes ?

– Moi, répondent les jumeaux à l'unisson.

Pendant qu'Ella sert tout le monde, je remarque que mon père et mes frères détaillent ses mouvements. Les jumeaux sourient. Papa a l'air content. East, pourtant, a l'air énervé. Il n'est pas content qu'Ella soit revenue ? Il avait perdu la tête quand elle est partie, alors pourquoi est-ce que sa présence ne le rend pas heureux ?

– Pourquoi es-tu si silencieux, East ? demande papa lorsque nous entamons notre assiette.

Mon frère hausse les épaules,

– J'ai rien à dire.

Les jumeaux pouffent de rire.

– Depuis quand ? lui balance Seb.

Et il rigole à nouveau.

– Est-ce que tout va bien ? insiste papa.

– Oui, oui. Tout va pour le mieux dans le monde d'Easton.

Son ton guilleret m'inquiète. Je connais mon frère. Je sais qu'en ce moment il souffre, et quand il souffre, il devient incontrôlable. Quand maman est morte, il s'est mis à picoler. Puis il s'est mis aux oxys. Aux paris. Aux bastons. À une suite ininterrompue de plans cul.

Gideon et moi avons réussi à le maîtriser. Nous avons jeté ses cachets aux chiottes. J'ai commencé à me battre plus souvent pour pouvoir l'avoir à l'œil sur les docks. Je croyais que nous avions réussi à le contrôler, mais à présent il part à nouveau en vrille, et ça me tue de voir ça.

Papa lâche East et se tourne vers Sawyer.

– Je n'ai pas vu Lauren ces derniers temps. Vous avez rompu ?

– Nan. On est toujours ensemble.

C'est tout ce que Sawyer est prêt à lui dire sur le sujet. Encore une fois, papa se heurte à un mur.

– Reed. Easton ? Comment se passe la saison ? J'espère vraiment pouvoir venir au match vendredi. J'ai déjà demandé à Dottie de libérer mon agenda.

Je ne peux cacher ma surprise. Papa avait l'habitude de venir à tous nos matchs quand maman était vivante. Ils s'asseyaient tous les deux derrière le banc de l'équipe et nous encourageaient comme des fous. Mais depuis qu'elle est morte, il n'a plus mis les pieds au stade. C'est comme s'il n'en avait plus rien à faire. Ou peut-être que c'était déjà le cas avant et que maman le forçait à venir aux matchs.

À côté de moi, Easton semble tout aussi sceptique.

– Dans quel but ?

Papa se liquéfie sur place. Je pense qu'il est vraiment blessé.

– Aucun. Ça fait un bon moment que je ne suis pas allé voir jouer mes garçons.

East renifle.

Un silence désagréable s'installe jusqu'à ce qu'Ella le brise d'une petite voix.

– Callum, est-ce qu'on peut parler tous les deux après dîner ?

– Bien entendu. À quel sujet ?

Elle fixe son assiette.

– Hum, de mon… héritage. J'ai quelques questions à vous poser.

– Bien sûr, répète-t-il, cette fois d'un air plus gai.

La suite du dîner passe vite. Les jumeaux disparaissent ensuite dans la salle de jeux, pendant qu'Ella et mon père s'enferment dans son bureau. Easton et moi restons pour débarrasser. D'habitude, on tente de rendre cette corvée plus agréable en se balançant des vannes et en se racontant des conneries. Mais East ne dit pas un mot pendant que nous chargeons le lave-vaisselle et que nous rangeons les restes dans le frigo.

Merde. Mon frère me manque. Nous avons à peine échangé deux mots depuis qu'Ella est revenue. Et, putain, on ne se parlait déjà presque plus avant. J'ai l'impression que ma vie est déséquilibrée quand East et moi sommes en froid.

Il ferme le réfrigérateur et file vers la porte, mais je l'arrête avant qu'il quitte la cuisine.

– East, dis-je brutalement.

Il se retourne lentement.

– Quoi ?

– Est-ce qu'un jour on sera à nouveau à la cool ?

Soit je me fais des idées, soit je lis un semblant de remords dans ses yeux. Mais il disparaît avant que je puisse m'en assurer.

– J'ai besoin d'un joint, marmonne-t-il.

Un sentiment de défaite m'envahit quand il se détourne à nouveau. Mais il ne s'en va pas. Il me lance, sans me regarder :

– Tu viens ?

Je me dépêche de le suivre en espérant qu'il ne remarque pas ma fébrilité. Mais putain, c'est la première fois depuis des siècles qu'il veut bien que je l'accompagne quelque part.

Nous sortons de la maison par la porte latérale et nous nous dirigeons vers l'auvent où sont garées les voitures.

– On va où ? je lui demande.

– Nulle part.

East ouvre le hayon de son pick-up et s'assied dessus. Il prend une petite boîte dans sa poche, l'ouvre et en sort un joint et un briquet.

Après avoir hésité un instant, je m'assieds à côté de lui.

Il l'allume et prend une longue taf, puis il dit à travers les ronds de fumée qui sortent de sa bouche :

– Tu t'es démerdé pour qu'Ella récupère son boulot.

– Qui te l'a dit ?

– Wade. (Il me passe le joint.) Je suis passé chez lui après les cours.

– Je croyais qu'il avait un plan à trois.

– Ça s'est transformé en plan à quatre.

J'exhale un nuage de fumée.

– Ouaip. Je croyais que le seul truc qui te branchait en ce moment, c'était de te faire les ex des Royal.

Il se contente de hausser les épaules.

– Personne n'a jamais dit que j'étais très malin.

Je réponds calmement :

– Personne n'a jamais dit non plus que tu étais vindicatif. J'ai pigé. Tu m'en veux et c'est pour ça que tu t'es intéressé à Abby. Mais Savannah ? Tu sais que Gid n'est plus après elle.

East a la décence de prendre un air coupable.

– Je ne pensais pas à Gid quand j'ai pécho Sav', admet-il. En fait, je ne pensais à rien.

Je lui tends le joint.

– Tu vas être honnête et le dire à Gid ?

Mon frère me lance un sourire froid.

– Je serai honnête avec Gid quand il décidera de l'être avec moi.

Mais qu'est-ce que ça peut bien vouloir dire, bon sang ? Je ne fais aucun commentaire, parce que je ne suis pas là pour rabibocher Gid et East mais pour me rabibocher avec East.

– J'ai eu tort, lui dis-je.

Il plisse le front.

– Tort à propos de quoi ?

– De tout.

Je m'empare du joint et je reprends une bouffée. J'ai la tête qui tourne. En exhalant, je lui recrache direct toutes les conneries que j'ai faites cette année.

– Je n'aurais pas dû baiser avec Brooke. Je n'aurais pas dû te le cacher. Je n'aurais pas dû le cacher à Ella.

L'herbe ne dénoue pas seulement les nœuds dans ma tête mais également ma langue.

– C'est ma faute si elle s'est barrée. Je l'ai forcée à le faire.

– Ouais, c'est vrai.

– Je suis désolé.

Il ne répond pas.

– Je sais que ça t'a fichu les jetons quand elle est partie. Ça t'a fait mal.

Je me tourne pour observer son profil tendu, et moi aussi je me crispe parce qu'une idée me traverse l'esprit. Je lui demande d'une voix rauque :

– Est-ce que tu l'aimes ?

Il se tourne vers moi très vite.

– Non.

– Tu en es sûr ?

– Certain. Pas comme toi tu l'aimes.

Je me détends un tout petit peu.

– Mais tout de même, tu tiens à elle.

Bien sûr qu'il tient à elle. On est tous pareils parce que cette fille est entrée dans notre maison comme un tourbillon et a tout fait renaître. Elle nous a permis de rire à nouveau. Elle nous a offert un but, d'abord en nous unissant tous contre elle. Puis ça s'est transformé, nous nous sommes tous rangés à ses côtés. Pour la protéger. Pour l'aimer.

– Elle m'a rendu heureux.

Je hoche la tête d'un air impuissant.

– Je sais.

– Et ensuite elle est partie. Elle est partie sans se retourner. Comme…

Comme maman, je termine sa phrase pour lui, et une terrible angoisse me transperce la poitrine.

– Peu importe, marmonne East. Ce n'est pas si grave que ça, ok ? Elle est revenue, tout va bien maintenant.

Il ment. Je vois bien qu'il est terrifié à l'idée qu'Ella puisse faire ses valises et repartir.

Moi aussi, ça me terrifie. Ella ne m'a pratiquement pas adressé la parole depuis la nuit où nous nous sommes embrassés. La nuit où elle a pleuré. Pleuré si fort que ça m'a brisé le cœur. Je ne sais pas comment arranger les choses avec elle. Je ne sais pas non plus comment faire avec East. Ou avec Gideon.

Mais ce que je sais, c'est qu'il ne s'agit pas que d'Ella. Les problèmes d'abandon d'Easton viennent de bien plus loin que ça. Je me force à lui dire :

– Maman ne reviendra pas.

– Sans blague, Reed. Elle est morte.

Easton se met à rire, mais c'est un rire dur, sans joie.

– Je l'ai tuée.

Mon Dieu !

– Combien de joints as-tu fumés aujourd'hui, petit frère ? Parce que là, tu parles comme un dingue.

Son regard est sinistre.

– Nan, je n'ai jamais été plus sain d'esprit. (Il rit à nouveau, mais nous savons tous les deux que tout ça n'est pas drôle.) Sans moi, maman serait toujours en vie.

– Ce n'est pas vrai, East.

– Si, c'est vrai. (Il prend une taf rapide. Il recrache un autre nuage gris.) C'est mon oxy, mon pote. Elle l'a prise et a fait une overdose.

Je lui lance un regard perçant.

– De quoi est-ce que tu parles ?

– Elle a trouvé ma cachette. Quelques jours avant de mourir. Elle est entrée dans ma chambre pour ranger mon linge. Cette merde était dans mon tiroir à chaussettes et elle l'a trouvée. Elle m'a fait tout un cirque, elle me l'a confisquée et m'a menacé de m'envoyer en cure de désintox' si jamais elle me reprenait la main dans le sac. Je croyais qu'elle avait jeté les comprimés, mais…

Il hausse les épaules.

– East…

Est-ce qu'il croit vraiment ça ? Est-ce qu'il y a cru pendant ces deux dernières années ? Je prends une inspiration très lente.

– Mam n'a pas fait une overdose à l'oxy.

Il plisse les paupières.

– C'est ce qu'a dit papa.

– C'est juste un des trucs qu'elle avait pris. J'ai vu le rapport de toxicologie. Elle est morte à cause d'un foutu mélange de merde. Et même si ce n'avait été que de l'oxy, tu sais très bien qu'elle aurait pu obtenir facilement une ordonnance par ses propres moyens.

Je lui arrache le joint et je tire dessus comme un fou.

– En plus, toi et moi, nous savons que c'était ma faute. Tu l'as dit toi-même, c'est moi qui l'ai tuée.

– J'ai dit ça pour te faire du mal.

– Ça a marché.

Easton me dévisage.

– Pourquoi penses-tu que c'était de ta faute ?

La honte me submerge. J'avoue :

– J'ai eu l'impression de ne pas être à la hauteur. Je savais que tu carburais aux médocs. Je savais que quelque chose n'allait pas chez Gideon. La nuit avant sa mort, papa et elle se sont disputés à propos d'une bagarre dans laquelle j'étais impliqué. Le fait que je me batte la perturbait. J'aimais trop ça. Elle le savait et elle détestait cette idée. Et moi… je… je n'ai fait que lui rajouter du stress.

– Ce n'est pas à cause de toi qu'elle est morte. Elle était dérangée bien avant ça.

– Ouais ? Eh bien, ce n'est pas non plus à cause de toi.

Nous restons silencieux pendant un moment. Ça devient bizarre, ma peau se met à me démanger. Les Royal n'ont pas l'habitude de parler sentiments. On préfère les enterrer. On fait comme si rien ne nous atteignait. East éteint le joint et range le mégot dans sa petite boîte.

– Je rentre, marmonne-t-il. Je me suis levé tôt.

Il est à peine vingt heures, mais je ne lui pose pas de question.

– 'Nuit.

Il s'arrête sur le pas de la porte.

– Tu veux qu'on aille ensemble à l'entraînement demain ?

Je manque m'étrangler de joie. Merde, je suis une pauvre cloche sentimentale, mais… ça fait des semaines qu'on n'y est plus allés ensemble.

– Bien sûr. À demain matin.

Il disparaît à l'intérieur de la maison. Je reste assis sur son pick-up, mais ma joie et mon soulagement sont de courte durée. J'ai toujours su que je parviendrais à recoller les morceaux avec East. Je pense pouvoir arranger les choses avec Ella également. Et avec les jumeaux. Et Gid. Mes frères ne m'ont jamais fait la tronche très longtemps, même lorsque j'avais royalement merdé.

Mais être assis ici, à échanger des confessions avec East, me rappelle que j'ai toujours un secret vis-à-vis de mon père. Pire, pour être certain de garder mon secret, j'ai même été jusqu'à lui conseiller de faire revenir Brooke.

J'ai soudain envie de hurler, mais ça n'a rien à voir avec l'émotion ou toute l'herbe que j'ai fumée. Brooke est de retour, parce que j'ai été trop minable pour pouvoir assumer mes erreurs. Pourquoi est-ce que je ne lui ai pas simplement dit d'aller se faire foutre ? Et qu'est-ce que ça peut faire qu'elle raconte partout que je suis le père de son enfant ? Un simple test ADN, et toute son histoire partirait en fumée.

Au lieu de ça, j'ai passé un marché avec elle. J'ai insisté pour que mon père la reprenne, juste pour qu'il ne découvre pas ce que j'avais fait. Pour qu'Ella ne le sache pas. Mais maintenant, Ella connaît la vérité. Et… (je prends une grande respiration) il est peut-être temps que papa, lui aussi, sache la vérité.

Chapitre 23

ELLA

Après une discussion inutile et frustrante avec Callum, je remonte dans ma chambre et je me jette sur mon lit. Callum est en pétard parce que j'ai un boulot et que je veux rendre mon héritage. Il m'a fait la leçon pendant vingt bonnes minutes, jusqu'à ce que je l'interrompe en lui demandant s'il cherchait à me contrôler parce qu'il n'arrivait pas à le faire avec ses fils. Ça a bien marché. Je ne vois pas où est le problème. C'est mon héritage, non ? Et je n'en veux pas. Aussi longtemps que j'aurai l'argent de Steve, des gens comme Dinah et Brooke essaieront de me le prendre. Alors, qu'elles le fassent ! Je m'en fous.

Je passe une bonne demi-heure à me plaindre toute seule avant de finir par me rasseoir pour envoyer un texto à Val.

Tu fais quoi ?

Barbecue en famille. Horrible.

Jordan te fait chier ?

Non, elle est en haut, elle fait ses valises. Elle rend visite à sa gd mère (côté paternel). Ils l'envoient là-bas de tps en tps parce que la vieille est riche, riche, riche. Vu la façon dont ils en parlent, on dirait un sac de peau rempli de rouleaux de billets de cent.

Je rigole.

On dirait qu'elle ne va jamais mourir.

Possible. Je crois qu'elle a 80 ans.

Tous ces $$$ me rendent nerveuse. J'ai l'impression que si les Royal n'en avaient pas, ils seraient plus heureux.

Bébé, on n'est pas heureux quand on est pauvre.

Je réfléchis à ce qu'elle vient de dire. Quand maman était vivante, j'étais heureuse. Bien sûr, on avait des problèmes, et par moments, ils nous paraissaient insurmontables, mais nos vies étaient remplies d'éclats de rire. Pas un instant je n'ai douté de la force de son amour. C'est cet amour inaltérable qui me manque. L'amour pur, tendre et puissant qu'elle avait pour moi me tenait chaud la nuit et me remplissait l'estomac le jour.

Il n'y a aucune garantie de bonheur, juste parce qu'on est riche.

Les études actuelles prouvent qu'on peut acheter le bonheur.

Ok, je me rends. Achetons du bonheur avec mes $.

L'autre jour, ça nous a fait du bien de faire des courses. Je suis partante pour le centre commercial, si tu es ok. Mais pas ce soir. Ce soir, il faut que je souffre. En fait, Tata m'observe en ce moment. Faut que j'y aille.

Je laisse tomber mon téléphone sur le matelas et je me mets à scruter le plafond. Je suppose que l'argent peut arranger les choses jusqu'à un certain point. Peut-être que je regarde ça par le petit bout de la lorgnette ?

Peut-être que je peux payer le bonheur des Royal en achetant le départ de Brooke. Elle veut la sécurité, sous la forme du compte en banque des Royal, n'est-ce pas ? Et si je réussissais à la faire partir en lui offrant mon héritage ? Callum n'en veut pas. Je peux très bien m'en passer. Je pense… hmm… je pense que c'est peut-être une bonne idée. J'aimerais juste avoir quelqu'un à qui en parler.

Je pianote sur le couvre-lit. Il y a quelqu'un qui connaît mieux Brooke que moi et il se trouve qu'il habite cette maison. Argh. Est-ce une excuse pour parler à Reed ? Peut-être. Je repousse cette idée et je me lève pour aller le trouver.

Ce n'est pas évident. Les Royal se sont dispersés. Seb et Sawyer sont probablement chez Lauren. La porte d'Easton est fermée à clé et la musique est tellement forte qu'il ne m'entend pas frapper. Ou bien il m'entend, mais il m'ignore. Je continue jusqu'à la chambre de Reed. Sa porte est ouverte, mais il n'est pas là. Je déambule dans la grande maison jusqu'à ce que je finisse par entendre du bruit. Ça vient de la salle de gym. Un bruit sourd et répétitif me guide jusqu'en bas des escaliers du sous-sol. La porte est grande ouverte. Je découvre Reed en train de rouer de coups un punching-ball. Son visage dégouline de sueur et le haut de son corps luit.

Il est tellement sexy. J'ordonne à mes hormones de se calmer et je passe la porte. Il tourne la tête vers moi.

– Salut, dit-il calmement.

Il attrape le sac et recule en s'essuyant le visage d'une main.

Ses yeux sont rouges et je me demande si l'humidité sur son visage est due à autre chose qu'à de la sueur.

– Quoi de neuf? demande-t-il.

Sa voix se fêle. Sous prétexte d'avoir besoin de boire un coup, il tourne la tête et attrape une bouteille d'eau.

– Les jumeaux sont sortis. Et la porte d'Easton est fermée.

Il acquiesce.

– Les jumeaux sont chez Lauren. Easton est… (Il s'arrête, en cherchant ses mots.) Easton est…

Il s'arrête à nouveau et secoue tête.

– Qu'est-ce qui ne va pas ? Il va bien ?

– Il va mieux qu'il y a une heure ou deux.

– Et toi… tu vas bien ?

Un ange passe. Puis il secoue lentement la tête à nouveau. Malgré les sonnettes d'alarme dans ma tête, je fais un pas vers lui. Ce n'est pas une bonne idée. Mes défenses se fissurent. Je me rends bien compte que je vais craquer. Il continue à me rendre dingue avec ses baisers addictifs, sa force et sa vulnérabilité qu'il ne cherche plus à me cacher.

Je lui demande :

– Qu'est-ce qui s'est passé ?

Je le vois qui déglutit.

– Je…

Il s'éclaircit la voix :

– J'ai essayé de lui dire.

– Dire quoi, à qui ?

– Mon père. Je suis allé à son bureau, j'étais prêt à lui raconter ce que j'ai fait.

– Ce que tu as fait ? je répète stupidement.

– Brooke, crache-t-il. J'allais lui parler de Brooke. Mais je me suis dégonflé. Je suis resté debout devant sa porte et je n'ai pas réussi à frapper. J'imaginais son dégoût et sa déception, et… je me suis tu. J'ai fait demi-tour, je suis descendu ici et, maintenant, je boxe ce sac en prétendant que je ne suis pas un lâche et un trou du cul d'égoïste.

Un soupir se coince dans ma gorge.

– Reed.

– Quoi ? murmure-t-il. Tu sais que c'est la vérité. C'est pour ça que tu me hais ? Parce que je suis un con égoïste ?

– Je… ne te hais pas, Reed.

Quelque chose luit dans ses yeux. De la surprise ? De l'espoir, peut-être ? Mais subitement remplacé par un nuage de chagrin.

– Tu as dit que tu ne me pardonnerais jamais, me rappelle-t-il.

– Pour quoi ? (Mes lèvres se tordent dans un sourire amer.) Pour avoir fait l'amour avec quelqu'un avant moi ? Pour avoir essayé de me prévenir ?

Il se frotte les lèvres l'une contre l'autre, l'air indécis.

– Pour tout. Pour ne pas t'avoir parlé de Brooke. Pour ne pas avoir été là quand tu avais besoin de moi. Pour en avoir profité la nuit où Daniel t'a droguée…

Je l'interromps.

– Je savais parfaitement ce que je faisais cette nuit-là. Si je t'avais dit non, tu ne m'aurais pas touchée.

Je voulais que ça arrive, alors s'il te plaît, ne me mets pas mal à l'aise en transformant les choses.

Il repose sa bouteille d'eau et s'avance vers moi.

– D'accord. De toute façon, je ne suis pas absolument pas désolé pour tout ce qui s'est passé cette nuit-là. J'ai beaucoup à me faire pardonner, mais je ne vais pas te mentir. Ça a été l'une des plus extraordinaires nuits de toute ma vie.

Et il lève la main jusqu'à ma joue.

– Et chaque jour en me réveillant, ça allait mieux, parce que je pouvais attendre impatiemment la nuit pour te prendre à nouveau dans mes bras.

Je comprends ce qu'il veut dire. Après que nous avons tous les deux baissé la garde, les choses ont été tellement… parfaites. Je n'avais jamais eu de vrai petit copain avant lui, et chaque seconde passée avec Reed, à nous embrasser, à parler, à nous endormir ensemble, était nouvelle et merveilleuse. J'aimais vraiment ça.

– Ma mère me manque, poursuit-il d'une voix étranglée. Je ne me rendais pas compte à quel point avant que tu arrives. Je crois que tu as été mon miroir. Je te regardais, je voyais combien tu étais forte et je me rendais compte que je n'avais pas une once de ta force en moi.

– Ce n'est pas vrai. Tu ne te fais pas assez confiance.

– Peut-être que toi, tu me fais trop confiance.

Je ne peux m'empêcher de rire.

– Je ne crois pas que ce soit le cas, ces derniers temps.

Lui aussi se met à rire l'air piteux.

– Ouais. Là, tu m'as bien eu.

Son visage redevient sérieux.

– J'aimerais te parler de ma mère. Tu es d'accord ?

Je hoche lentement la tête. Je ne comprends pas vraiment ce qui est en train de se passer entre nous, mais quoi que ce soit, ça me semble… bien. Quelque chose chez ce mec m'a toujours semblé bien, même quand ce n'était pas le cas, même lorsque je m'étais juré que je ne retomberais pas amoureuse de lui.

– Laisse-moi prendre ma douche.

En sortant, il murmure :

– Reste là. Promis ?

– Promis.

Il disparaît dans la salle de bains attenante. Si ça avait été moi ou Val, la douche aurait pris vingt minutes, mais Reed en a fini en moins de deux minutes. Il est encore humide quand il apparaît, une serviette enroulée autour de la taille, une autre dans sa main dont il se sert pour essuyer ses cheveux courts.

L'eau dessine une ligne intéressante le long de sa poitrine, sur ses abdos, et s'interrompt dans le tissu-éponge qui entoure sa taille. La serviette a l'air bien attachée, mais je suis certaine que ce bout de tissu céderait en une seule saccade.

– Dans ta chambre ou dans la mienne ?

Je relève la tête. Il me sourit, mais ne dit pas un mot. Petit malin.

– La mienne.

Il me montre le chemin de la main.

– À toi l'honneur.

Chapitre 24

Reed s'esquive dans sa chambre pour se changer, pendant que je sors des sodas de mon minifrigo. Je l'attends. Quand il revient, je lui tends un Coca. Il s'installe sur le lit, face à moi.

– Tu sais que mon père trompait ma mère, n'est-ce pas ?

J'hésite. Callum prétend qu'il n'a jamais touché d'autre femme pendant son mariage avec Maria, mais pour une raison que j'ignore, ses fils refusent de le croire.

Reed s'aperçoit de mes doutes.

– C'est vrai. Il a baisé à droite à gauche en parcourant le monde avec oncle Steve, qui, lui aussi, trompait Dinah depuis le premier jour.

Je ravale mon chagrin. Je déteste entendre ce genre de choses à propos de mon père, ce qui est étrange parce que je ne l'ai même pas connu.

– Cela dit, Dinah s'en fichait. Elle a épousé oncle Steve pour son pognon, tout le monde le savait. Et elle faisait la même chose de son côté. Mais maman était différente. Elle ne s'en fichait pas.

– Avait-elle la preuve que Callum la trompait ?

– Il était tout le temps absent, et toujours avec Steve, un type qui était incapable de garder sa queue dans son froc.

Je tressaille.

– Ce n'est pas une véritable preuve, Reed. C'est juste de la suspicion. Pourquoi es-tu tellement sûr qu'il est coupable ?

– Parce qu'il l'est.

Reed est inflexible. Je voudrais argumenter un peu plus, mais il ne m'en laisse pas le loisir.

– Maman était déprimée, et elle prenait beaucoup de cachets.

– J'ai entendu dire qu'il y avait eu une erreur dans son ordonnance ? Et son docteur est allé en taule, ou un truc du genre ?

– Il n'y avait aucune erreur, dit-il amèrement. Elle était en traitement pour dépression et insomnie, et elle a commencé à faire de l'automédication et à augmenter les doses prescrites. Elle buvait beaucoup, aussi… (Sa voix tremble.) C'était de pire en pire, et papa n'était jamais à la maison, du coup c'était à nous de prendre soin d'elle.

– C'est horrible de se sentir impuissant, je murmure, en me rappelant comment j'ai dû m'occuper de ma mère pendant sa maladie.

Il réalise soudain que je sais parfaitement de quoi il parle : regarder quelqu'un qu'on aime être bouffé par la maladie tout en sachant qu'on ne peut absolument rien y faire.

– Ouais. C'est le truc le pire qui soit.

– Comment sais-tu que ce n'était pas un accident ? je lui demande.

Il prend une lente, une profonde inspiration.

– Elle nous a dit, à Gid et moi, qu'elle nous aimait mais qu'elle n'en pouvait plus. Qu'elle était tellement, tellement désolée.

Sa bouche prend un vilain pli :

– Ces mots n'ont aucun sens, n'est-ce pas ?

Il ferme les yeux sur son dégoût de soi, comme s'il se souvenait du nombre de fois où il m'a dit ça depuis mon retour à Bayview.

Les adieux de Maria ont probablement causé plus de tort que de bien. Si elle était morte sans exprimer son amour et ses regrets, peut-être que Gideon et Reed auraient réussi à se convaincre que sa mort était accidentelle. Au lieu de ça, ils trimballent la culpabilité de n'avoir pas pu la garder en vie.

Je réalise que Maria était aussi mauvaise que Callum. Tout aussi égoïste. Tout aussi nulle. Ce n'est pas surprenant que ses enfants soient perturbés.

– Je l'ai détesté pour ce qu'il lui avait fait subir. Comme nous tous. Et voilà que six mois après sa mort, il a ramené Brooke à la maison. J'ai eu envie de le tuer. C'était comme s'il crachait sur la tombe de maman.

J'expire bruyamment en me demandant comment Callum peut être aussi stupide. Est-ce qu'il n'aurait pas pu attendre un peu avant de parader avec sa nouvelle copine devant ses fils ?

– Ils étaient ensemble depuis un an environ quand Brooke a commencé à me tourner autour. J'ai eu tort.

Je sais que j'ai eu tort. Le truc ironique, c'est que j'ai fait ça pour le dire à mon père, mais que j'en ai été incapable.

– Pourquoi es-tu resté là sans bouger et sans rien dire, cette nuit-là ? Pourquoi m'as-tu laissée imaginer le pire ?

Il lève la tête pour croiser mon regard.

– J'ai eu tort. Je savais que je devais te parler de Brooke, et j'avais peur que tu me détestes à cause de ça. Et ensuite, elle m'a parlé de sa grossesse. Je savais que ça ne pouvait pas être le mien, mais j'étais… tétanisé. Je ne pouvais plus bouger. Littéralement. J'ai essayé, mais je ne pouvais pas. Et alors, j'ai été tellement en colère contre moi, contre elle, contre toi.

– Contre moi ?

– Oui, pour être exactement tout ce que je voulais être. Tu sais, les Royal sont connus pour leur fric, leur look, et c'est à peu près tout. Nous craquons au premier signe de pression. Quand le boulot de papa se met à merder, il couche à droite à gauche. Maman commence à se surmédiquer et elle… meurt. Je…

Il déglutit.

– Comme j'étais en pétard contre mon père, j'ai baisé avec sa petite amie.

Je serre les dents, mais je ne dis pas un mot.

– J'ai entendu la porte claquer et c'était comme si on me libérait de prison. J'ai couru derrière toi. Je t'ai cherchée pendant toute la nuit.

Mais j'étais déjà partie, j'étais assise dans un bus, décidée à m'enfuir le plus loin possible de Bayview.

– Je suis désolé.

Il attrape ma main et glisse ses doigts entre les miens.

– Je suis désolé de t'avoir fait de la peine. Je suis désolé de ne pas t'avoir dit la vérité plus tôt.

Je soupire un grand coup.

– Reed ?

– Ouais ?

– Je te pardonne.

– C'est vrai ?

Je hoche la tête. Ses mains attrapent mon menton en tremblant.

– Merci.

Son pouce dessine un arc de cercle et caresse ma pommette en essuyant au passage une larme qui coule sans que je m'en sois rendu compte. L'émotion qui m'étreint rend mon élocution difficile :

– Je veux oublier…

Il m'embrasse avant que j'aie pu finir ma phrase. Ses lèvres s'écrasent sur les miennes et, instinctivement, je passe mes bras autour de ses larges épaules pour le rapprocher encore de moi.

Son haleine chatouille mes lèvres.

– Ça m'a manqué. Tu m'as manqué.

Il m'embrasse de nouveau. Partout. Sa bouche frôle mes joues et ma gorge, et jusqu'à mes paupières fermées. C'est une douce, une tranquille exploration, et j'en profite à fond. Une de ses cuisses glisse entre mes jambes pour se presser sur mon désir ardent.

– Reed…

Je chuchote, mais je ne sais pas ce que je veux. Lui le sait.

– Pas ce soir.

Je serre mes cuisses autour de sa jambe. Son corps vibre contre le mien et il laisse échapper un grognement. Puis il bouge, il s'allonge contre moi, en posant ma tête contre sa poitrine. C'est si bon d'être à nouveau dans ses bras. Ça aussi, ça me manquait. J'ai peur que ce moment de bonheur ne dure pas. Il y a encore tellement d'obstacles dans nos vies.

– Reed ?

– Mmmm ?

– Qu'est-ce que tu vas faire à propos de Brooke ?

– Je ne sais pas.

– Et si je lui donnais mon héritage ?

– Je ne sais pas. (Sa respiration devient sifflante.) Papa ne te laisserait jamais faire ça.

– Je sais. (Mes épaules s'enfoncent dans le matelas.) J'ai essayé de le lui donner. Brooke m'avait dit que Callum espérait que la part de Steve reviendrait à la famille Royal.

Reed baisse les yeux sur moi.

– Je t'en prie, dis-moi qu'il a refusé.

– Il a refusé.

– Bon. Nous n'avons pas besoin de ce fric. Il est à toi. Nous en avons déjà tellement.

– Brooke dit qu'on n'en a jamais assez.

– Brooke est une vraie salope dc pompeuse de fric.

Je mc sens soudain frustrée.

– Pourquoi est-ce qu'il l'a reprise ? Juste parce qu'elle est enceinte ? On n'est plus au XIXe siècle. Même Callum sait pourtant qu'il n'est pas obligé de se marier avec une fille uniquement parce qu'il l'a mise en cloque.

Reed se raidit. Je relève immédiatement la tête.

– Qu'est-ce que tu as fait ?

– J'ai passé un deal avec elle, admet-il. Elle arrêtait de raconter que le môme est le mien, ce qui est faux, et en échange je parlais à mon père en sa faveur.

– Oh mon Dieu. C'était une idée épouvantable.

– Je sais. Je suis un crétin, mais j'étais désespéré. J'aurais accepté n'importe quoi à ce moment-là.

– En effet, je réponds d'un air sombre.

Nous restons muets un moment.

– Il faut qu'on trouve un moyen de se débarrasser d'elle, dit-il sur un ton grave. Je ne peux pas supporter que cette femme vive chez moi. Je ne veux pas qu'elle t'approche.

Je me mords la lèvre. J'ai peur que si la vérité éclate, ça aille très mal pour Reed. Callum pense déjà qu'il a été trop laxiste avec les garçons. S'il apprend pour Reed et Brooke, ce sera une nouvelle preuve qu'il doit serrer encore plus les rênes. Je ne sais pas si je suis d'accord ou pas avec sa façon de penser.

Introduire un peu de discipline dans leur vie ne ferait pas de mal aux fils Royal. Le problème, c'est que je ne sais pas quelle solution choisirait Callum. L'école militaire ? Je ne peux m'imaginer continuer à vivre dans cet immense musée sans eux. Je suppose que je suis un peu égoïste, moi aussi. Je le mets en garde,

– Ne fais rien que tu puisses regretter plus tard.

Il me serre un peu plus fort.

– Je ne fais pas de promesses que je ne pourrai pas tenir. Tu sais que je ferais n'importe quoi pour toi. Pour nous.

Je me glisse plus près encore de Reed. Je viens à peine de le retrouver, je ne veux pas me disputer avec lui. Pas ce soir. Je glisse ma main dans la sienne.

– Tu es sûr que tout le monde était ok pour que je récupère la moitié de l'héritage de Steve ?

– Ouais, pourquoi ?

– Parce que Gideon ne m'aime pas.

– Là, bébé, tu te trompes complètement. Gid pense que je ne suis pas la personne qu'il te faut.

En quoi est-ce que ça regarde Gideon ? Il n'a jamais été méchant avec moi, mais il a toujours gardé ses distances.

– Pourquoi est-ce qu'il pense ça ?

– La vie de Gid n'est pas top en ce moment. Il a des… trucs à régler.

Des trucs à régler ? Comme de baiser avec la veuve de mon père ? Je me demande si Reed est au courant.

– Quels trucs à régler ?

– Il n'est pas dans une bonne position.

Ouais, ça ne me plaît pas du tout. Je repousse mes cheveux en arrière.

– Je pense qu'il faut qu'on arrête d'avoir des secrets l'un pour l'autre.

Reed lève sa main libre.

– Je te jure que si je pouvais te raconter les détails, je le ferais. Mais ce sont les problèmes de Gideon, pas les miens.

Je m'assieds et je répète, plus fermement cette fois :

– Plus de secrets. Tu veux que je commence ?

– Que tu commences avec quoi…

Je l'interromps.

– Eston et moi, on a surpris Gideon et Dinah en train de baiser.

Il s'assied, lui aussi.

– Sérieusement ? Et tu me dis ça seulement maintenant ?

J'observe son visage.

– Tu n'as pas l'air surpris. (Ma voix se fait plus tranchante.) Pourquoi est-ce que tu n'es pas surpris, Reed ? Est-ce que tu étais au courant ?

Il hésite.

– Tu savais !

Reed hausse les épaules.

– Pourquoi est-il avec Dinah ? Et qu'est-ce qu'il en a à faire que toi et moi nous soyons ensemble ? La nuit où je t'ai surpris avec Brooke, Gideon avait demandé à me rencontrer, il te l'a dit ? C'est pour ça que je suis venue te voir dans ta chambre cette nuit-là, pour te le raconter.

– Non, il ne me l'a pas dit, répond Reed en faisant la moue. Et qu'est-ce qu'il t'a raconté ?

– Il m'a conseillé de rester à distance de toi. Il a dit que tu allais me faire du mal et que trop de gens déjà avaient été blessés. Que voulait-il dire ?

Il se contente de hausser les épaules.

Je le mets en garde.

– Reed, je te jure que si tu ne me dis pas ce qui se passe, jamais nous ne nous remettrons ensemble. Je ne peux plus supporter d'autres mensonges. Je te préviens.

Il soupire doucement.

– Juste après la mort de maman, Gideon et moi sommes allés à une soirée de collecte de fonds à laquelle mon père était censé assister, mais qu'il a zappée. Il devait être trop occupé quelque part avec Steve. On s'est bourré la gueule.

Je grogne en signe de contrariété.

– Qu'est-ce que ça a à voir avec le reste ?

– Tu voulais savoir ce qui se passe avec Gid. Je te le dis. Dinah était à cette soirée de collecte.

– Oh…

Je me mords la lèvre. Touché ! Peut-être qu'après tout, je ne tiens pas à connaître les détails.

– Ouais. Elle draguait Gid depuis un moment. Elle l'a chopé quand il sortait des toilettes, et ils ont… euh… un peu fricoté ensemble.

– Reeeeeeeeed, dis-je, totalement exaspérée. C'est comme ça que tu as eu l'idée de… « je vais me faire la petite amie de mon père » ?

Son expression coupable le dénonce. Il soupire :

– Peut-être bien. Quoi qu'il en soit, après ça, elle n'a plus laissé Gid tranquille. Elle le coinçait en permanence, elle faisait des réflexions sordides sur le fait qu'elle aimait tout ce qui est jeune, frais et prêt à être cueilli.

Je ne peux m'empêcher de prendre un air écœuré.

– C'est vraiment crade.

– Tu parles ! Elle en voulait toujours plus. Comme si elle était complètement obsédée par lui. Après cette soirée, elle l'a dragué sans la moindre honte. Il m'a raconté plein d'histoires dégueulasses, que tu ne veux même pas connaître. Mais lui était amoureux de Savannah et ne voulait rien avoir à faire avec la croqueuse de diamants de Steve. Alors, une nuit, elle a demandé à Gid de venir, elle lui a dit qu'elle avait un truc à lui montrer. Comme d'habitude, mon père et Steve étaient sortis en ville. Gid est allé au penthouse. (Reed marque une pause.) En rentrant à la maison cette nuit-là, il m'a dit qu'il avait fait l'amour avec Dinah.

– Oh. Pourquoi ?

– Parce qu'elle lui a fait du chantage, poursuit froidement Reed.

– Tu es sérieux ? Avec quoi ?

– Des photos. Elle avait mis la main sur le téléphone de Gid. Je suppose qu'il l'avait laissé traîner dans la cuisine où ailleurs, un jour où elle était là. Dinah a fouiné et elle est tombée sur toutes les photos que Sav' et Gid' s'envoyaient.

– Des photos cochonnes ?

– Ouais.

– Et alors ? Les gens passent leur temps à s'envoyer des photos cochonnes.

– Mais c'est interdit par la loi. Comme pour ces deux mômes de Raleigh qui ont été inculpés de sept chefs d'accusation de pornographie enfantine quand les parents de la fille se sont aperçus qu'ils sextotaient. L'inscription de la fille à UNC[14] a été annulée. Si cela n'avait concerné que lui, Gid aurait probablement dit à Dinah d'aller se faire foutre, mais Dinah lui a juré

14. Université de Caroline du Nord.

qu'elle allait impliquer Sav et qu'elle enverrait les photos à toute l'école.

J'en ai presque la nausée.

– Dinah l'a fait entrer dans son lit par un chantage ?

– C'est à peu près ça. Cela fait plus d'un an à présent. Il a quitté Sav' qui est dévastée.

Je pense à Savannah, cette fille si cassante, si dure. Ses sourires sont minces et ses paroles cinglantes. Si elle aime vraiment Gideon, elle doit souffrir le martyre.

– C'est horrible.

Reed fait la grimace,

– Il va me tuer de t'avoir raconté tout ça.

– Je suis contente que tu l'aies fait. Parce que maintenant, nous pouvons élaborer un plan.

– Un plan pour quoi ?

– Pour sortir Gideon des griffes de Dinah. On ne peut pas la laisser continuer. Sans ça, il va devenir dingue.

– Parfois, j'ai l'impression que ça fait partie d'un plan qu'ont monté Brooke et Dinah. Comme si elles cherchaient à nous diviser, qu'elles avaient décidé de démolir les Royal, l'un après l'autre. Steve y compris. (Reed secoue la tête.) Ça paraît dingue quand je dis ça à voix haute.

– Tu penses vraiment que Brooke et Dinah ont planifié tout ça ?

– Elles sont amies. Je pense que papa baisait avec Brooke avant que maman meure, mais je n'en sais pas plus. Un beau jour, Steve s'est ramené avec Dinah et elle avait une alliance au doigt. Cela dit, son mariage avec elle ne l'a pas calmé.

– Qu'est-ce qu'on sait de plus sur Dinah ? Et où penses-tu qu'elle garde les preuves qu'elle possède contre Gideon ? Tu crois qu'elle les a montrées à quelqu'un ?

– J'en doute, sans ça Gideon aurait été arrêté depuis longtemps.

– Si on peut mettre la main sur ces images, Dinah n'aura plus rien. Plus de levier du tout.

Je réfléchis encore.

– Comment les trouver ? Est-ce qu'elle serait assez bête pour les garder dans le penthouse ? Ou assez maligne pour en faire des copies ?

– Je ne sais pas. Mais tu as peut-être raison. Si on arrivait à dégoter tout ce qu'elle a sur lui et nous en débarrasser, on pourrait oublier tout ce truc.

– Et s'agissant de Brooke ?

– Brooke, répète-t-il avec dégoût. Il nous faut un test de paternité. Je ne comprends pas pourquoi papa ne le demande pas.

– Moi non plus.

Je me mordille le bout du pouce, jusqu'à ce que Reed l'ôte de ma bouche.

– Tu vas te ronger jusqu'au sang si tu continues à penser à ça. Est-ce qu'on peut arrêter de parler de Dinah et Brooke ? Du moins un moment.

– Pourquoi ?

Son regard devient chaud.

– Parce qu'il existe de bien meilleures façons de passer notre temps ensemble.

– Comme quoi…

Avant que j'aie pu finir, il me fait rouler sur le côté et m'embrasse dans le cou.

– Comme ça, murmure-t-il.

Je halète.

– Oh… ok.

Ses doigts agiles trouvent un morceau de peau nue, au-dessus de ma ceinture. Une fille plus forte aurait pu réprimer un frisson, mais moi je n'ai jamais été capable de résister à Reed. Inutile d'essayer maintenant. D'autant plus que son contact me plaît tellement. Il enfouit son nez dans mon cou et continue ses caresses lentes autour de ma taille, comme si cela suffisait à son bonheur. Et pendant un moment, ça me suffit à moi aussi. Je laisse le silence nous envelopper et je prends plaisir à ce simple geste. Dans cette paix, je réalise soudain que c'est la première fois de ma vie que je partage un moment tranquille avec quelqu'un.

– Tu me pardonnes pour de bon ? demande-t-il.

D'une main, je caresse ses cheveux bruns, si brillants. Quand je regarde Reed, son corps musclé et son visage volontaire, j'oublie parfois qu'il a un cœur tout aussi sensible que le mien. Mais les garçons ne sont pas censés être émotifs. La plupart du temps, ils cachent leurs sentiments derrière un rempart de sérieux, de grossièreté, de comportement à la con.

– Je te pardonne pour de bon.

– Même si je suis un trou du cul ?

– Est-ce que tu vas arrêter d'en être un avec moi ?

Je tire sur ses cheveux un peu plus fort qu'il est nécessaire.

Il baisse la tête comme pour dire, *je l'ai bien mérité.*

– J'ai arrêté depuis longtemps. Juste après notre premier baiser. Je n'ai même pas regardé d'autre fille depuis que je t'ai rencontrée, Ella.

– Bien. Et si tu me traites comme la déesse que je suis, et que tu ne me trompes pas, alors oui, ça me va.

– Je peux être une vraie plaie.

Cela signifie qu'il m'aime profondément et qu'il a peur que je le laisse tomber, comme je l'ai déjà fait et comme sa mère l'a fait, elle, de façon permanente.

– Oui, mais tu es ma plaie à moi, je chuchote.

Son rire est assourdi par le mouvement de sa bouche le long de ma clavicule. Il embrasse doucement ma poitrine. La fine dentelle de mon soutien-gorge se met soudain à me gratter. Je remue nerveusement. Il descend, je sens ses pectoraux s'enfoncer contre mon ventre, se poser sur mon entrejambe douloureux. Mes doigts agrippent ses cheveux, je ne sais pas si je veux le faire remonter vers ma bouche ou le pousser plus bas. Mais Reed, lui, sait ce qu'il veut. Il passe la main sous mon t-shirt en soulevant le tissu bien trop lentement. Impatiente, j'attrape le bas de mon vêtement et je le fais glisser par-dessus ma tête.

Il sourit.

– Est-ce que je t'ai déjà dit que j'adore ta tenue de nuit ?

– C'est confortable, dis-je, sur la défensive.

– Mmmhmmm, murmure-t-il, mais il garde son petit sourire satisfait en passant ses mains derrière son dos pour, lui aussi, enlever son tee-shirt.

J'oublie la remarque sarcastique que j'allais lui balancer et, d'une main, je me mets à lui caresser la poitrine.

Il ferme les yeux et frissonne. Ses mains se posent sur mes hanches, elles s'ouvrent et se referment. Il m'attend ? J'aime bien ça, qu'il soit à ma disposition jusqu'à ce que je lui dise d'y aller.

– Touche-moi, murmure-t-il.

Il ouvre grands les yeux et leur éclat me fait haleter. Il me repousse et s'attaque à mon bas de yoga comme s'il l'avait personnellement offensé.

Je soulève mes hanches et je repousse le tissu jusqu'en bas de mes jambes parce que moi non plus, je ne veux plus rien sentir entre nous. Je le veux, lui, collé contre moi.

Ses doigts glissent dans mon dos, il dégrafe mon soutien-gorge. Sa bouche me couvre de baisers, et mon corps entier se met à trembler. Quand il m'embrasse le téton, j'émets un bruit étranglé, désespéré, en m'agrippant à ses épaules.

J'avais tort. Ses caresses ne me calment pas. Elles me rendent encore plus avide, plus chaude, plus frénétique que jamais. Et plus il descend, plus je deviens brûlante.

– Reed ! je gémis, tête renversée.

– Chutttt, laisse-moi faire.

Le laisser faire quoi ? Descendre jusqu'à ce que ses épaules m'ouvrent en grand, beaucoup plus que ce qui me paraît correct ? Jusqu'à ce que sa bouche soit juste dessus et que sa langue fasse les trucs les plus déments sur mon sexe qui palpite ? Que je le laisse me toucher de façon qu'à un moment, j'ai trouvée bizarre et gênante ?

Pendant que je le laisse me transformer en bouillie écervelée, il gémit de plaisir. Je me cambre, et mes orteils se recroquevillent en agrippant les draps, lorsqu'une vague de pur plaisir déferle en moi.

Mais voilà qu'il se lève, me laissant toute pantelante. Il s'allonge sur le côté contre moi et je ne peux m'empêcher d'apprécier le renflement dans son boxer.

Reed sourit lorsqu'il surprend mon regard.

– N'y fais pas attention. Ça va très vite disparaître.

Je me glisse plus près.

– Et pourquoi est-ce que je voudrais l'ignorer ?

Il se raidit lorsque je pose ma main sur lui.

– Ce soir, je voulais m'occuper de toi, proteste-t-il, mais ses yeux deviennent fous quand mes doigts glissent à l'intérieur de son boxer.

– Eh bien moi, je veux m'occuper de toi, je chuchote.

Il est si bien dans ma main. Je sais, à cause de ses paupières qui papillonnent et de sa respiration qui devient saccadée, qu'il apprécie chaque instant.

– Ella… (Il pousse son bassin en avant.) Merde, plus vite.

Regarder son visage, c'est le spectacle le plus excitant qui soit. Ses joues sont écarlates et son regard est embrumé, et quand je l'embrasse, sa langue tournoie avec la mienne jusqu'à ce que nous soyons hors d'haleine.

Les palpitations entre mes cuisses recommencent et Reed semble s'en rendre compte, parce que ses doigts me trouvent. Tous deux, nous essayons frénétiquement de nous faire grimper au rideau. Et ça marche. Je m'agrippe à lui parce que, si je dois perdre pied, je veux l'entraîner avec moi. Sa bouche est posée sur la mienne et nous bougeons de façon parfaitement synchrone jusqu'à ce que je me noie dans un état de parfaite béatitude.

Chapitre 25

– Tu as vu Reed ? demande Callum à quelqu'un dans le couloir.

Le son de sa voix est si proche de ma porte que je me redresse d'un seul coup. Un bras lourd m'attrape, et je replonge sur le matelas.

– Il doit être allé à l'entraînement de foot, répond Easton.

– Euh, il est tôt. Tu ne devrais pas y aller, toi aussi ?

– J'essaie, mais quelqu'un m'en empêche en me demandant où est mon frère, répond Easton en râlant.

Callum grogne ou rit ou soupire un bon coup. Je ne saurais pas vraiment dire. Je secoue Reed jusqu'à ce qu'il entrouvre les paupières.

– C'est ton père.

Pour toute réponse, il se contente de fermer les yeux et de frotter sa joue contre ma main.

Callum poursuit.

– J'ai reçu un coup de fil de Franklin Auto Body qui disait que Reed leur avait apporté une voiture. Sa Rover est dehors. Mais la voiture d'Ella n'est pas là. Elle ne s'est pas encore enfuie, n'est-ce pas ?

Il y a une certaine tension dans sa voix. Je me demande si je l'ai contrarié en lui parlant d'argent. Ou peut-être pense-t-il qu'il m'a contrariée, et c'est pour ça qu'il s'inquiète à l'idée que j'ai pu ficher le camp.

– Nan, la voiture d'Ella a eu un malencontreux accident de miel. Elle était trop gênée pour t'en parler. Reed l'a donnée à nettoyer pour elle.

– Un accident de miel ?

– Ouais, ne t'en fais pas pour ça, papa.

Le bruit de leurs pas disparaît dans le couloir. Je jette un coup d'œil au réveil qui m'annonce qu'il faut que je me bouge si je veux arriver à l'heure à la boulangerie. Lucy m'a donné une seconde chance, il est hors de question que je ne la saisisse pas. Je sors en rampant de sous le bras possessif de Reed. Je m'aperçois alors que je suis en petite culotte.

D'une certaine façon, me balader à moitié nue devant Reed est encore plus gênant que de me désaper devant une foule d'inconnus. Je retrouve son tee-shirt qui pend au bord du lit et je l'enfile rapidement.

Reed roule sur le dos et glisse ses mains sous sa tête. Il m'observe fureter dans la pièce avec un intérêt évident.

– Tu n'avais pas besoin de te couvrir pour moi, lance-t-il d'une voix traînante.

– Je ne me suis pas couverte pour toi, je me suis couverte pour moi.

Il rit. Un rire lourd, grave, sexy.

– Tu as toujours ta vCard[15], Mademoiselle l'Innocente.

---

15. V pour virginité, ce qui signifie en argot : « Tu es toujours vierge. »

– Je ne me sens pas innocente du tout, je murmure.

– Tu n'en as pas l'air non plus.

Je m'arrête en face d'un grand miroir accroché derrière mon bureau. Mes cheveux sont en pétard.

– Oh mon Dieu, est-ce que les cheveux « après le sexe » ressemblent à ça ? Même si on n'a pas vraiment fait l'amour.

Derrière moi, Reed sort du lit. Il est vraiment trop beau à cette heure matinale. Il passe sa main dans mes cheveux « d'après le sexe » et me claque un baiser dans le cou.

– Tu es super-bandante. Si je reste ici plus longtemps, ta virginité va se retrouver quelque part par terre, à côté de tes vêtements.

Il me flanque une bonne claque sur les fesses et sort de ma chambre, uniquement vêtu de son boxer.

Fort heureusement, il n'est pas accueilli par une exclamation horrifiée de Callum.

Après le départ de Reed, je trempe mes cheveux dans le lavabo, j'enfile une paire de jeans, des tennis et un haut noir en dentelle plutôt coquin que je portais pour bosser au routier avant que Callum me retrouve.

Reed passe devant ma chambre au moment où j'en sors. Il s'arrête, me déshabille du regard et lève le doigt.

– Attends !

Je n'attends pas. Comme je lui ai déjà dit des millions de fois, je ne suis pas un toutou.

Je le suis dans sa chambre. Il se met à farfouiller dans son placard.

– Qu'est-ce que tu fais ?

– Je cherche un uniforme.

J'écarquille les yeux.

– On n'en a pas besoin le vendredi.

Le vendredi, c'est le jour de la semaine où nous sommes autorisés à sortir de nos placards nos vêtements « extrascolaires », bien que le directeur, monsieur Beringer, préfère que tout le monde s'habille de façon à soutenir l'équipe de foot, les jours de match.

– Ça ne veut pas dire que tu doives porter un truc qui va déclencher des émeutes en classe.

Reed ressort avec une chemise blanche à boutons, avec de minuscules motifs bleus.

– Je ne crois pas que tu voudras porter mon maillot, n'est-ce pas ?

Je fais la grimace. Je ne suis pas prête à annoncer au monde entier que je suis de nouveau avec Reed Royal. J'ai déjà assez de problèmes à l'école, et j'ignore si ça va encore compliquer les choses ou pas.

Reed soupire, mais ne discute pas.

Je le laisse m'enfiler la chemise, puis je secoue devant lui le trop plein de tissu.

– Et comment suis-je censée porter ce truc ?

Il dessine un cercle avec son doigt.

– Fais le truc avec les manches. Ce truc pour les rouler. Ce n'est pas comme ça qu'on porte les vêtements de son petit copain ?

Le fait qu'il utilise le mot *petit copain* fait grimper ma température en flèche, mais je ne veux pas que Reed se rende compte si facilement de l'effet qu'il me fait, sans ça il va s'en servir contre moi en permanence.

Je bougonne en remontant les manches de façon à pouvoir travailler à la boulangerie sans les couvrir de la farine.

– C'est comme ça qu'on fait pour les pantalons de ses petits copains, mais bon, d'accord pour cette fois.

On passe prendre quelques sandwiches à la cuisine avant de partir.

– Au fait, qu'est-ce que tu as envie de faire ce week-end ? me demande Reed sur la route de la boulangerie.

Je fronce le nez.

– Je ne veux pas aller à une fête d'Astor. Et on devrait faire un truc avec Val parce que Tam est un salaud et que je ne veux pas qu'elle reste seule.

– Il y a une ferme avec un grand labyrinthe et des jets de citrouille où on pourrait aller.

– On ? Comme toi et tes frères ? je lui demande, pleine d'espoir.

– Ouais, nous tous. On libérerait notre testostérone avec les courges et, ensuite, toi et moi on pourrait se rouler des pelles dans le labyrinthe.

– Tu sembles bien sûr de toi.

Il me fait un petit sourire.

– Ce matin, j'ai des griffures dans le dos.

Je suis interloquée.

– Ce n'est pas vrai !

Puis je lui demande doucement, en regardant mes ongles :

– Tu en as vraiment ?

Reed continue à sourire, mais change opportunément de sujet.

– Comment va Val ?

Je glisse mes mains sous mes cuisses.

– Pas bien. Son ex lui manque.

J'aimerais qu'elle puisse se rendre compte qu'elle est bien mieux sans ce tricheur de Tam, mais je ne veux surtout pas lui donner de conseils sur sa relation amoureuse. Dans les backrooms des clubs de strip-tease, bien des amitiés sont foutues en l'air lorsqu'une nana essaie de montrer à sa copine les défauts évidents de son petit ami.

Une pensée me frappe. Reed a un an de plus que moi. L'année prochaine, je serai toujours à Astor Park et lui n'y sera plus. Il m'a dit une fois qu'il voulait s'éloigner le plus possible de Bayview. Je sais pourquoi à présent, mais l'idée qu'il soit si loin est déchirante.

– Est-ce que je vais devoir m'inquiéter quand tu seras en fac ? je lui demande nerveusement.

– Non. (Dans un geste rassurant, il tend la main et me serre le genou.) Le mec de Val veut essayer des trucs différents, mais moi j'ai déjà…

Il fait une pause pour trouver le mot juste :

– Je ne veux pas avoir l'air de critiquer ton père, mais Steve avait toutes les femmes qu'il désirait de par le monde et cela ne l'a pas rendu plus heureux pour autant. Je n'ai pas besoin de baiser à droite, à gauche pour savoir ce que je veux.

Ses mots, ses mots sont comme un rayon de soleil qui réchauffe doucement chaque pore de ma peau. Je me mets à prier de ne pas avoir fait de bêtise en lui offrant une seconde chance. S'il me blesse à nouveau, je ne crois pas que j'y survivrai.

Reed s'arrête devant la boulangerie et m'attrape par la nuque. Avant que je puisse protester, il me claque un gros baiser bien possessif sur les lèvres.

– On se retrouve au parking, grogne-t-il contre ma bouche.

Sans attendre ma réponse, il fonce vers son entraînement. Je me donne une baffe mentale pour tellement apprécier son comportement d'homme des cavernes, mais je ne peux m'empêcher d'avoir un grand sourire aux lèvres en entrant dans la boulangerie.

*

* *

La matinée passe vite. Je croyais qu'elle se traînerait parce que je suis lessivée et que Reed allait me manquer, mais c'est tout le contraire. Je suis dynamisée. Peut-être est-ce que le bon vieux « presque sexe » fait ça aux gens. Je me demande comment je me sentirai après avoir fait la chose pour de bon. Comme une super-héroïne ? Comme si je pouvais enjamber des gratte-ciel d'un seul bond et retenir d'une main des avions qui tombent du ciel ?

La culotte sale que je trouve dans mon casier ne me dérange même pas. Je veux dire, il va falloir que je me mette à porter des gants en caoutchouc partout, mais même mes harceleurs d'Astor Park ne réussissent pas à me démoraliser.

– Tu as baisé hier soir ? me demande Val lorsque nous nous installons devant nos plateaux-repas.

Est-ce que c'est inscrit sur mon front ?

– Pourquoi ? Qu'est-ce que tu vois ?

– Tu as ce visage épanoui des gens qui s'en sont payé une bonne tranche.

Elle se renfonce dans son siège, l'air écœurée.

– Je n'ai pas fait l'amour la nuit dernière, je lui promets.

– Tu as fait quelque chose.

Elle m'examine avec attention, comme si les doigts de Reed avaient semé des preuves sur mon visage. Elle semble convaincue, parce qu'elle gémit :

– Tu l'as fait. Tu t'es remise avec lui. Pourquoi ?

Je suis toute gênée. Habituellement, Val n'est pas du genre à porter des jugements, mais là, sa désapprobation se lit sur son visage.

– Quoi, tu vas arrêter d'être ma copine, c'est ça ? je réponds sur un ton sarcastique.

Son expression se radoucit immédiatement.

– Non. Bien sûr que non. Mais je ne comprends pas. Tu disais que tu ne pouvais pas lui pardonner.

Je soupire.

– Je suppose que j'avais tort. Je l'aime, Val. Peut-être que ça fait de moi la fille la plus niaise de la terre, mais je veux vraiment essayer de tout faire pour que ça marche entre nous. Il… me manque.

Elle fait un petit bruit en signe de frustration.

– À moi aussi, Tam me manque. Regarde le truc débile que j'ai fait l'autre nuit, et pourquoi ? On ne peut pas reprendre ces connards, sans ça on ne sera plus jamais capables de se regarder en face.

– Je sais, et crois-moi, si j'étais à ta place, moi aussi je ferais les gros yeux.

Je me mordille le coin de la lèvre. Je ne peux pas lui raconter en détail les problèmes de Reed, parce que c'est privé, mais je veux que Val me comprenne. La seule raison pour laquelle elle me secoue, c'est parce qu'elle tient à moi, ce que j'apprécie énormément.

– Alors c'est quoi ? Est-ce que c'est seulement parce qu'il sait se mettre à plat ventre ?

Pourquoi ai-je pardonné à Reed ? Ce n'est pas parce qu'il a une histoire triste et qu'il m'a fait du bien. Ce n'est pas une raison pour être avec quelqu'un qui traite les filles comme Reed m'a traitée.

Mon rapport avec lui est… compliqué. Même moi, la moitié du temps, je n'arrive pas à le comprendre. Je sais simplement que je suis connectée avec lui à un niveau plus profond, que sa perte fait écho à la mienne.

Que son bonheur alimente le mien. Que son combat pour trouver un but à cette vie de dingue m'est totalement familier.

Soigneusement, j'essaie d'expliquer ça à Val.

– Je me suis remise avec lui parce que je ne sais pas s'il existe quelqu'un que je comprends mieux, ou qui me fait le même effet. Tu ne le sais pas, mais deux semaines après mon arrivée ici, j'ai complètement craqué pour lui, et j'ai commencé à sortir avec lui dans sa voiture.

Val fait une grimace.

– Sérieux ?

Je suis contente de la voir sourire. L'amitié de Val est ce qui compte le plus pour moi ces derniers temps.

– Sérieux. Il m'a caressée d'une main pendant qu'il nous conduisait à la maison. Et même après m'avoir dit qu'il me détestait, il a continué à me conduire tous les jours à l'école. Je ne sais pas comment t'expliquer, mais j'ai l'impression qu'on est pareils. Certains jours j'ai mes règles et je suis ronchon, et certains jours il se conduit comme un connard, mais nous sommes faits des mêmes morceaux de chair et d'os et des mêmes émotions de merde.

– Tu n'as pas essayé un autre type ?

– Non. Et même si je l'avais fait, ça n'aurait pas marché. Ce ne serait pas… Reed.

Elle soupire, mais c'est un soupir d'acceptation.

– Je ne vais pas prétendre que je comprends, mais après l'autre nuit, j'ai décidé de passer à autre chose.

– Tu devrais peut-être attendre que ton coquard disparaisse. Comment vas-tu pouvoir même expliquer ça à ta famille ?

– Je vais leur dire que je me suis mangé une porte. C'est presque la vérité, sauf que la porte, c'était le visage d'une nana.

– On va au match ce soir ?

Elle farfouille dans son bol de quinoa bio.

– Je ne sais pas. Je crois que j'en ai ma claque des mecs d'Astor.

– Et qu'est-ce que tu penses du beau gosse assis à côté d'Easton ? je demande.

Elle jette un coup d'œil par-dessus mon épaule.

– Liam Hunter ?

– Il a l'air… intense.

– Il est intense. Et probablement en haut de ma liste des mecs à éviter. Il est comme Tam. C'est un pauvre type super-susceptible qui veut réussir. Il se servirait de moi et me jetterait ensuite comme un Kleenex. (Elle décapsule sa bouteille d'eau.) Ce qu'il me faut, c'est un garçon riche, parce qu'ils ne s'attachent pas aux gens, juste aux choses. Et s'ils ne s'attachent pas à moi, moi non plus je ne m'attacherai pas à eux.

Je commence à lui dire que ça ne marche pas comme ça, qu'on peut tomber amoureuse de quelqu'un qui ne peut pas vous supporter. Comme Reed et moi. Je suis tombée amoureuse de lui alors qu'il me repoussait et me traitait très mal. J'ai continué à l'aimer après avoir découvert des trucs assez horribles. Mais Val ne m'écoute pas. Elle est toujours perturbée par sa douleur, c'est la seule voix qu'elle entend en ce moment.

– Si tu cherches à te faire un mec riche, je suis ton homme.

Nous nous retournons toutes les deux en même temps pour voir Wade s'arrêter devant notre table.

Val l'évalue tranquillement du regard. Je sais qu'elle apprécie ce qu'elle voit, mais ce n'est pas étonnant. Wade est très sexy.

– Si je me sers de toi, il faudra que tu laisses tomber les autres filles.

– Que veux-tu dire ? demande-t-il d'un air réellement embarrassé.

Il est clair que la fidélité est un concept qui lui est totalement étranger.

Je lui explique.

– Elle veut dire que tout le temps que vous vous servirez l'un de l'autre, tu ne sortiras pas de cette relation d'amitié amoureuse.

Il fronce les sourcils.

– Mais…

Val lui coupe la parole.

– Oublie ça, Wade. Je vais te faire des trucs qui te feront halluciner, et ensuite tu ne pourras plus jamais prendre ton pied ailleurs parce que tu passeras ton temps à me comparer à toutes tes autres nanas, et elles ne seront pas à la hauteur.

Il reste bouche bée.

Je me marre, c'est la première fois que je vois quelqu'un réussir à prendre le dessus sur Wade.

– Elle connaît des trucs, je confirme, sans savoir du tout de quoi je parle.

– Tu connais des trucs, croasse-t-il.

Val hoche la tête.

– Eh oui.

Wade se jette à ses genoux.

– Oh, chère jeune fille, Je t'en prie, permets-moi d'introduire mon membre dans ta caverne et de te faire grimper à des hauteurs que seuls les immortels connaissent.

Val se lève et prend son plateau.

– Si c'est comme ça que tu imagines une conversation cochonne, tu as encore beaucoup à apprendre. Viens avec moi.

Et elle part.

Wade se tourne vers moi et articule à voix basse « conversation cochonne » avec une jubilation de môme.

Je hausse les épaules et lève les mains. Il court après Val. Il sprinte littéralement.

– Est-ce que je devrais savoir de quoi il s'agissait ? demande Reed en posant son plateau à côté du mien.

– Je ne le crois pas. Et, honnêtement, je ne suis même pas sûre de pouvoir te l'expliquer, si tu me le demandais.

Chapitre 26

Au match de football, tout le monde semble connaître Callum Royal. Ou du moins, tout le monde fait semblant de le connaître. Dans les stands, les gens se lèvent sur son passage et le saluent d'un signe de la main. D'autres l'arrêtent en bas des gradins, avant même qu'on puisse trouver un siège. Il serre quelques mains. Plusieurs personnes lui présentent leurs condoléances, ce que je trouve assez grossier. La femme de Callum est morte il y a deux ans. Pourquoi remettre ça sur le tapis ? Mais Callum sourit et remercie de penser à lui et à sa famille. Ça nous prend bien trente minutes avant d'atteindre nos places dans la section des parents d'élèves.

– Tu es sûre que tu ne veux pas aller t'asseoir avec tes amis ?

Il me montre la section du milieu des gradins qui est décorée aux couleurs bleu et or. Toutes les filles qui portent un maillot de joueur sont là-bas.

Sous le maillot de Reed, mes épaules se crispent. Je ne l'ai pas mis à l'école, ce qui a beaucoup vexé Reed, mais je le porte maintenant. Je me suis dit que si je m'asseyais à côté de Callum, les gens se diraient que je soutiens toute la famille, et pas uniquement Reed.

Callum porte le maillot d'Easton et il le remplit plutôt bien, ma foi. Moi, je nage dans le mien.

– Nan, ça va. Il faut qu'on garde un siège pour Val.

Même si Val ne venait pas, je considère que l'ensemble des étudiants de la prépa Astor Park est une vraie bande de trous du cul. Leur harcèlement a diminué, mais pas complètement. L'autre jour, j'ai trouvé mon casier bloqué et je n'ai pas réussi à l'ouvrir à temps pour être à l'heure en cours.

Heureusement, le prof a accepté mes explications.

En cours d'éducation physique, je n'ai pas retrouvé ma culotte, et j'ai dû passer le reste de la journée en mode commando[16].

J'ai commis l'erreur d'en parler à Reed, et il m'a entraînée dans la salle de musique pour « vérifier par lui-même ». Du coup, je suis arrivée en retard en bio, et Easton, qui est en cours avec moi, a immédiatement pigé pourquoi. Il a passé son temps à me charrier.

Pendant que nous regardons les membres de l'équipe s'échauffer, je demande à Callum :

– Est-ce que vous avez joué au foot au lycée ?

– Ouais. Je jouais *tight end*[17].

Je ne peux m'empêcher d'avoir un petit sourire. Les termes de football sont tellement coquins.

---

16. Expression américaine qui signifie « sans slip ».
17. Au football américain, le *tight end* est une position offensive, parfois appelée « receveur rapproché » en France.

Callum cligne de l'œil comme s'il savait pertinemment à quoi je pense.

– Et ton père occupait la même position que Reed. Ailier défensif.

– Vous saviez que maman avait seize ans quand elle a rencontré Steve ?

L'autre jour, je pensais à leur différence d'âge et ça m'a un peu horrifiée. Callum a entre quarante et cinquante ans, et s'ils étaient en classe ensemble, Steve devait avoir à peu près le même âge. Maman avait dix-sept ans quand je suis née. Seize ans quand elle est tombée enceinte. Alors, je suppose que Steve était déjà un gros dragueur à l'époque. Cela dit, ça ne me fait pas plaisir qu'il soit mort pour autant.

– Je n'y avais jamais pensé, mais tu as raison. (Callum me jette un regard gêné.) Les filles dans les bars autour des bases militaires sont… C'est difficile de leur donner un âge précis.

J'écarquille les yeux.

– Callum, je faisais déjà des strip-teases à l'âge de quinze ans. Je sais que c'est difficile de faire la différence. C'est juste une pensée qui m'est venue à l'esprit.

– Steve n'aurait jamais profité d'une femme. Il n'était pas ce genre d'homme.

– Je n'ai jamais dit qu'il l'avait fait. Maman n'a jamais eu le moindre mot désagréable sur mon donneur de sperme.

Callum grimace.

– J'aurais tellement aimé que tu puisses le rencontrer. C'était un homme bien.

Il claque des doigts.

– On devrait aller rendre visite à certains de nos vieux compagnons des SEALs. On ne connaît pas vraiment un homme si on n'a pas passé avec lui sept jours dans un trou en plein désert.

– Ça m'a l'air franchement horrible ! (Je me tords le nez.) Je crois que je vais plutôt choisir une virée shopping, Alex.

Il se marre.

– D'accord. Oh, voilà Valerie.

Il se lève et fait signe à Val de venir nous rejoindre. Elle est tout sourires en s'asseyant à côté de moi.

– Salut la belle, quoi de neuf ?

– Oh, tout va bien maintenant que tu es là. Tu vas m'épargner les histoires de guerre de Callum.

Devant l'air étonné de Val, Callum explique :

– Je disais à Ella qu'elle devrait rencontrer quelques compagnons d'armes de son père.

– Ah. J'ai rencontré Steve une fois. Je te l'ai déjà dit ?

Curieuse, je lui demande.

– Non, quand ça ?

– C'était à la fête de rentrée l'année dernière.

Elle se penche devant moi pour parler à Callum.

– Vous vous souvenez ? Vous aviez amené les garçons en hélicoptère ?

Je suis sidérée.

– Pour de vrai ? En hélicoptère ?

Callum rit de bon cœur.

– J'avais oublié. Ouaip. Nous testions un nouveau prototype, et Steve a voulu le faire voler. Nous avons embarqué les garçons et leurs petites copines, et nous les avons baladés le long de la côte pendant une heure avant de nous poser sur la pelouse de l'école. Beringer en a fait une attaque. J'ai dû lui faire une donation pour un aménagement paysager.

Puis, avec grand sourire :

– Ça en valait la peine.

– Pshhh. Pas étonnant que les filles se battent pour sortir avec les Royal.

– Ella, dit Callum d'un air faussement blessé, mes fils sont l'image même de la virilité. C'est de leur caractère que les femmes sont folles, pas de leur portefeuille.

– C'est ce que vous vous racontez.

Quelqu'un alpague Callum avant qu'il ait le temps de répondre. Pendant qu'il se détourne, Val me flanque un coup de coude.

– Alors, la famille Royal baigne à nouveau dans le bonheur ?

– Je ne sais pas. Tu trouves qu'on donne l'impression de bien s'entendre ?

– C'est la première fois depuis la mort de Maria que Callum assiste à un match de ses fils, dit-elle d'un air entendu. Je ne peux pas être la seule à m'en être rendu compte. Et tout le monde vous regarde différemment, tous les deux.

– Comment ça ?

Je scanne la foule, mais vu les regards que je croise, je n'ai pas l'impression que ce soit très différent.

– C'est juste que vous semblez tellement à l'aise l'un avec l'autre. Il t'aime bien, c'est clair, et pas d'une façon glauque qui pourrait faire jaser. Mais tu ris et il parle beaucoup. C'est différent, voilà tout. Callum est quelqu'un d'important, beaucoup de gens cherchent à être dans ses petits papiers.

– Ou à avoir accès à son compte en banque.

Elle hausse les épaules.

– C'est la même chose. Peut-être que ça t'aidera à l'école. Si les parents de ces trous du cul apprenaient que la filleule de Callum a été maltraitée en classe, certains passeraient un mauvais quart d'heure.

– C'est déjà en train de se calmer. Le truc le pire de la semaine, ça a été la disparition de mes sous-vêtements.

– Ouais, j'ai entendu dire que ça avait été un réel problème pour toi. (Elle fait les gros yeux.) Peut-être que tu devrais chercher le coupable de ce vol parmi tes proches.

Je me marre.

– Reed n'a pas besoin de me piquer mes vêtements pour poser ses mains sur moi.

– Tu es dégoûtante, dit-elle sur un ton vraiment affectueux.

Je la rassure.

– Tu es toujours la meilleure au pieu. Comment ça va du côté d'Hiro ?

– Je ne sais pas. Il est chaud et tout, mais il ne me fait pas vraiment mouiller.

– Et avec Wade ?

Val me raconte qu'ils ont séché la quatrième heure de cours aujourd'hui pour batifoler dans un placard à provisions, mais elle ne me donne pas beaucoup plus de détails.

– Il a trop de pratique. Rien de ce qui sort de sa bouche n'est sérieux. En fait, je ne sais pas ce qu'il ferait si une fille lui disait qu'elle l'aime. Ce pourrait bien être son pire cauchemar. Alors que le tien, comme le mien, c'est plutôt d'avoir des araignées qui nous rentrent dans la bouche (je frissonne), le sien, c'est de voir des légions entières de filles qui lui hurlent *Wade, je t'aime*. Je te parie que ça le réveille la nuit en panique et couvert de sueur.

– Tu penses quand même beaucoup à lui.

– Ça vaut mieux que de gamberger à propos de Tam.

– Tu as raison.

Tout le monde se lève comme un seul homme lorsque retentit l'hymne national, ce qui interrompt notre conversation. Callum est debout à côté de moi, raide comme la justice. Je suppose que certaines habitudes ont la vie dure. Val est à ma droite. Mon mec est sur le terrain. Le nom des Royal est brodé dans mon dos sur le maillot que j'ai emprunté. Je ne me m'étais jamais sentie autant acceptée. C'est bizarre et merveilleux à la fois. Je ne peux plus m'arrêter de sourire. Le match est une explosion totale et lorsque c'est terminé, tout ce dont les gens parlent, c'est de la saison des éliminatoires qui va débuter.

Quand nous sortons, Callum s'arrête au deuxième rang des gradins. Il passe devant quelques personnes pour aller taper sur l'épaule d'un petit homme filiforme.

– Mark, comment allez-vous ? demande poliment Callum.

Une décharge me traverse les épaules en entendant son ton soudain très froid.

– Pourriez-vous descendre une minute ? J'aimerais vous dire un mot.

Ce n'est pas une proposition, c'est un ordre. Tout le monde autour de nous l'a compris. Tout le monde se lève pour laisser passer Mark.

– C'est mon oncle, me glisse Val à l'oreille.

Je n'avais encore jamais rencontré les parents de Jordan, et Callum ne nous présente pas.

Au lieu de ça, il fait une barrière avec son bras pour permettre à Mark de passer devant nous. Mark s'arrête au bout des gradins, mais quelque chose dans le regard de Callum le saisit. Il descend rapidement l'escalier.

– Qu'est-ce qui se passe ? je murmure.

Val me lance un regard déconcerté. Comme Callum ne m'a pas dit de rester plus loin, je le suis, Val sur mes talons.

– Nous sommes suffisamment loin, dit Callum lorsque nous arrivons à environ six mètres des gradins.

– De quoi s'agit-il, Royal ?

Callum se penche derrière lui et m'attrape par le poignet, sans lui jeter un regard. Il me tire en avant.

– Je ne crois pas que vous ayez rencontré ma filleule. Ella Harper. La fille de Steve.

Monsieur Carrington pâlit, mais me tend la main. Déconcertée, je la serre.

– Enchanté, Ella.

– Ravie de vous rencontrer, Monsieur. Je suis une amie de Val.

Je la traîne à mes côtés comme Callum l'a fait avec moi.

Val lui adresse un semblant de sourire.

– Salut, Oncle Mark.

– Bonjour Val.

– C'est formidable, n'est-ce pas ? remarque Callum. Que ma filleule et la vôtre soient amies.

Mark hoche la tête sans vraiment comprendre.

– Oui, c'est bien d'avoir des amies.

Val glisse sa main dans la mienne.

– Ella compte beaucoup pour ma famille et je suis content qu'elle soit accueillie à bras ouverts dans la communauté d'Astor Park. Ça me dérangerait énormément d'apprendre qu'elle a été maltraitée d'une quelconque façon. Je suis certain que vous ne toléreriez pas ça, n'est-ce pas, Mark ?

– Bien sûr que non.

– Votre fille est très populaire à Astor, n'est-ce pas ?

Le ton de Callum est très neutre, comme s'il parlait du temps qu'il fait, mais quelque chose dans ses paroles fait blêmir Mark.

– Jordan a beaucoup d'amis.

– Bien. Je suis certain que sa gentillesse s'étend jusqu'à Ella, tout comme ma bonne volonté sur votre famille.

Mark se racle la gorge.

– Je n'ai aucun doute sur le fait qu'Ella va parfaitement s'intégrer au cercle d'amis de Jordan.

– Moi également, Carrington. Moi également. Vous pouvez aller retrouver votre famille, à présent.

Callum adresse à Mark un regard plein de dédain et se tourne ensuite vers moi.

– Les filles, pourquoi n'iriez-vous pas chercher les garçons pendant que je demande à Durand d'amener la voiture ?

– Euh, d'accord, je bégaye, mais alors qu'il commence à s'éloigner, l'envie de découvrir ce qu'il sait à mon propos est trop forte. Je lâche la main de Val et je lui cours après.

– Callum, attendez.

Il s'arrête.

– Quoi ?

– Pourquoi avez-vous dit ça ?

Il me lance un regard impatient.

– Je ne suis jamais le premier à être au courant de ce qui se passe. Je laissais ça à Maria. Mais je finis toujours par comprendre. Je sais par exemple que ta voiture n'était pas là pendant une semaine parce que quelqu'un l'a recouverte de miel. Et je sais que Reed et East se battent comme des malades le week-end. Et je sais que tu ne portes pas ça uniquement par esprit de corps pour l'école.

Il pose les doigts sur le maillot de Reed, tire un peu sur le tissu et, avec un sourire en coin, me pousse en direction du terrain.

–Va chercher nos garçons, ma chérie. On se retrouve à la maison. Ne sois pas trop en retard et reste bien avec tes frères.

Puis il s'arrête et soupire un bon coup.

– Bon, je me doute que ce ne sont pas tes frères, n'est-ce pas ?

Seigneur, j'espère bien que non. L'esprit troublé, je vais rejoindre Val.

– Est-ce que Callum vient de menacer oncle Mark ? me demande-t-elle, toute confuse.

– Je crois bien ?

– Est-ce que tu lui as parlé de ta voiture ?

Je secoue la tête.

– Non, ça me gênait trop. Reed s'en est occupé pour moi. Je viens juste de la récupérer.

– Il est clair que Callum est au courant de quelque chose.

– Sûr. Mais est-ce que tu crois que sa petite conversation avec ton oncle va changer quoi que ce soit ?

– Certaine. Oncle Mark va couper les vivres à Jordan. Si jamais il craint que ses affaires puissent pâtir de quelque chose qu'elle a fait, elle va passer un sale quart d'heure.

– Hmmm. On verra ça.

Je ne suis pas entièrement convaincue.

Val me serre la main.

– Je crois qu'il va falloir que tu te débrouilles toute seule pour perdre tes sous-vêtements après le cours de gym.

Je lui tire la langue.

– Qui te dit que j'en porte, de toute façon ?

Easton nous interrompt en souriant.

– Je vous en prie, dites-moi que vous allez vous embrasser toutes les deux !

Je lui réponds :

– Si c'était le cas, ce ne serait pas sûrement pas pour te faire plaisir.

– Oh, ça m'est égal. Je veux juste regarder. De préférence quand vous en serez à un truc un peu plus intime, et beaucoup moins sapées.

– Tu vas devoir attendre ta majorité pour voir ça, le taquine Val.

– Alors, je sais ce que je veux pour mon anniversaire. C'est en avril. Commencez à vous préparer. J'adore les costumes de femmes de chambre coquines.

– Halloween, c'est fini, frangin.

Reed lui lance ça en arrivant. Il se penche pour me faire un rapide baiser sur la joue.

– Quels sont vos plans ?

Easton remue impatiemment.

– Quoi qu'on décide, décidons-le vite. J'en ai ma claque de zoner ici.

Reed et moi échangeons des regards inquiets. Je rappelle à Easton :

– Tu viens à peine de jouer au football.

– Exactement. Je suis bourré d'adrénaline, j'ai besoin de la dépenser. Mes vices préférés sont le sexe, l'alcool et les médocs. Vous deux, vous ne voulez plus que je boive ou que je me défonce, il me reste donc le sexe.

Et il jette un regard appuyé à Val. Elle rit en levant la main,

– Je ne suis pas volontaire. Je ne pense pas que mon pauvre corps serait capable de supporter tes coups de boutoir. Allons te chercher quelqu'un. Je serai ton guide spirituel à travers les rives escarpées des baises lycéennes.

– Je m'en remets à toi.

Easton passe son bras autour des épaules de Val. Puis il nous lance :

– Vous deux, débrouillez-vous tout seuls.

Je hausse un sourcil.

– Un reste d'adrénaline ?

Reed me fait un clin d'œil.

– Il y a une part de vérité là-dedans.

– Je n'ai aucune envie d'aller à une fête.

Un sourire malicieux illumine son visage.

– Ouais ? J'ai quelques idées sur la façon dont nous pourrions fêter cette fin de match. Tu veux que je te les dise ?

Je lui rends son sourire.

– Je crois que j'aimerais bien.

Chapitre 27

REED

J'emmène Ella à la plage. Le truc que j'ai toujours aimé dans notre maison, c'est qu'elle est tout près de l'océan. La plage n'est pas grande, à peine plus qu'une bande de quinze mètres de long sur trois mètres de large, quand la marée n'avale pas le sable, d'un côté du moins pendant que de l'autre, des rochers forment une barrière naturelle entre la pelouse et le rivage.

Mais c'est notre plage, calme, paisible, et plus important encore, privée.

Je m'allonge sur une grosse couverture de laine, je pose un édredon dessus et je laisse tomber le reste de mes provisions.

– Assieds-toi, je vais faire un feu.

Elle ôte ses chaussures avant de s'asseoir. Je discerne ses ongles peints en noir avant qu'ils disparaissent sous ses jambes.

Il y a toujours des tas de bois flottés contre les rochers et, en un rien de temps j'ai fait un petit feu, suffisant pour nous éclairer et nous réchauffer.

Je ne veux pas que ma nana attrape froid.

– C'est étonnamment sexy de te regarder allumer le feu, lance-t-elle pendant que je sélectionne les morceaux de bois les plus secs.

Je me tourne vers elle en souriant.

– Les mecs manuels, ça excite les nanas. Tu aimes ça, que je fasse des trucs avec mes mains.

– Si j'étais une femme des cavernes, à tous les coups, je te traînerais jusqu'à ma tanière, confirme-t-elle.

– C'est comme ça que ça marchait à l'époque ? Les hommes faisaient du feu, les femmes se ramenaient et chacune assommait un type avec la plus grosse bûche du tas et faisait crac-crac avec lui ?

– Ouaip, mais on a laissé les hommes réécrire l'histoire à leur façon parce que leur misérable petit ego avait besoin d'être valorisé.

Je jette une autre bûche dans le feu pour qu'on reste bien au chaud et je la rejoins sur la couverture. Je soulève le duvet et je m'étends à ses côtés. Pendant un moment, nous regardons le feu et nous écoutons les crépitements du bois. Notre proximité est un véritable plaisir. L'océan est vaste, le ciel infini et Ella et moi sommes ensemble.

Enfin.

Ses pieds reposent entre mes cuisses vêtues d'un jean. J'ai passé mon bras dans son dos, et ma main sur son petit cul. J'aimerais bien qu'elle porte son uniforme pour pouvoir la glisser en dessous, pour n'y trouver rien d'autre que sa peau nue, sa chaleur et sa douceur.

– Merci de m'avoir fait récupérer mon boulot, finit-elle par dire.

– Pourquoi tu penses ça ?

Elle me lance un regard en coin.

– Qui d'autre aurait pu le faire ?

Je souris timidement.

– Je suis sérieuse, Reed. Merci.

J'ôte ma main baladeuse et je la glisse sous ma tête. Si elle veut qu'on parle, eh bien, on va parler. Je veux dire, ma bite est en train d'étouffer dans mon jean, mais tant pis, ça en vaut la peine si ça signifie qu'elle va rester là avec moi.

– C'était la moindre des choses. C'est ma faute si tu l'avais perdu.

– Non, vraiment, j'apprécie beaucoup ton geste.

Sa main me masse la cuisse.

Je ferme les yeux. Ce geste est censé être encourageant, j'en suis certain, mais quelques centimètres plus à gauche, ça me soulagerait un peu. Je prends deux profondes inspirations.

– Les trucs en classe sont moins pires qu'avant. Tu t'es occupé de ça aussi, non ? demande-t-elle.

Sa main est remontée et, à présent, elle promène son doigt le long de la couture de ma chemise à manches longues.

Est-ce qu'elle essaie de me rendre dingue ? Je tourne la tête pour la regarder, mais elle fixe la mer.

Je me remets sur le dos, je me concentre sur la recherche de la Grande Ourse, et pas sur l'envie que j'ai de la voir soulever ma chemise pour me caresser les abdos.

– Ce n'est pas assez, j'avoue. J'ai parlé à Wade et à deux ou trois autres types. Je leur ai dit que je voulais être mis au courant de tout ce qui se tramait, mais nous savons tous les deux que c'est Jordan qui est derrière ce merdier. Si c'était un mec, je l'aurais traîné sur le parking et je lui aurais cassé la gueule jusqu'à lui faire cracher ses dents.

– Quelle jolie image !

Je renifle.

– Tu préférerais peut-être que je l'emmène au centre commercial pour nous dégoter des bracelets d'amitié ?

– Je ne sais pas. Est-ce que la solution, c'est la violence ? Après tout, tu as cassé la figure à Daniel, j'ai aidé à l'humilier, mais il n'est pas parti pour autant. Il ne paraît même pas… honteux.

Son doigt baladeur est descendu plus bas, il se promène sur l'ourlet de ma chemise.

– C'est de la comédie. Il est très fort pour faire semblant que tout va bien, mais il a été viré de l'équipe de lacrosse, et sa campagne pour être élu président du bureau des étudiants l'année prochaine est foutue. (Je fronce les sourcils.) Mais ce n'est pas encore suffisant.

– C'est un début, au moins.

Ella se penche pour m'attraper par le bras, et ce contact tout à fait innocent allume le feu en moi. Mon épiderme est soudain plus brûlant que le feu, à un mètre cinquante de nous.

– À propos de Jordan, ton père a menacé le sien au match ce soir.

– C'est vrai ?

Je ne peux dissimuler ma surprise. Elle hoche la tête.

– Il lui a dit un truc du genre qu'il serait navré qu'il m'arrive quelque chose qui affecterait leurs relations professionnelles.

– Un bon point pour le vieux. Je ne savais pas qu'il en était capable. Ni même qu'il savait ce qui se passait à Astor.

– Je crois qu'il en sait plus qu'il ne le montre. Il a aussi sous-entendu qu'il était au courant pour toi et moi.

Je souris.

– Quoi, pour toi et moi ?

– Que peut-être le fait que je porte ton maillot signifiait quelque chose.

Je me sers de ses cheveux comme d'une excuse pour pouvoir la toucher en replaçant quelques mèches rebelles derrière son oreille.

– Je sais ce que ça signifie pour moi. Je voulais que tu me dises ce que ça signifie pour toi.

Elle m'attrape le poignet et dépose un baiser sur la paume de ma main. C'est comme si c'était une marque, sa marque de fabrique. Je voudrais pouvoir fermer le poing et y capturer sa bouche.

– Ça veut dire que les autres filles ont intérêt à laisser tomber. Tu es à moi.

Elle lève ses yeux brillants pour croiser mon regard.

– À toi maintenant.

Je dois encore reprendre ma respiration. Cette fois, parce que j'ai le cœur qui bat la chamade.

– Ça veut dire que tous les autres mecs doivent aller voir ailleurs. Tu es à moi. (Puis j'oublie la patience et je la serre dans mes bras.) Je veux résoudre tous tes problèmes. Je veux faire disparaître Jordan. Je veux effacer Brooke de nos vies. Je veux que tout soit parfait, brillant et beau pour toi.

– Depuis quand es-tu tellement romantique ? me taquine-t-elle.

– Depuis que je t'ai rencontrée.

Oh là là. Si certains de mes potes traînaient dans le coin en ce moment, ils se mettraient immédiatement à la recherche de mes couilles à travers tout l'État. Mais je m'en fiche. Je pense chaque mot que j'ai dit.

Ella prend ma tête entre ses mains.

– Tu sais, je n'ai pas besoin que tu fasses tout ça pour moi, murmure-t-elle à quelques centimètres de mes lèvres.

– Je ferais n'importe quoi pour toi. Dis-moi ce dont tu as besoin.

– Toi. Juste toi. Toi depuis toujours.

Elle m'embrasse. Elle presse doucement ses lèvres contre les miennes, comme pour sceller la promesse qu'elle m'a faite. Qu'elle est mienne et qu'elle l'a toujours été. Même avant notre rencontre, elle était mienne et moi j'étais à elle. J'ai trop longtemps combattu cette idée, mais à présent je rends les armes. Je suis à fond dedans.

Je lui rends son baiser, en la poussant sous la couverture pour pouvoir sentir son corps contre le mien. Au début, c'est innocent. Je ne lui arrache pas mon maillot, je ne fourre pas mes mains sous son pantalon, bien que j'en meure d'envie. Nous nous embrassons, voilà tout, jusqu'à ce qu'elle se mette à remuer sous moi.

Elle écarte les jambes et je m'installe entre elles, j'appuie mon sexe en érection contre sa douceur si accueillante. Sa main quitte ma tête et se met à farfouiller le bas de ma chemise. Je la retire aussi vite que je peux.

– Tu ne vas pas attraper froid ? me demande-t-elle, moitié ironique, moitié sérieuse.

– Je ne crois pas que j'aurais froid même s'il se mettait à neiger.

Et j'attrape sa main pour la poser sur ma poitrine. Je suis chaud comme la braise.

Ses doigts dessinent des cercles sur ma peau qu'elle explore méticuleusement. Je sais qu'elle n'est pas très expérimentée, mais je n'ai jamais été aussi excité, je n'ai jamais été si proche de la jouissance. Pas même la première fois. Je pourrais enlever sa main et arrêter ça en prétextant que je n'arrive presque plus à me contrôler, mais je meurs d'envie qu'elle me touche.

Je m'installe au-dessus d'elle en prenant appui sur mes coudes et je la laisse explorer. Ses doigts détaillent toutes mes côtes. Ses mains mesurent ma poitrine et je prends un plaisir digne d'un terrible macho à me rendre compte que je suis si grand, comparé à elle. Ses paumes glissent sur mes épaules et parcourent mon dos. Je me mets à trembler au-dessus d'elle, comme un animal sauvage prêt à s'élancer, je n'attends que son signal.

Merde. Cette fille me rend complètement dingue.

Elle se sert de mon corps comme appui et remonte, jusqu'à poser sa langue sur mon pouls qui bat, frénétique, dans mon cou.

C'en est trop. Je roule sur le dos, mon cœur bat à toute vitesse, exactement comme si je venais de courir un marathon.

– Qu'est-ce qui ne va pas ? demande-t-elle en se blottissant contre moi.

Je prends sa main dans la mienne.

– Parle-moi. Aide-moi à me calmer.

– Tu es sûr que tu ne veux pas que je t'aide autrement ?

Ça me fait rire.

– Plus tard. Pour l'instant, j'ai juste envie d'être allongé là et de jouir de ta présence à mes côtés.

– C'est toujours comme ça ?

– Comme quoi ?

Elle reste silencieuse un moment avant de dire :

– Comme si mon cœur allait exploser.

– On dirait que je te tue quand tu dis ça.

– J'en ai l'impression parfois. Parfois… ce que je ressens pour toi me fait peur.

Mes doigts serrent sa main plus fort.

– C'est pareil pour moi, je n'ai jamais ressenti ça avant.

– Même pas avec Abby ?

Je vois qu'elle regrette d'avoir posé la question. Je tourne la tête sur le côté afin de voir son visage.

– Pas même avec Abby. Tu veux vraiment parler d'elle ?

– Un peu (elle fait la grimace), mais ce n'est pas une obligation.

Je la serre plus fort pour qu'il n'y ait pas même l'épaisseur d'une feuille de papier à cigarette entre nous. Je n'aime pas parler d'Abby avec elle. Pas parce que j'ai des sentiments pour Abby mais parce que je n'avais pas de sentiments assez forts pour elle et que, du coup, je me sens coupable.

– J'ai commencé à sortir avec Abby après la mort de maman. Je n'avais jamais eu de petite copine sérieuse avant. Juste des coups occasionnels. Je n'étais pas comme East, mais je fricotais un peu à droite à gauche. J'ai perdu ma virginité avec une fille de terminale, à l'âge de quinze ans. Quand maman est morte, j'étais comme dément dans ma tête. Il s'est passé pas mal de trucs moches là-haut…

Je m'arrête un instant.

– … et j'ai bien peur que ça continue. Mais Abby est arrivée et elle m'a rappelé maman. J'ai cru qu'être avec elle, ça serait un peu comme si ma maman était revenue.

– Et ça a marché ?

– Seulement un temps. Mais ensuite, ma mère m'a un peu moins manqué. Je veux dire, elle me manquait toujours, mais Abby ne me convenait pas. Elle est trop calme. Trop… passive, je suppose.

Je me faisais vraiment chier avec elle, mais ça paraît très dur de dire ça, et je ne veux pas qu'Ella puisse se remettre à penser que je suis un salaud.

– J'ai rompu avec elle au moment de Noël. On pense que l'automne n'est pas le bon moment pour rompre ? C'est des conneries. Gid dit toujours qu'il ne faut pas rompre avec une fille avant le bal d'hiver ni avant les vacances. Mais c'est ce que j'ai fait, parce qu'attendre ne nous aurait fait aucun bien, ni à l'un ni à l'autre. Elle n'était pas heureuse. Elle a continué à me tourner autour même après que j'avais rompu, et plus elle me cherchait, plus je regrettais d'être sorti avec elle.

Ella se frotte la joue contre mon épaule.

– Pourquoi alors est-ce que tu sembles si coupable ?

– Parce que justement je me sens coupable.

– Eh bien, tu ne devrais pas. Tu n'es pas responsable d'elle. Du moment que tu as été honnête, que tu ne lui as pas fait de promesses que tu savais ne pas pouvoir tenir, son chagrin est quelque chose qu'elle va devoir gérer toute seule.

– Tu es la seule fille à qui j'ai fait des promesses, dis-je sur un ton bourru.

– Alors fais-m'en une, maintenant.

– Tout ce que tu voudras.

– Promets-moi que tu seras toujours franc avec moi. Que si jamais, un jour, tu regrettes d'être avec moi, tu me le diras.

Je la fais rouler sur le dos et je lui bloque les mains au-dessus de la tête.

– Voilà ce que je peux te promettre : je ne regretterai jamais ne serait-ce qu'une seconde passée avec toi.

Et je l'embrasse pour éviter toute récrimination. Ce n'est pas la promesse qu'elle m'a demandé de lui faire, mais c'est la seule possible parce que je ne serai jamais lassé d'elle.

Je la lâche. Je couvre de baisers l'ovale de son visage, puis son cou. Elle ne sait pas à quel point elle est belle, qu'à la simple vue de ses cheveux dorés, de ses yeux bleu profond et de son corps gracile, tous les mecs de l'école se mettent à bander comme des fous quand elle traverse les couloirs. Elle n'en a pas la moindre idée, parce qu'elle n'est pas comme les autres filles d'Astor. Elle n'est pas vaine, ni égoïste ni vaniteuse.

Elle est juste… Ella.

– Te voir porter mon maillot ce soir, c'était le truc le plus bandant que j'ai jamais vu.

– Ouais ?

– Oh ouais !

Ses doigts se mettent à bouger de façon plus impétueuse, plus vorace sur ma peau. Je glisse ma cuisse entre ses jambes et elle se frotte contre moi.

– Je veux m'occuper de toi. (Je roule sur elle.) Laisse-toi faire.

– Ici ? Maintenant ?

Elle est scandalisée mais intriguée, aussi.

– Il n'y a personne à des kilomètres à la ronde.

Je repousse le maillot et le débardeur qu'elle porte en dessous, jusqu'à ce que sa peau laiteuse soit totalement exposée. Je lèche son mamelon gonflé et elle s'arc-boute, ma caresse ne lui suffit pas.

En gloussant, je le prends dans ma bouche. Quand je passe ma langue sur son extrémité, elle se met à haleter. Sa main plonge dans mes cheveux et me tire un peu plus contre elle. Comme si j'avais besoin d'être encouragé. La marée pourrait monter, un ouragan pourrait se former, que ça ne m'arrêterait pas.

Je me glisse sous l'édredon et je baisse son pantalon.

– Tu es tellement belle, bébé. Tu es parfaite.

Ensuite, j'ai d'autres choses à faire avec ma bouche que de lui sortir des trucs qui ne lui rendent pas justice, de toute façon. À mes côtés, ses talons s'enfoncent dans le sable. Ses doigts agrippent mes épaules pendant que j'embrasse et titille sa vulve jusqu'à ce qu'elle grimpe au rideau et que je n'arrive plus à réfléchir. Je bande tellement que ça me fait mal. Mais je m'en fiche. Quand je suis avec Ella, il n'y a qu'elle qui compte. Ça m'excite tellement quand elle prend son pied.

Elle tremble, frissonne et répète mon nom, encore et encore. Je grimpe le long de son corps et je la serre fort dans mes bras jusqu'à ce que son rythme cardiaque se calme. Pendant ce temps, j'ordonne à mon propre corps de se calmer. C'est assez douloureux, mais mettre de côté son propre désir, c'est finalement facile lorsque votre copine est blottie dans vos bras.

– Il commence à faire froid. Tu veux rentrer ? me demande-t-elle à moitié endormie.

Pas vraiment. J'aimerais rester ici avec elle jusqu'au siècle suivant. À contrecœur, je me redresse.

– Bien sûr.

Je l'aide à se rhabiller tout en l'embrassant un millier de fois. Puis je ramasse nos couvertures, je les jette sur mon épaule et je la prends par la main.

– Reed.

– Quoi ?

– La nuit, tu me manques.

Ces mots me vont droit au cœur. Avant qu'elle parte, je dormais avec elle presque toutes les nuits. Je n'en avais jamais assez. Je lui serre la main bien trop fort avant de répondre.

– Toi aussi, tu me manques.

– Tu veux bien dormir avec moi ?

– Oui.

C'est un simple petit mot, mais voilà la réponse que je lui ferais, quoi qu'elle puisse me demander.

Chapitre 28

– Tu es dégueulasse, me dit Easton le lundi matin, alors que nous attendons qu'Ella arrive à l'école après la boulangerie.

Je m'essuie le visage avec le dos de la main.

– Quoi ? J'ai du sirop ?

Après l'entraînement, nous sommes passés à la cantine et je me suis enfilé une dizaine de pancakes.

– Non, répond-il, c'est le sourire, mon pote, tu as l'air heureux.

– Crétin !

Je m'avance pour lui balancer une bonne vieille manchette affectueuse sur l'arrière du crâne qu'il esquive avec agilité.

Nous découvrons Ella tous les deux en même temps et East court se cacher derrière elle en rigolant,

– Sauve-moi petite sœur, notre grand frère essaie de me faire du mal !

– Reed, attaque-toi à quelqu'un de ta taille ! lance-t-elle.

Je prends un moment pour me remplir d'elle, de tous ces petits morceaux d'elle que j'aime tant, depuis son sourire splendide jusqu'à sa queue-de-cheval qui se balance en arcs de cercle quand elle avance. La jupe plissée d'uniforme, le chemisier blanc à boutons, le blazer bleu que nous portons tous paraissent tellement sexy sur elle. Probablement parce que j'imagine ce qu'il y a en dessous.

– Tu as raison. East est un peu chétif. Je ne m'en prendrai plus à lui.

Quand elle s'approche, je tends le bras et je l'attire à moi. Assez près pour sentir les courroies du rabat de son sac à dos contre ma poitrine. Je me penche et je lui donne un long baiser torride, jusqu'à ce qu'East se mette à tousser derrière nous. Quand elle se détache, nos lèvres ont pris une teinte rose parfaite. J'ai envie de sécher, de l'entraîner jusqu'à ma voiture et de la faire devenir rose comme ça partout.

– Hé, mon petit gars, tu veux une sucrerie ? me demande-t-elle avec un sourire coquin.

Je réponds du tac au tac :

– Absolument. Où est la camionnette ? Je suis tout prêt à être kidnappé.

Et je fais semblant de chercher autour de moi.

– Pas dans une camionnette, mais ici.

Elle se retourne en secouant son sac à dos. Juste en haut du sac, je découvre une petite boîte blanche.

– Il y a un beignet pour chacun d'entre vous, dit-elle.

Easton m'arrache la boîte et il a déjà enfourné la moitié d'un beignet quand il me la rend. Il lève ses deux pouces vers le ciel. Alors que je dévore le mien, je vois les jumeaux qui traversent la pelouse en compagnie de

Lauren. Ils répondent à mon signe de main par un signe de tête.

– Il y en a un aussi pour toi, Lauren, lui dit Ella quand ils arrivent jusqu'à nous.

Lauren hoche la tête avec un sourire timide :

– Merci.

– Pas de problème.

Ella s'appuie contre moi pendant que je dévore le reste de mon beignet.

– Comment s'est passé l'entraînement ?

– Bien. Tout le monde est super-chaud pour le championnat d'État. Nous avons été éliminés en demi-finale l'an dernier. Un type de la prépa Saint Frances a assommé Wade, et les toubibs ne l'ont pas laissé revenir sur le terrain. Notre remplaçant serait incapable de toucher la cible même avec un flingue sur la tempe.

Ella renifle.

– Je suppose que tu n'en as rien à faire de gagner, hein ?

– Nan, rien du tout, je rigole. Tous les deux nous savons très bien que j'aime bien gagner, entre autres choses.

Soudain, des cris en haut des marches de l'école attirent mon attention.

Ella plisse les yeux,

– Qu'est-ce qui se passe ?

– Probablement un chahut à cause des éliminatoires. Il va y en avoir plein dans les semaines à venir. Mets-toi au parfum ! la prévient Easton.

Ella lui lance un « Waouh ! » bien peu enthousiaste. On va réussir à faire d'elle une fan.

– Le truc bien pendant les quatre semaines d'éliminatoires, c'est que certains jours, tu ne seras pas obligée de porter ton uniforme, la prévient Lauren, comme pendant les jours bleus. Les jours dorés. Les jours des Cheveux fous.

– Et le jour du pyjama, renchérit Easton en faisant gigoter ses sourcils de haut en bas.

Wade et Hunter se joignent à nous.

– Pourquoi est-ce que vous vous marrez ? demande Wade à East.

– À cause du jour du pyjama.

– C'est le putain de meilleur jour de l'année.

East et Wade échangent un high five.

– Tu te souviens de Ashley M. ? demande mon frère. Elle portait une robe rose…

– … de Baby Doll, termine Wade. Je m'en souviens. Je bandais chaque fois que je voyais du rose, après.

Il se tourne ensuite vers Ella et lui demande :

– Qu'est-ce que tu vas porter ?

– Une robe longue couleur prairie et des culottes de grand-mère, lui répond-elle, exaspérée. Et toi ? Je suppose que vous les garçons, vous vous baladez en boxer ?

Wade est tout à fait partant.

– Ma vieille, si c'était autorisé, je passerais la journée à poil. Les couilles à l'air 24 heures sur 24, sept jours par semaine. C'est mon rêve.

Avant qu'East ou moi puissions hurler que nous n'avons aucune envie de voir les couilles et la saucisse de Wade en classe, les cris et les murmures aux portes de l'école augmentent.

Hunter, le sempiternel et toujours muet compagnon de Wade, s'éclipse pour aller voir. Nous le suivons, parce que les cours vont commencer.

Le bruit n'est pas forcément étonnant, mais la foule d'étudiants massés là, si. Seuls les matchs de foot drainent un tel nombre d'étudiants.

J'échange un regard circonspect avec East et Wade. Comme un seul homme, nous accélérons le pas. Ella a sa main dans mon dos, je l'attrape par-derrière et je la serre. Je ne veux pas la perdre. Ça sent l'embrouille.

Le spectacle qui nous attend est franchement moche. Scotchée au mur extérieur en brique de l'entrée principale, il y a une fille quasiment nue. Elle a la tête penchée et, même à cette distance, je peux voir qu'une partie de ses cheveux a été coupée sur sa nuque. Ses bras et ses jambes sont écartés et elle ne semble tenir debout qu'à cause du ruban adhésif. Une putain de tonne de scotch. Ça l'entoure en passant par la poitrine et le long des cuisses, en soulignant les parties de son corps juste couvertes par son soutien-gorge et sa culotte.

J'en ai l'estomac noué.

– Seigneur, mais qu'est-ce qui déconne chez vous ? hurle Ella.

Avant que je puisse réagir, elle se met à courir en laissant tomber son sac et en enlevant son blazer. La fille est trop haute pour qu'Ella puisse la couvrir complètement, malgré tout elle essaie de le faire.

Je rattrape Ella en même temps qu'Hunter, et nous commençons à décoller le scotch pendant qu'elle soulève son blazer. À côté de moi, je vois Hunter sortir un couteau de sa botte. Il se met à couper et moi à arracher.

Il y a tellement d'adhésif que cela nous prend cinq bonnes minutes pour descendre la fille. East me tend une veste et j'essaie de la mettre sur les épaules à la fille. Elle se débat en pleurant tellement fort que j'ai peur qu'elle se mette à vomir. Ou qu'elle s'évanouisse.

Ella me prend la veste. Elle la calme.

– Ça va aller. Voilà. Enfile ça. Comment tu t'appelles ? Tu peux me dire le numéro de ton casier de gym ? Tu as des vêtements dedans ?

La fille ne peut pas, ou ne veut pas répondre. Elle continue à sangloter. Je serre les poings. Je suis consterné. J'ai envie de tuer quelqu'un.

Un des jumeaux lance :

– Attendez, j'ai des fringues dans la bagnole.

Deux vestes supplémentaires sont jetées sur nous pour qu'Ella puisse couvrir la fille.

– Lauren, viens ici, ordonne Ella.

Lauren se dépêche, elle s'accroupit. Avec précaution, Ella passe la fille blessée de ses bras à ceux de Lauren. Une fois le transfert effectué, Ella se relève et se met à dévisager les étudiants autour d'elle.

– Qui a fait ça ? gronde-t-elle à la foule. Quelqu'un a bien dû voir quelque chose. Qui est-ce ?

Personne ne répond.

– Je jure devant Dieu que si personne ne répond, je vous tiendrai tous pour responsables.

– Je trouverai, Ella, murmure Wade. Je suis capable de trouver n'importe quoi.

– C'est Jordan, dis-je froidement. Ça pue Jordan.

– C'était Jordan, s'étrangle la fille. Elle…

Sa voix est trop faible pour que je puisse comprendre la suite. Ella se penche vers elle et écoute attentivement. Quand elle se relève, on lit la fureur dans ses yeux.

Cette fois-ci, c'est moi qui m'adresse à la foule.

– Jordan Carrington. Où est-elle ?

– À l'intérieur, hurle quelqu'un.

Une autre voix poursuit.

– Je l'ai vue se diriger vers son casier.

Ella n'attend pas une seconde de plus. Elle fait demi-tour et ouvre violemment une porte. Easton et moi la suivons de près, pendant que les jumeaux restent avec Lauren.

Lorsque nous atteignons le couloir dans lequel se trouvent les casiers des terminales, Ella court déjà. Elle s'immobilise un bref instant lorsque nous découvrons Jordan en train de ricaner avec les Pastel et de prendre des selfies devant les rangées de casiers.

En voyant Ella approcher, Jordan baisse lentement son téléphone.

– Pourquoi une telle hâte, princesse ? Tu ne peux pas attendre avant de te faire enfiler par un des Royal ?

Au lieu de lui répondre, Ella, rapide comme l'éclair, attrape Jordan par les cheveux et l'envoie valdinguer contre les casiers. Le téléphone vole au loin. Les Pastel reculent.

Gastonburg rapplique en entendant le cri perçant de Jordan, mais je lui montre les dents et il fout le camp.

Quel lâche !

Ella n'en a pas terminé. Elle donne un coup de coude dans le nez de Jordan. Vlan ! Le sang jaillit.

East tressaille.

– Merde ! Ça a dû faire mal.

– C'est certain.

En se libérant de la poigne d'Ella, Jordan se met à pleurer. Je me rends compte que ça n'est pas pour rien lorsqu'Ella secoue ses doigts. Une touffe de cheveux noirs tombe de sa main. Ouais. Ça, c'est ma nana.

Toutes griffes dehors, Jordan se jette en avant et plante ses ongles dans la figure d'Ella. East réagit tout de suite pour aller lui porter secours, mais je le retiens.

– Elle se débrouille très bien toute seule, je murmure.

Moi aussi j'aimerais l'aider, mais je sais que c'est le combat d'Ella. Si elle dégomme Jordan, non, quand elle va le faire, plus personne dans cette école ne s'attaquera à elle. Plus personne ne lui parlera mal. Ils auront tous la trouille. Et c'est ce que je veux pour elle. Elle en aura besoin quand je serai parti, l'an prochain.

Comme Ella se jette en avant, l'autre fille plus âgée recule, trébuche et perd l'équilibre. Ella saute à califourchon sur Jordan. Elle lui attrape les mains et les bloque au-dessus de sa tête.

– Qu'est-ce qu'elle t'a fait ? Elle t'a mal regardée ? Elle portait la mauvaise marque de vêtements ? Quoi ?

– Elle existe, c'est tout, crache Jordan en se débattant. Descends, laisse-moi, espèce de sale peau de vache.

Ella me lance un regard.

– Tu aurais une corde, par hasard ?

Il y a du sang sur son visage. Un peu de ce sang doit appartenir à Jordan et un peu à elle. Jamais elle n'a été aussi bandante.

– Non, sers-toi de ma chemise.

Je l'enlève et la lui tends. Elle la regarde, puis me regarde d'un air indécis.

– Je peux t'aider ? je lui demande doucement.

Elle hoche la tête, alors je roule ma chemise de façon à en faire une corde et j'attache les poignets de Jordan.

– Qu'est-ce que tu fais ? Arrête ça ! C'est du harcèlement ! crie Jordan en se débattant. Enlevez-moi ce tas d'ordures.

Une des Pastel s'avance. Je lui fais non de la tête pendant qu'Easton fait un pas vers elle, d'un air menaçant. Le petit show de résistance se termine immédiatement. Ella se relève et teste les nœuds. Je lui rappelle que je sais faire des nœuds. J'ai grandi sur un yacht.

– Laisse-moi partir ! crie Jordan. Mon père va te faire arrêter, salope !

Ella commence à avancer dans le couloir en traînant Jordan derrière elle.

– Bon. J'attends avec impatience les témoignages des trois cents mômes sur ce que nous avons trouvé dehors ce matin.

– Qu'est-ce que ça peut te faire ? Je t'ai laissée tranquille, comme me l'a demandé ton partenaire sexuel.

Jordan tire sur le tissu, mais Ella la tient fermement.

– Ça me concerne, parce que tu es une sale gosse de riche, pourrie gâtée, qui croit qu'elle peut sourire d'un côté et vomir son poison de l'autre. Mais tu n'es pas intouchable. Aujourd'hui, tu vas devoir faire face aux conséquences de ta méchanceté.

Et Ella avance vers la porte, implacable, en tirant Jordan derrière elle. Nous les suivons.

– Je n'arrive pas à croire que vous la laissiez faire, les gars !

Jordan se tortille comme si East et moi avions le moindre intérêt à la sauver.

– Elle n'est rien. C'est une ordure.

Ella lui ordonne alors.

– Ne leur adresse pas la parole. Tu n'existes pas pour eux.

Mon frangin sourit comme un fou.

– J'adore cette nana, dit-il à voix basse.

Moi aussi.

Ella la vengeresse est splendide. Elle se battra corps et âme pour obtenir ce qu'elle veut. Le truc, c'est de rester ce qu'elle veut. Parce qu'elle te laissera tomber comme une vieille chaussette si elle pense que tu n'en vaux pas la peine.

Quelques profs sortent la tête de leur classe, mais sur un signe de nous, ils disparaissent aussitôt. Les membres du corps enseignant savent qui commande dans ce zoo, et ce n'est clairement pas eux. Plus d'un élève a fait virer un prof à cause d'une interprétation erronée.

– Et maintenant ? Tu vas montrer à tout le monde que tu es plus forte que moi ? Et alors ? éructe Jordan.

Une fois à l'entrée, je me place d'un côté, Easton de l'autre. D'un seul coup, nous ouvrons les portes en grand et le bruit attire l'attention de la foule.

Ella tire Jordan dehors et s'arrête. Du ruban adhésif pend encore du mur, comme un drapeau obscène. Ella en arrache un bout et le colle sur la bouche de Jordan.

– J'en ai vraiment marre d'entendre tes conneries !

L'expression choquée de Jordan est tout à fait risible. Mais quand mon regard tombe sur sa souffre-douleur, toujours blottie dans les bras de Lauren, je n'ai plus envie de rire.

Ella pousse Jordan sur la pelouse. Un murmure collectif se fait entendre dans la cour. La fille qui avait été scotchée à la façade est assise, sous un tas de manteaux, le bras de Lauren autour de ses épaules et quelques filles qui la réconfortent. Les jumeaux, aux côtés de Wade, Hunter et la moitié de l'équipe de football s'attardent sur les marches, ils se demandent avec qui ils pourraient bien se battre, déçus de ne pas avoir de cible.

Je comprends complètement ce qu'ils ressentent, mais comme je l'ai fait comprendre à East, c'est le show d'Ella, et j'interdirai quiconque de l'empêcher de le terminer à son idée.

– Regarde-la. (Ella arrache le bâillon de fortune et attrape Jordan par les cheveux.) Dis-lui en face pourquoi elle a mérité ce que tu lui as fait subir. Explique-le, à nous tous.

– Je n'ai pas à te répondre, lance Jordan d'une voix moins assurée qu'à l'intérieur.

– Dis-nous pour quelle raison on ne devrait pas te foutre à poil et te coller au mur, gronde Ella. Dis-le-nous.

– Elle croyait que je flirtais avec Scott, répond la fille en pleurant. Mais ce n'est pas vrai. Je le jure. J'ai trébuché, il m'a retenue et je l'ai remercié. C'est tout.

– C'est tout ? (Ella se tourne vers Jordan et la dévisage d'un air incrédule.) Tu as humilié cette pauvre fille parce que tu croyais qu'elle flirtait avec ton petit copain à la noix ?

Elle secoue Jordan, pleine de rage.

– C'est tout ?

Jordan recule sous l'emprise d'Ella, mais Ella ne s'arrête pas pour autant. Je crois bien que l'apocalypse pourrait arriver avant qu'elle la lâche.

Elle tourne autour de Jordan et la force à regarder le reste des étudiants.

Les bras d'Ella tremblent sous l'effort et je me rends compte qu'elle n'a plus beaucoup de force. Tirer Jordan qui se débattait sur toute la longueur du couloir n'a pas dû être facile, même avec moi et East qui lui avons servi d'escorte.

– Elle ne va pas y arriver, murmure Easton.

– Si.

Je m'avance et je place mon corps derrière le sien. Comme ça, elle peut s'appuyer contre moi si elle en a besoin. Je suis là pour la soutenir. Je sens la présence de mes frères à mes côtés. Nous sommes tous derrière elle.

Les mains d'Ella tremblent. Elle serre les genoux pour ne pas tomber, mais sa voix est claire et forte.

– Vous avez tous tellement de chance, et au lieu d'apprécier cela, vous traitez les autres comme de la merde ! Vos petits jeux sont répugnants. Votre silence craint, à mort. Vous êtes tous des lâches, veules et pathétiques. Peut-être que personne ne vous a jamais dit à quel point vous êtes minables en agissant ainsi. Peut-être que vous êtes tous tellement blasés par tout votre fric que vous ne voyez même pas combien c'est moche. Mais c'est terrible. C'est pire que terrible. Si je dois rester dans cette école jusqu'à mon diplôme, cette merde va cesser. S'il le faut, je vous prendrai l'un après l'autre et je vous collerai le cul au mur de l'école.

– Toi avec quelle armée ? s'écrie une voix pas très maligne dans la foule.

Easton et moi nous nous précipitons en même temps, mais je repousse mon frère.

– Je m'en charge.

La foule s'écarte, et le petit malin à la grande gueule reste seul face à moi. Je prends mon élan et je lui balance un coup de poing au menton. Il tombe en arrière comme une pierre. Putain, ça fait du bien.

Je souris à la foule en demandant.

– À qui le tour ?

Et tous ces lâches se détournent en silence. Je me frotte les mains et je vais rejoindre ma nana et mes frangins. Wade me lance un tee-shirt que j'enfile rapidement.

– La toute fin, c'était bien joué, murmure Ella.

– Merci. Je l'ai gardée pour la bonne bouche. (Je prends sa main contusionnée dans la mienne.) La famille qui reste ensemble se bat ensemble.

– C'est ça la devise des Royal ? Je pensais que c'était autre chose.

L'adrénaline s'est dissipée, je sens qu'elle tremble. Je la serre contre moi, la tête sous mon menton, blottie dans mes bras.

– Peut-être avant que tu arrives, mais à présent, je pense que c'est ça.

– Ce n'est pas une mauvaise devise.

Avec un air timide, elle regarde la foule qui se disperse, les restes de ruban adhésif sur les marches et les gouttes de sang sur la pierre.

– Bon. Est-ce que c'est maintenant notre premier rencard ?

– Certainement pas. Notre premier rencard, c'était… (J'hésite.) Quand est-ce que c'était ?

– Tu ne m'as jamais invitée à sortir avec toi, idiot.

Elle me frappe, ou du moins elle essaie. On dirait le frôlement d'un moineau, vu que ses bras sont complètement flagada.

– Merde. Je crois bien que tu as raison.

– Ne t'en fais pas pour ça. Je ne suis jamais sortie avec un garçon. D'ailleurs, est-ce que ça se fait encore ?

Je souris, parce que finalement, je peux faire quelque chose pour elle.

– Oh bébé, tu as encore plein de trucs à apprendre.

*

* *

Les nouvelles de la matinée arrivent très vite aux oreilles du directeur. J'ai à peine le temps de poser mes fesses sur ma chaise en cours que le prof me demande d'aller au bureau de monsieur Beringer. En arrivant, je me rends compte qu'Ella et Jordan ont également été convoqués, ainsi que tous les parents. Merde. Ça va mal se passer.

Le bureau est plein. Ella et moi nous nous asseyons d'un côté, avec mon père derrière nous. Une Jordan raide comme la justice est assise à côté de moi. Je peux sentir ses vibrations internes, entre peur et rage.

La victime de Jordan, une première année qui s'appelle Rose Allyn, est assise à l'autre extrémité de la pièce. Sa mère n'arrête pas de se plaindre, sous prétexte qu'elle est en train de rater un rendez-vous important. Quand Beringer finit par apparaître en poussant violemment la porte, Ella sursaute à cause du bruit. Mon père et moi posons une main sur elle pour la calmer, lui sur son épaule et moi sur son genou. Nos regards se croisent et, pour une fois, je lis de l'approbation dans le sien. Quoi que Beringer décide de faire, mon père s'en fichera. Ce qui compte pour lui, c'est que j'ai défendu la famille, que je n'ai pas agi en connard égoïste comme je le fais généralement.

Beringer s'éclaircit la voix, et nous nous tournons tous vers lui. Dans son costard à mille dollars, il ne dépareillerait pas dans le conseil d'administration de papa. Les bras croisés, je me demande s'il s'est payé ce costard sur-mesure avec le fric que papa lui a donné quand j'ai dérouillé Daniel, et ce qu'il va bien pouvoir s'acheter avec les pots-de-vin qu'il va empocher après notre réunion d'aujourd'hui.

– La violence n'est jamais une bonne réponse, commence-t-il. Une société civilisée se définit par un discours réfléchi, pas à coups de poing.

– Je croyais que la citation, c'était qu'une société armée est une société policée, lui répond sèchement mon père.

Ella se retient de rire en posant sa main sur sa bouche.

Beringer nous dévisage.

– Je commence à comprendre pourquoi les Royal ont bien du mal à s'entendre avec leurs camarades de classe.

Ella se redresse, indignée.

– Attendez une minute. Aucun des Royal n'a scotché quelqu'un au mur.

– Enfin, pas cette année, je murmure.

Papa me tape légèrement sur le sommet du crâne pendant qu'Ella me lance un regard furibard.

Je chuchote :

– Quoi ? Tu crois qu'il suffit que je demande à ces connards de se mettre en rang pour qu'ils le fassent ?

– Monsieur Royal, puis-je avoir votre attention ? s'écrie Beringer avant qu'Ella ait le temps de répondre.

J'étends mes jambes et je passe un bras derrière le dossier de la chaise d'Ella,

– Désolé, je lui réponds sans le moindre remords, j'étais en train d'expliquer à Ella qu'Astor ne tolère absolument pas qu'on scotche une fille à moitié nue devant l'école. Elle a cette idée étrange que ça ne pourrait pas arriver à l'école publique.

– Callum, il faut que vous contrôliez mieux votre fils, ordonne Beringer.

Mon père n'accepte pas du tout ce discours.

– Je ne serais pas ici si l'école appliquait ses propres règles.

– Je suis d'accord. Vous avez interrompu une vente immobilière à sept chiffres parce que vous n'êtes pas capable de vous occuper de ces enfants, poursuit la mère de Rose. Nous vous payons pourquoi ?

Ella et moi nous échangeons un regard amusé en voyant Beringer devenir tout rouge.

– Ce ne sont pas des adolescents. Ce sont des animaux sauvages. Regardez le nombre de bagarres dans lesquelles Reed a été impliqué.

– Je ne vais pas m'excuser d'avoir défendu ma famille, dis-je d'une voix lasse. Je ferai tout ce qui sera nécessaire pour m'assurer de ma sécurité et de celle des miens.

Même Mark, le père de Jordan, commence à s'impatienter.

– Les injures ne servent pas à grand-chose. Il est clair que les étudiants ont eu un désaccord et ont réglé la chose entre eux.

Ella sursaute.

– Un désaccord ? Ce n'est pas un désaccord ! C'est un…

– Ça s'appelle grandir, Ella, l'interrompt Jordan. Je te suggère d'essayer. Et je t'en prie, n'essaie pas de me raconter que si une fille lorgnait ton mec, tu ne lui en ferais pas passer l'envie.

– Je ne la ficellerais pas avec du scotch, rétorque Ella.

– Tu te contenterais de lui éclater la figure dans son casier ? C'est tellement mieux ? renifle Jordan.

– N'essaie pas de nous comparer. Nous n'avons rien en commun.

– Là, tu as raison ! Toi, tu viens du caniveau…

– Jordan ! gronde Mark. Ça suffit !

Il jette un regard inquiet à papa, qui jusque-là était resté impassible. Il s'est mis à froncer profondément les sourcils. Mark appuie fortement sur l'épaule de sa fille, comme pour la forcer à rester assise ou, peut-être, pour lui rappeler qui est le chef.

– Nous sommes tous navrés qu'un événement se soit produit qui n'a rien à voir avec le code de bonne conduite de l'école préparatoire Astor. Les Carrington sont prêts à arranger les choses pour tout le monde.

Beringer bafouille un tissu de conneries comme quoi nous devrions tous être punis, mais comme personne ne répond rien, il renifle.

– Bon, tout le monde peut partir.

– Enfin, s'écrie la mère de Rose.

Elle se précipite dehors sans même un regard pour sa fille. Après un petit moment de silence, Ella se dirige vers Rose et, en lui posant doucement la main sur l'épaule, elle lui propose.

– Viens Rose. Je vais t'accompagner à ton casier.

Rose lui répond par un sourire timide, mais elle la suit.

– Votre pupille vous a beaucoup fait changer, dit sèchement Mark Carrington.

Papa et moi nous nous lançons un regard rempli de fierté. C'est moi qui réponds, alors que Mark Carrington s'adressait sûrement à mon père.

– Je l'espère bien.

Puis je me lève et je lui lance bien en face :

– C'est la meilleure chose qui soit arrivée aux Royal depuis bien longtemps.

Chapitre 29

ELLA

– Cet endroit est bien trop chic, je glisse à Reed.

Nous sommes jeudi soir. Il a insisté pour m'inviter, mais quand il a prononcé le mot « dîner », je ne m'attendais pas à un restaurant aussi extravagant. Ma robe noire est bien trop simple, comparée aux robes de cocktail autour de moi. Je ne suis pas assez habillée.

Il serre ma main plus fort et me traîne pratiquement jusqu'au maître d'hôtel.

– Tu es canon, voilà tout ce qu'il répond.

Puis il explique à l'hôtesse d'accueil que nous avons réservé, au nom de Royal, une table pour deux. Elle nous guide à travers les tables dissimulées derrière de grandes jardinières de fougères arborescentes. Il y a une fontaine au milieu de la pièce, avec des jets d'eau et ce qui ressemble à une cascade derrière le bar. C'est le restaurant le plus chic dans lequel je suis entrée de toute ma vie.

Reed me tient ma chaise, puis s'installe en face de moi. Un serveur arrive avec les cartes des menus recouvertes de cuir et une carte des vins que Reed repousse.

– De l'eau, ce sera parfait, dit-il au garçon, et je lui en suis reconnaissante. Je n'aime pas le goût du vin.

En parcourant mon menu, je suis surprise de voir qu'il n'y a aucun prix. Merde. Ce n'est jamais bon signe. Ça signifie que le moindre plat coûte sans doute plus que les frais de scolarité de la plupart des étudiants. Je bougonne.

– On aurait dû se contenter d'aller au petit restau de fruits de mer.

– Pour notre premier rendez-vous ? Pas question…

Je regrette soudain de lui avoir avoué que je n'étais jamais sortie avec un garçon. J'aurais dû me douter qu'il allait en faire trop. Ce mec ne fait jamais rien à moitié.

– Pourquoi est-ce si important pour toi que j'aie un vrai premier rendez-vous amoureux ? je demande en soupirant.

– Parce que tu as des souvenirs merdiques me concernant et que je veux les remplacer par des trucs chouettes, dit-il tout simplement.

Et là, je me mets à fondre, comme la cire qui coule le long des fines bougies blanches au centre de la table.

Le serveur revient avec de l'eau, nous sautons les entrées pour commander directement le plat principal, puis nous restons là, à nous regarder sans rien dire. C'est un peu surréaliste de sortir dîner avec Reed Royal. Quand j'ai parlé à Val de nos plans pour ce soir, elle m'a gentiment taquinée en disant que je faisais tout à l'envers. Je suppose que la première sortie est censée avoir lieu avant tout le reste, mais ma vie n'a jamais été traditionnelle, alors pourquoi commencer maintenant ?

– Tu as eu des nouvelles de Rose ? me demande-t-il.

Je secoue la tête. La pauvre Rose n'est pas revenue à l'école depuis que Jordan l'a torturée et humiliée.

– Non, personne ne m'a adressé la parole en dehors de Val. Je crois qu'ils ont tous peur de moi.

– Tu aurais dû poser la question. Quelqu'un est peut-être au courant.

– Je voulais l'appeler, mais je me suis dit qu'elle avait peut-être simplement envie d'oublier l'existence d'Astor.

– Je pense vraiment que tu devrais l'appeler, m'encourage Reed.

– J'ai l'impression que nous menons toujours un combat difficile, dis-je d'une voix triste. Bon, d'accord, les gens ont arrêté d'agir comme des psychopathes en classe, mais tout le reste déconne encore.

Une profonde ride se creuse entre ses yeux.

– Pas nous.

– Pas toi et moi, mais…

– Mais quoi ?

Je pousse un profond soupir,

– Brooke et Dinah reviennent la semaine prochaine.

Son expression s'assombrit.

– Tu veux vraiment gâcher ton premier rencard en parlant de ces deux-là ?

– Il faudra bien qu'on en parle. Qu'est-ce qu'on va faire à propos d'elles ? Le chantage de Dinah sur Gideon. Le mariage de Brooke avec ton père et le fait qu'elle porte son enfant.

Inquiète, je me mords la lèvre inférieure.

– Je ne crois pas qu'elles partiront un jour, Reed.

– Nous les forcerons à partir, dit-il avec conviction.

– Comment ?

– Je… n'en ai pas la moindre idée.

J'enfonce mes dents plus profondément dans ma lèvre.

– Je n'ai pas de solution au sujet de Dinah, mais j'ai peut-être une idée pour Brooke.

Il me lance un regard soupçonneux.

– Quel genre de solution ?

– Tu te rappelles le jour où tu nous as entendues discuter dans la cuisine ? Je lui ai demandé à quel jeu elle jouait, ce qu'elle voulait réellement, et elle a répondu le fric. (Je m'avance en prenant appui sur mes coudes.) C'est la seule chose qu'elle veut, le fric. Donnons-lui.

– Crois-moi, j'ai déjà essayé. Je lui ai proposé du cash. (Il fait un léger bruit d'écœurement.) Mais elle veut tout, Ella. Toute la fortune des Royal.

– Et la fortune des O'Halloran ?

Il a le souffle coupé. Puis il plisse les yeux.

– N'y pense même pas, bébé.

J'argumente.

– Pourquoi pas ? Je te l'ai déjà dit, je ne veux pas de l'argent de Steve. Je ne veux pas du quart d'Atlantic Aviation.

Il répond, incrédule.

– Et tu veux que ce soit Brooke qui l'ait ? Nous parlons bien de centaines de millions de dollars.

Il a raison, c'est une somme d'argent délirante. Mais pour moi, l'héritage de Steve n'a jamais semblé réel. La paperasse n'est toujours pas terminée, et il y a encore une série de trucs légaux à régler, alors jusqu'à ce que quelqu'un me tende un chèque rempli de tous ces zéros, je ne me considère pas comme étant riche. Je ne veux pas être riche. Tout ce que j'ai toujours désiré, c'était de mener une vie normale, sans être obligée de me désaper devant des étrangers. Je lui réponds :

– Si ça nous permet de nous en débarrasser, je me fiche qu'elle récupère l'argent.

– Eh bien moi, je ne m'en fiche pas. Steve t'a laissé cet argent à toi, pas à Brooke.

À son expression, je comprends qu'il est hors de question que j'argumente avec lui.

– Tu ne lui donneras pas un centime, Ella. Je suis sérieux. Je vais arranger les choses, ok ?

Je le défie à nouveau.

– Comment ?

Et une fois encore, il prend un air frustré.

– Je trouverai. Mais jusque-là, je ne veux pas que tu fasses quoi que ce soit sans m'en parler d'abord.

Je cède.

– Très bien.

Il se penche sur la table et glisse ses doigts autour des miens.

– Ne parlons plus de ça, dit-il fermement. Terminons notre repas et faisons comme si, juste pour une nuit, Brooke Davidson n'existait pas. Ça te va ?

Je lui serre la main.

– Ça me va complètement.

Et c'est ce que nous faisons… pendant environ dix minutes. Mais ma peur d'être toujours en train de me battre se transforme en mauvais présage lorsque le serveur nous apporte le dessert que nous avons décidé de partager, un gâteau à la mousse au chocolat. Un visage familier passe devant notre table. Reed a la tête baissée parce qu'il est en train de planter sa fourchette dans un morceau de gâteau, mais il la relève brusquement quand je souffle :

– C'est Daniel.

Nous tournons tous les deux la tête vers la table où Daniel Delacorte et son rencard sont installés. Je ne connais pas la fille qui l'accompagne, mais elle a l'air bien jeune. Une première année, sans doute.

– Il les prend au berceau, maintenant ? murmure Reed.

– Tu connais cette fille ?

– C'est Cassidy Winston. La petite sœur d'un de mes coéquipiers. (Il pince les lèvres.) Elle a quinze ans.

Ça m'inquiète. Elle a seulement quinze ans… et elle dîne avec un salaud qui aime droguer les filles. Je lance un second coup d'œil à travers la pièce. Daniel et Cassidy se sont assis, elle le regarde comme s'il lui avait décroché la lune et les étoiles. Ses joues sont roses d'émotion, ce qui la fait paraître encore plus jeune.

– Pourquoi sort-il avec des mômes de première année ?

Je repousse l'assiette à dessert devant Reed.

Ça m'a coupé l'appétit. À lui aussi, apparemment, parce qu'il n'y touche plus.

– Parce que personne dans notre année ne voudra le côtoyer, répond Reed d'un air mécontent. Toutes les nanas plus âgées savent ce qu'il t'a fait. Et après la soirée chez les Worthington, Savannah a fait en sorte que tout le monde apprenne qu'il a fait subir la même chose à sa cousine.

– Tu crois que Cassidy est au courant ?

Reed secoue la tête sans hésiter.

– Elle ne serait pas ici si elle savait. Et je ne crois pas qu'elle ait dit à sa famille avec qui elle sortait ce soir, parce que, crois-moi, Chuck aurait cassé la gueule de Delacorte s'il avait appris que ce pervers draguait sa sœur.

Mon regard se pose à nouveau sur la jolie étudiante de première année. Elle glousse à cause de quelque chose que Daniel vient de dire. Puis elle attrape son verre et avale délicatement une gorgée. Un éclair d'anxiété se déclenche en moi.

– Et s'il avait versé un truc dans son verre ? je murmure à l'oreille de Reed.

Mon pouls s'accélère.

– Je ne pense pas qu'il soit assez stupide pour droguer une fille dans un endroit comme ici, me rassure Reed.

– Non il n'est pas stupide, il est désespéré. (Mon pouls accélère encore.) Ni les juniors ni les seniors ne veulent plus avoir affaire à lui, il en est réduit à sortir avec des premières années. Il devient vraiment désespéré.

Je ramasse ma serviette sur mes genoux et je la jette sur la nappe.

– Il faut que quelqu'un la prévienne. Je vais aller lui parler.

– Non.

– Reed…

– Laisse-moi faire, termine-t-il.

J'ouvre de grands yeux.

– Tu vas vraiment aller les voir ?

Il est déjà en train de repousser sa chaise.

– Bien sûr. Je ne vais pas le laisser faire du mal à quelqu'un d'autre, bébé. (Il se lève.) Attends-moi ici, je m'en occupe.

Moi aussi, je me lève.

– Je viens avec toi. Je sais comment tu t'occupes des choses, et il est hors de question que je te laisse faire une scène dans un restaurant aussi chic.

– Qui t'a dit que j'allais faire une scène ? proteste-t-il.

– Est-ce que je dois te rappeler ce qui s'est passé à l'école lundi ?

– Dois-je te rappeler que c'est toi qui as commencé en traînant Jordan par les cheveux ?

Il marque un point. Nous nous sourions, mais notre sens de l'humour disparaît dès que nous nous retournons pour traverser la pièce.

Dès l'instant où il nous aperçoit, le regard de Daniel s'assombrit. Cassidy est de dos, mais les yeux furieux de son rencard déclenchent chez elle un murmure inquiet.

– 'Soir ! lance Reed d'une voix traînante.

– Qu'est-ce que tu me veux, Royal ? murmure Daniel.

– Juste dire un mot à ta copine.

– Moi ? s'étonne Cassidy, en tournant sa tête brune vers Reed.

– Cassidy, n'est-ce pas ? Moi, c'est Reed. Je joue au foot avec ton frère.

L'étudiante de première année semble sur le point de s'évanouir, parce que Reed connaît son nom. Daniel lui aussi se rend compte qu'elle a l'air très impressionnée, ses lèvres se tordent vilainement.

– Ouais, répond-elle d'une voix de gorge. Je sais qui tu es. Je vais à tous les matchs de Chuck.

Reed hoche la tête.

– C'est sympa, j'apprécie ton esprit de corps.

– Je ne voudrais pas être impoli, dit froidement Daniel, mais là, nous avons un rendez-vous tous les deux.

– Je ne voudrais pas être impoli, l'imite Reed en fixant Cassidy de ses yeux bleus, mais ton rencard est un violeur, Cass.

Elle s'étrangle :

– Qu… quoi ?

– Royal ! gronde Daniel.

Reed l'ignore. Il dit à Cassidy :

– Je sais qu'il en jette dans son costard chic, mais ce type est un vrai salaud.

Deux taches roses se forment sur ses joues. Elle regarde Daniel, puis Reed et moi.

– Je ne comprends pas.

Je prends calmement la parole.

– Il m'a droguée à l'ecstasy pendant une soirée. Il m'aurait violée si mon petit ami (je désigne Reed) n'était pas arrivé à temps pour l'en empêcher.

Cassidy répète en boucle.

– Oh mon Dieu !

– On peut te raccompagner en voiture, lui dit gentiment Reed. Tu veux ?

Elle regarde à nouveau Daniel dont le visage est entièrement écarlate. Il a les poings serrés sur la nappe en lin et je suis quasiment certaine qu'il est sur le point de se jeter sur Reed. Je prends la parole.

– Tu es trop bien pour lui. S'il te plaît, laisse-nous te raccompagner chez toi.

Cassidy ne dit pas un mot pendant un bon moment. Elle se contente de rester assise et de regarder Daniel.

Des gens nous observent. Des regards curieux sont fixés sur nous, bien que nous n'ayons pas élevé la voix.

Finalement, Cassidy repousse sa chaise et se lève.

– J'aimerais bien que vous me déposiez chez moi, murmure-t-elle, en tirant sur le bas de sa robe à fleurs.

– Cassidy, siffle Daniel, visiblement embarrassé. Que diable fais-tu ?

Elle ne lui jette pas un seul coup d'œil. Au lieu de ça, elle vient se placer à côté de moi en silence et nous quittons les lieux.

Lorsque nous nous arrêtons afin que Reed donne trois billets de cent dollars au maître d'hôtel, je commets l'erreur de me retourner en direction de Daniel.

Il est toujours à sa table, raide comme la justice, les lèvres serrées. Il n'a plus l'air gêné, mais furibard. Nos regards ne se croisent pas parce que ce n'est pas moi qu'il fixe. C'est Reed, et avec une rage si évidente qu'un frisson me parcourt l'échine.

En déglutissant, je détourne le regard et j'emboîte le pas à Reed et Cassidy, jusqu'à la sortie.

Chapitre 30

– Je m'emmerde. Changez-moi les idées.

Reed et moi nous nous séparons en reprenant notre souffle quand Easton pénètre dans ma chambre sans frapper. Parfait ! Je suis contente d'avoir demandé à Callum de débrancher le scanner de ma porte. C'est Reed qui m'a convaincue que ce n'était plus nécessaire à présent que nous sommes de nouveau ensemble, en me rappelant qu'il aurait du mal à se faufiler dans ma chambre la nuit s'il ne pouvait pas passer la porte. Mais j'imagine que nous avions tous les deux oublié qu'Easton ne sait pas frapper avant d'entrer.

– Sors d'ici, grommelle Reed depuis le lit.

– Pourquoi ? Je vous regarde faire.

Easton s'interrompt en voyant nos vêtements éparpillés et nos jambes emmêlées. Il sourit.

Oups, vous étiez en train de baiser ?

Je le regarde fixement. Nous étions en train de baiser et c'était super, et je suis en pétard contre lui parce qu'il nous a interrompus.

– Désolé. (Il s'arrête une seconde.) Un truc à trois, ça vous dit ?

Reed lui balance un oreiller qu'Easton attrape au vol.

– Putain, cool, frangin, je plaisantais.

– Nous sommes occupés, va-t'en, dis-je à Easton.

– Pour faire quoi ? Nous sommes samedi et il n'y a pas de fête. Je m'emmerde, se plaint-il.

Reed fait les gros yeux.

– Il est presque minuit. Si tu allais te coucher ?

– Nan. Ce n'est pas drôle. (Easton sort son téléphone de sa poche.) Peu importe. J'envoie un texto à Cunningham. Je suis sûr qu'il y a un ou deux combats de soir.

Reed démêle ses jambes des miennes et se tourne pour s'asseoir au bord du lit.

– Tu ne vas pas là-bas tout seul. C'est un truc qu'on fait entre potes, tu t'en souviens ?

– Très bien, alors sois mon pote. Tu aimes te battre. Allons-nous battre.

Je discerne parfaitement un éclair d'excitation dans l'œil de Reed, qui disparaît à l'instant où il se rend compte que je l'observe. En soupirant, je m'assieds.

– Si tu veux y aller, vas-y, je lui dis.

– Tu vois, Reed ? Ta petite frangine-copine sexy vient de te donner l'autorisation de te payer une ou deux bastons. Bougeons-nous.

Mais Reed ne bouge pas. Il se contente d'examiner mon visage.

– Vraiment ? Tu t'en fiches si je me bats ?

J'hésite. Ses activités ne m'enchantent pas vraiment, mais la fois où je les ai suivis jusqu'aux docks, lui et

Easton, je n'ai rien vu qui soit dangereux ou effrayant. C'était juste une bande de lycéens et d'étudiants qui se mettaient sur la gueule pour se marrer en prenant des paris sur les combats. En plus, j'ai vu Reed en pleine action. C'est un tueur quand il faut l'être. Je lui lance un sourire désabusé.

– Casse-toi d'ici. Non, attends, casse plutôt la gueule de quelqu'un d'autre. Je veux que quand tu rentres à la maison, tu sois aussi mignon que quand tu en es sorti.

Easton éclate d'un rire bien gras. Reed, lui, se contente de se marrer.

– Tu veux venir ? Ce ne sera sûrement pas très long. Cette merde s'arrête en général avant deux heures du mat.

Je réfléchis.

Demain, c'est dimanche, du coup on pourra faire la grasse matinée.

– Ok. Je viens.

– Chouette. Tu pourras planquer nos gains dans ton soutif.

Easton me regarde en remuant les sourcils, du coup il se prend un autre oreiller dans la figure.

– Ce que porte Ella sous ses fringues, soutif inclus, ne te regarde pas, lance Reed à son frère.

Easton lui fait un clin d'œil innocent.

– Mon pote, est-ce que je dois te rappeler qui l'a embrassée le premier ?

Reed se met à gronder, et je l'attrape par le bras avant qu'il se jette sur Easton.

– Garde ça pour les docks.

– Bon (il plante son doigt devant dans le ventre d'Easton), mais si tu fais encore un commentaire salace, je te traîne dans le cercle.

– Je ne peux rien te promettre, lui répond Easton sur le pas de la porte.

Le trajet jusqu'aux docks ne nous prend pas bien longtemps, et lorsque nous arrivons, il y a déjà une foule de voitures garées le long de la clôture qui délimite le chantier naval. Reed et Easton sautent aisément par-dessus, moi je dois m'y reprendre à deux fois pour y parvenir. J'atterris lourdement dans les bras de Reed qui en profite pour me pincer les fesses avant de me poser par terre.

– Tu as envoyé un texto à Cunningham ? demande-t-il à Easton.

– Ouais, de la voiture. Dodson est là.

Les yeux de Reed s'illuminent.

– Super. Il a une gauche vicieuse.

– C'est de toute beauté, confirme Easton. Et ses coups ne sont pas télégraphiés. On a l'impression qu'ils sortent de nulle part. Tu t'en es sorti comme un champion la dernière fois que tu t'es battu contre lui.

– Il cogne comme un sourd, admet Reed en souriant.

Je hausse les yeux au ciel. Tous deux sont en train de disserter avec délice sur ce type, Dodson, et ses talents de combattant.

Nous passons devant des rangées et des rangées de containers, le long des docks déserts. J'entends des cris étouffés au loin, de plus en plus forts au fur et à mesure que nous nous rapprochons. Les types qui viennent assister à ces combats ne cherchent même pas à se cacher. Je me demande bien comment ils font pour pouvoir pratiquer cette activité totalement illégale, sur une propriété bien évidemment privée.

Je pose la question à Reed, qui hausse les épaules :

– Nous payons le chef des dockers.

Bien entendu. Depuis que je me suis installée dans la famille Royal, j'ai appris que tout s'arrange pourvu qu'on offre un bon prix.

Lorsque nous atteignons la foule des garçons qui chahutent, torse nu, Reed et Easton ne perdent pas de temps pour ôter leurs tee-shirts. Comme d'habitude, j'ai le souffle coupé en voyant la poitrine nue de Reed. Il a des muscles à des endroits où j'ignorais qu'il puisse y en avoir.

– East ! crie quelqu'un. (Un garçon au crâne rasé, tout en sueur, s'avance vers nous.) Tu en es ?

– Bien entendu.

Et Easton lui tend une liasse de billets de cent dollars flambant neuf.

La liasse est suffisamment épaisse pour que je me tourne vers Reed pour lui demander :

– Combien coûtent ces trucs ?

– Cinq mille pour pouvoir se battre, plus tous les paris annexes.

Mince. Je n'arrive pas à comprendre qu'on puisse dépenser autant d'argent juste pour se battre. Mais peut-être que c'est un truc de mec, parce que tous les visages autour de moi sont animés d'une sorte d'excitation sauvage.

Et cela n'empêche pas Reed de murmurer :

– Tu restes tout le temps avec l'un de nous, compris ?

Il ne plaisante pas. Pendant toute l'heure qui suit, j'ai en permanence un Royal collé à moi.

Easton se bat deux fois, il gagne une fois et perd l'autre. Reed gagne son combat, non sans que son énorme adversaire, le seul et l'unique Dodson, ne lui fende la lèvre d'un uppercut qui me fait trembler. Mais mon homme se contente de sourire quand il revient vers moi, complètement imperturbable, malgré le sang qui dégouline le long de son menton.

– Tu es un animal, lui dis-je d'un air accusateur.

– Tu adores ça, répond-il avant de m'embrasser avec la langue, et c'est un baiser tellement intense, tellement enivrant que je me fiche pas mal d'avoir le goût de son sang dans la bouche.

– On y va ?

Easton secoue une pile de billets deux fois plus épaisse que celle qu'il avait apportée.

– Je ne suis pas sûr de vouloir tenter la chance à nouveau.

Reed fronce les sourcils.

– Tu veux abandonner alors que tu gagnes ? Est-ce que tu… (il simule un cri d'étonnement)… contrôlerais tes instincts ?

Easton hausse les épaules.

– Eh, écoute ça, Ella, mon petit frère devient grand.

J'éclate de rire, et Easton lui fait un doigt d'honneur.

– Allez, on rentre à la maison, je commence à être un peu fatiguée.

Ils renfilent leurs tee-shirts, saluent quelques-uns de leurs amis, puis tous les trois nous reprenons le chemin que nous avons emprunté à l'aller, avec Easton qui traîne derrière Reed et moi. Pendant que nous marchons, Reed approche ses lèvres de mon oreille :

– Tu n'es pas réellement fatiguée, dis-moi ? Parce que j'ai quelques projets te concernant quand nous serons rentrés.

Je redresse la tête pour lui sourire.

– Quel genre de plans ?

– Cochons.

– J'ai tout entendu, rigole Easton derrière nous.

Je lui réponds par un autre éclat de rire.

– On ne t'a jamais dit que c'était grossier d'écouter…

Avant que je puisse terminer ma phrase, une ombre en sweat à capuche jaillit d'entre deux containers. Reed tourne la tête.

– Qu'est-ce que…

Lui non plus ne parvient pas à finir sa phrase.

Tout se passe tellement vite que j'ai à peine le temps d'enregistrer.

Le type en sweat marmonne quelques mots que je n'arrive pas à comprendre. Il y a un éclair argenté et une esquisse de mouvement. Une seconde, Reed est devant moi, la suivante, il est allongé sur le sol froid et tout ce que je vois, c'est du sang.

Mon corps entier est tétanisé. Je manque d'air. J'entends quelqu'un crier, je crois bien que c'est moi. Soudain, je suis repoussée sur le côté, et des pas frappent sur le pavé.

Easton. Il poursuit le type en sweat. Et Reed. Reed est allongé par terre, les deux mains pressées contre son côté droit.

– Oh mon Dieu, je hurle en me jetant sur lui.

Ses mains sont rouges et gluantes et j'ai envie de vomir quand je m'aperçois que du sang suinte entre ses doigts. D'une voix qui me semble faible et éraillée, j'appelle au secours. J'entends d'autres bruits de pas. D'autres cris. D'autres remue-ménage. Mais tout mon corps est tourné vers Reed.

Son visage est livide, ses paupières battent très vite.

Je le supplie.

– Reed, ne ferme pas les yeux, bébé.

Je ne sais pas pourquoi je lui demande ça, mais une partie de moi, terrifiée, paniquée, me dit que s'il les ferme, il ne les rouvrira peut-être plus jamais. Je hurle sans me retourner :

– Appelez une ambulance !

Quelqu'un s'arrête brusquement derrière nous. C'est Easton qui se jette à genoux et pose vite ses mains sur les miennes.

– Reed, dit-il d'un air sombre, ça va, frérot ?

– Qu'est-ce que tu crois ? marmonne Reed. (Sa voix est tellement sifflante que ma panique est multipliée par trois.) Je viens d'être poignardé.

– L'ambulance est en route, annonce une voix masculine derrière moi.

Je me retourne pour voir un type au crâne rasé se pencher sur nous. C'est Dodson. Ses yeux sont remplis d'inquiétude. Je me penche vers Reed et je me sens mal, à nouveau. Il a été poignardé. Qui diable a pu lui faire ça ?

– Le bâtard s'est enfui, dit Easton. Il a sauté la clôture avant que je puisse le rattraper.

– Ça ne fait rien, bégaye Reed. Tu... tu as entendu ce qu'il a dit, hein ?

Easton acquiesce d'un signe de tête.

– Qu'est-ce qu'il a dit ? je demande, tout en essayant de ne pas vomir à la vue du sang de Reed qui forme une flaque sur le trottoir.

Easton lève la tête et me fixe, droit dans les yeux.

– Il a dit : Avec les compliments de Daniel Delacorte.

Chapitre 31

– Comment va Reed Royal ?

Je pose la question pour la millième fois.

L'infirmière me passe devant comme si elle ne m'entendait pas. J'ai envie de lui hurler : « Je sais que tu m'entends, espèce de salope ! » Mais je ne crois pas que ça déclencherait la réponse que j'attends.

Easton est assis en face de moi. Il bout de rage. Depuis qu'il a essayé de choper le type qui a poignardé Reed, il est prêt à exploser. Il veut tuer Daniel. C'est uniquement parce qu'il a peur pour la vie de Reed qu'il reste rivé à sa chaise.

Et aussi parce que les flics sont arrivés plus vite qu'on ne le pensait. J'avais supplié Easton de ne pas me laisser, parce que je pétais de trouille. Et s'il y avait un autre type dans les parages avec le nom d'Easton gravé sur son couteau ?

Je ne peux pas croire que ce maniaque a payé quelqu'un pour blesser Reed.

– La seule raison qui me retient de transformer Daniel en donneur d'organes, c'est que Reed me tuerait à la seconde où il sortira de l'hosto, s'il apprenait que je t'ai laissée toute seule.

Je me ronge l'ongle du pouce.

– Je ne sais pas, Easton. Tu l'entraînerais dans une bagarre, et ensuite ? Il monte des magouilles qu'on ne peut même pas imaginer. Il a payé quelqu'un pour planter Reed. Et si le couteau avait touché un organe vital ? C'est un miracle qu'il soit encore en vie.

– Eh bien, on va faire encore pire, répond Easton, et il est sérieux.

– Et ensuite, toi et Reed vous serez envoyés en taule pour agression ?

– Personne n'ira en prison pour quoi que ce soit. Ça reste entre nous.

– Tu ne peux pas te contenter de raconter aux flics ce que tu as entendu ?

Easton secoue la tête.

– Ça fait longtemps que son agresseur s'est barré. En plus, Reed voudra sûrement s'en occuper lui-même. Laissons les flics en dehors de ça.

J'ouvre la bouche, mais je n'ai pas de bonne réponse. Je n'ai pas porté plainte contre Daniel pour agression, et voilà ce qui se passe. Il traque d'autres filles et embauche des racailles pour faire du mal aux gens que j'aime.

Callum jaillit dans la pièce, interrompant le fil de mes pensées.

– Que savez-vous ? nous demande-t-il.

– Rien. Ils ne veulent rien nous dire, je me lamente.

– Ils nous disent que dalle, mec, renchérit Easton.

Callum nous gratifie d'un brusque mouvement du menton, puis d'un « restez là » tout à fait inutile.

Je n'ai jamais été aussi contente de voir Callum. Même si sa maisonnée est un véritable bordel, il est clair que lui, les gens l'écoutent. Il sort de la salle d'attente pour aller bousculer un ponte quelconque et apprendre ainsi ce qui se passe pour Reed.

Il réapparaît, moins de cinq minutes plus tard.

– Reed est en chirurgie. Tout se passe bien. Ils l'ont emmené pour vérifier qu'aucun organe vital n'ait été touché, mais c'est moins grave qu'il n'y paraissait. Le coup de couteau est franc et net. Il y a des lésions musculaires, mais ça devrait cicatriser lentement. (Il se passe une main dans les cheveux.) Le coup de couteau est franc et net. Mais qu'est-ce que je raconte ? (Puis il jette un coup d'œil furieux à Easton.) Je n'arrive pas à croire que vous ayez embarqué Ella sur les docks si c'était aussi dangereux.

Eston blêmit.

– Il n'y avait jamais eu de danger jusqu'à présent. C'était juste une bande de nazes, comme moi, qui voulaient parier de l'argent et se foutre sur la gueule. On connaissait tout le monde. Les armes étaient interdites. C'est arrivé quand on partait.

– C'est vrai, Ella ? demande Callum.

J'acquiesce frénétiquement.

– C'est vrai. Je n'ai jamais ressenti le moindre danger, et certains de ces mômes étaient d'Astor ou dans d'autres écoles préparatoires. Je n'ai jamais vu de flingue ni quoi que ce soit d'autre.

– Alors, vous prétendez que c'est le hasard ?

Il est clair que Callum n'y croit pas une seconde.

Easton se passe la main sur la bouche.

– Non, je ne dis pas ça.

– Ella ?

– C'était Daniel, dis-je d'une toute petite voix. Et c'est de ma faute.

– Comment ça ? C'est toi qui tenais le couteau ?

Je serre les lèvres pour ne pas me mettre à pleurer. Je ne veux pas m'effondrer tout de suite, mais je crois que je suis au bord de la crise de nerfs.

– Je n'ai pas porté plainte contre Daniel. J'aurais dû le faire, mais je n'ai pas eu le courage d'affronter toute cette merde. Mon passé n'est pas blanc bleu et les justifications, les bavardages à la con à l'école… j'en avais déjà assez de tout ça.

Et je pensais être plus forte, ce qui n'est apparemment pas le cas. Je baisse la tête, honteuse.

Callum s'approche et passe son bras autour de mes épaules.

– Oh, ma chérie. Ce n'est pas de ta faute. Même si tu avais porté plainte contre Daniel, il serait toujours en liberté. Il ne suffit pas d'accuser quelqu'un pour qu'il aille en prison. Il y a tout un procès d'abord.

Je ne suis pas convaincue par ses paroles réconfortantes. Easton s'éclaircit la voix.

– C'est pas ta faute, Ella. J'aurais dû lui filer une bonne correction.

Callum secoue la tête.

– Je ne suis pas contre un bon coup de poing quand c'est nécessaire, mais je ne crois pas que casser la figure de ce môme puisse régler le problème. Engager quelqu'un pour poignarder mon fils est bien au-delà du niveau du voyou de base. Quelques centimètres plus à gauche et…

Sa voix se brise, mais dans ma tête, je remplis les cases vides.

Quelques centimètres plus à gauche, nous serions en train d'organiser ses obsèques. Et peut-être que Callum a raison, que Reed aurait quand même été poignardé même si j'avais porté plainte contre Daniel. Mais dorénavant, rester silencieuse ne me paraît plus être la bonne solution.

Je ne peux pas traîner Daniel en bas des marches de l'école pour lui foutre la honte. J'ai déjà essayé ce genre de trucs une fois. Et Reed l'a déjà dérouillé. Daniel ne s'arrêtera jamais tout seul. Quelqu'un doit le faire.

– Et si j'avais déclaré ce qui s'est passé ?

– Ce soir ? demande Callum.

Easton fronce les sourcils, mais je l'ignore.

– Non, l'autre nuit. Quand il m'a droguée. Je veux dire, c'est trop tard pour faire des analyses et tout ce genre de trucs, mais il y avait d'autres personnes sur place. Un type qui s'appelle Hugh et deux filles de North. Ils savent que Daniel m'a droguée.

Callum recule pour mieux voir mon visage. Il a l'air inquiet.

– Je ne vais pas te mentir, ma chérie. Ce genre de chose est vraiment désagréable pour les victimes, et ça t'est arrivé il y a déjà quelque temps. Il est devenu impossible de te faire des tests sanguins. Si les autres ne peuvent pas, ou ne veulent pas témoigner, ce sera ta parole contre la sienne.

Je le sais très bien, c'est d'ailleurs pour ça que je n'ai pas porté plainte. Faire la démarche est toujours très pénible. On a l'impression que ça ne débouche jamais sur rien de bon, surtout pour la victime. Mais quelle alternative y a-t-il ? Que je continue à me taire pour que Daniel fasse d'autres victimes ?

– Peut-être. Mais je ne suis pas la seule à qui il s'est attaqué. Peut-être que si je le dis, d'autres personnes se manifesteront.

– Très bien. Nous te soutiendrons tous, bien entendu.

Il dit cela comme une évidence, comme s'il n'y avait pas d'autre possibilité. Comme maman l'aurait dit, si elle était toujours en vie.

– Nous avons des moyens. Nous allons embaucher une équipe de pros des relations publiques et les meilleurs avocats qui soient. Ils vont fouiller dans les antécédents de Daniel, jusqu'à faire ressurgir les squelettes de ses ancêtres.

Il est sur le point d'ajouter quelque chose, mais la porte de la salle d'attente s'ouvre et un médecin apparaît. Il n'y a aucune trace de sang sur sa blouse et il n'a pas l'air triste.

Je pousse un soupir de soulagement. Parce que je m'imagine que s'il avait beaucoup de sang sur lui, cela voudrait dire que l'opération s'est mal passée.

– Monsieur Royal ? demande-t-il en s'approchant. Je suis le docteur Singh. Votre fils va bien. Le couteau n'a atteint aucun organe majeur. C'était assez superficiel. Il a attrapé la lame entre ses mains et il a des blessures aux mains qui vont guérir en dix ou quinze jours. Il faudra qu'il évite toute activité physique.

Derrière moi, Easton renifle et Callum lui jette un regard. Mes joues virent au rouge foncé.

– Mais si les Riders continuent à gagner, ajoute le médecin, il sera prêt pour les nationaux.

J'explose.

– Vous ne pouvez pas penser sérieusement à ce truc de football !

Cette fois, c'est moi que tout le monde regarde en fronçant les sourcils. Le docteur Singh ôte ses lunettes et les essuie sur sa blouse.

– Bien sûr que je suis sérieux. On ne veut surtout pas qu'un de nos meilleurs joueurs en défense soit exclu du championnat.

Le docteur Singh me regarde comme si j'étais dingue. Je lève les mains au ciel en trépignant pendant que le docteur Singh et Callum discutent des chances des Riders pour les premières éliminatoires en l'absence de Reed.

– Easton, tu ne vas pas laisser ton frère jouer, n'est-ce pas ?

– Le doc a dit que c'était ok. En plus, tu crois que j'ai le moindre contrôle sur ce que fait Reed ?

– Vous êtes tous dingues. Reed devrait se reposer à la maison, dans son lit !

Il me fait les gros yeux.

– Tu as entendu ce qu'a dit le doc. Blessure superficielle. Il sera remis sur pied dans deux semaines.

– J'abandonne. C'est complètement ridicule.

Callum revient vers nous.

– On rentre à la maison ?

– Je ne peux pas attendre Reed ?

– Non, il est dans une chambre individuelle, mais il n'y a pas de lit pour toi. Ni pour toi, dit-il à Easton.

Vous rentrez tous les deux ce soir avec moi, que je puisse vous surveiller. Reed dort et il n'a aucun besoin d'être dérangé par l'un de vous.

– Mais…

– Non. (Callum ne cédera pas.) Et toi, Easton, tu ne passes pas chez les Delacorte, pour quelque raison que ce soit.

– D'accord, répond-il sur un ton maussade.

– Je veux aller au commissariat porter plainte contre Daniel.

Je dois le faire ce soir, avant de perdre courage, et avoir Callum à mes côtés est pour moi la meilleure chose possible en l'absence de Reed.

– Nous y allons en premier, opine Callum en nous entraînant à l'extérieur jusqu'à la limousine qui nous attend. Ça va aller, Durand, dit laconiquement Callum en s'installant sur le siège passager.

Une fois que la voiture a démarré, Callum compose un numéro de téléphone et le pose sur son genou, haut-parleur en marche. Une voix endormie répond à la troisième sonnerie.

– Callum Royal ? Il est une heure du matin !

– Juge Delacorte. Comment allez-vous ? demande-t-il poliment.

– Il y a un problème ? Il est sacrément tard.

La voix du père de Daniel est sourde, comme s'il était encore au lit.

– Je le sais. Je voulais vous appeler par courtoisie. Je suis en route pour le commissariat avec ma pupille et mon fils. Votre fils, Daniel, est… comment dire ?

une espèce d'enfoiré de criminel et nous allons nous assurer qu'il passe des moments désagréables.

Un silence choqué nous accueille. Easton étouffe un rire derrière sa main.

– Je ne sais pas de quoi vous parlez, finit par dire Delacorte.

– C'est possible, reconnaît Callum. Il arrive que certains parents ne surveillent pas d'assez près leurs enfants. J'en ai moi-même été coupable. Mais la bonne nouvelle, c'est que j'ai une excellente équipe d'enquêteurs privés. Comme vous le savez, vu le travail que nous effectuons pour le gouvernement, nous devons être très prudents au sujet de nos collaborateurs. Mon équipe est particulièrement douée pour débusquer les petits secrets qui pourraient impacter l'honnêteté de quelqu'un. Je suis sûr que, puisqu'il n'y a aucun cadavre dans le placard de Daniel…

Il fait une pause pour accentuer le caractère dramatique, et ça marche, parce que les poils de ma nuque se dressent comme si c'était moi qu'il menaçait.

– … ou le vôtre, vous n'avez rien à craindre. Bonne nuit, Votre Honneur.

– Attendez, attendez, ne raccrochez pas !

On entend comme un bruissement.

– Juste une minute. (Une porte se ferme et sa voix revient, plus forte, plus alerte.) Qu'est-ce que vous proposez ?

Callum ne dit pas un mot.

Delacorte n'aime pas ça. Paniqué, il plaide,

– Vous devez bien avoir une idée, sinon vous n'auriez pas appelé. Dites-moi quelles sont vos exigences.

Callum ne répond toujours pas.

Quand Delacorte reprend la parole, c'est tout juste s'il ne halète pas.

– Je vais expédier Daniel au loin. On lui a proposé d'intégrer la Knightsbridge School for Gentlemen à Londres. Je l'avais encouragé à accepter, mais il n'avait pas envie de quitter ses amis.

Oh super. Comme ça, il va pouvoir aller violer et poignarder des mômes à Londres ? J'ouvre la bouche, mais Callum lève la main et me fait signe de me taire. Je me renfonce dans mon siège en essayant de prendre mon mal en patience.

– Vous pouvez faire mieux, dit-il simplement.

– Que voulez-vous ?

– Je veux que Daniel reconnaisse ses fautes et corrige son comportement à l'avenir. Je ne suis pas certain qu'une incarcération provoque ce revirement. Dans environ cinq heures, deux officiers de marine se présenteront chez vous. Vous signerez la renonciation qui leur permettra d'emmener un mineur de dix-sept ans avec eux. Daniel intégrera une école militaire conçue pour remettre les jeunes à problèmes comme lui dans le droit chemin. S'il réussit, il vous reviendra. S'il ne le fait pas, nous le jetterons dans le réacteur d'un de nos jets à l'usine.

En raccrochant, Callum rit dans sa barbe. Je ne sais pas jusqu'à quel point il est sérieux ou pas.

Mais je sais que j'ouvre des yeux grands comme des soucoupes et que je ne peux m'empêcher de lui demander :

– Hum, vous allez vraiment tuer Daniel Delacorte ?

– Putain, papa, c'était d'la balle !

– Merci, fils, lui répond Callum avec un petit sourire satisfait. J'ai toujours des couilles, quoi que vous puissiez en penser, les garçons. Et, Ella, non je ne vais pas assassiner Daniel. L'armée peut sauver certains mômes. Elle peut également les rendre pires encore. Si mes amis pensent qu'il n'est pas récupérable, alors on envisagera d'autres solutions. Dont je ne discuterai certainement pas avec vous deux.

Quand nous arrivons à la maison, Easton grimpe raconter toute l'histoire aux jumeaux, pendant que Callum disparaît dans son bureau pour prévenir Gideon. Je reste dans l'entrée, à me remémorer la nuit où je suis arrivée dans cette maison. Il était tard, presque autant qu'aujourd'hui. Les garçons étaient alignés en rang d'oignons le long de la balustrade, en haut de la cage d'escalier, l'air mécontents et pas du tout accueillants.

J'avais peur d'eux. Et maintenant ? J'ai peur pour eux.

Callum est en train de changer. Ses actes de ce soir et de ces dernières semaines ont montré beaucoup plus d'engagement qu'à mon arrivée. Mais il va tout foutre en l'air s'il se marie avec Brooke. Ses enfants ne lui feront jamais entièrement confiance tant qu'il fréquentera cette horrible femme. Pourquoi ne s'en rend-il pas compte ?

Si Callum était malin, il enverrait Brooke avec Daniel dans cette maison de redressement militaire. Mais pour une raison que j'ignore, il est totalement aveugle en ce qui concerne Brooke.

Je me mordille l'intérieur de la joue. Et si Callum connaissait la vérité ? S'il savait pour Brooke et Reed ? Est-ce qu'il l'épouserait quand même ?

Il n'y a qu'une seule façon de le découvrir…

Si Reed était là, il ne voudrait pas que je rejoigne Callum dans son bureau. Je vais quand même prendre cette décision importante. Je sais qu'il sera furieux quand il découvrira ce que j'ai fait, mais quelqu'un doit affronter son père et, malheureusement, je crois que ce quelqu'un, c'est moi.

Je frappe doucement à la porte.

– Callum, c'est Ella.

– Entre, me répond-il brusquement.

Je pénètre dans le bureau. C'est un espace très masculin. Les murs sont recouverts de boiseries en merisier foncé, les sièges de cuir bordeaux, et des tentures vert bouteille encadrent les fenêtres.

Callum, bien entendu, a un verre à la main. Je lui trouve une excuse, s'il y a bien une nuit où on peut boire, c'est cette nuit.

– Merci de vous occuper de ce truc avec Daniel.

– Je t'ai promis, en te ramenant ici, que je ferais tout pour toi. Cela englobe ta protection contre des gens comme Daniel Delacorte. J'aurais dû le faire partir il y a longtemps.

– J'apprécie vraiment.

Je traînasse le long des bibliothèques. Au centre de celles-ci, il y a un autre grand portrait de Maria.

– Maria était très belle. (J'hésite un peu à poursuivre.) Elle manque aux garçons.

Il fait tournoyer le liquide dans son verre plusieurs fois avant de répondre.

– Nous ne sommes plus les mêmes depuis qu'elle nous a quittés.

Je prends une profonde inspiration, je sais que je vais outrepasser toute une série de limites :

– Callum… au sujet de Brooke… (je souffle un bon coup) on est au XXIe siècle, vous n'êtes plus obligé d'épouser une fille parce qu'elle est enceinte.

Il éclate de rire :

– Si, je le suis. Tu vois…

– Je vois quoi ?

Je suis tellement frustrée. J'ai envie de bondir et de lui arracher ce stupide verre des mains.

– Qu'est-ce que vous ne me dites pas ?

Il m'observe par-dessus le rebord de son verre.

– Merde Callum, vous pouvez me parler, s'il vous plaît !

Il se passe pratiquement une minute avant qu'il pousse un profond, un déchirant soupir.

– Assieds-toi, Ella.

J'ai les jambes qui tremblent tellement que je ne discute pas. Je me laisse glisser dans le fauteuil qui fait face au sien et j'attends ses éclaircissements sur le lien monstrueux qui le retient à Brooke.

– Brooke est arrivée dans ma vie à un moment idéal, admet-il. J'étais noyé dans le chagrin et je me suis servi de son corps pour oublier. Et ensuite… c'était plus simple de continuer à me servir d'elle.

Chacune de ses paroles est teintée de regret.

– Ça lui était égal que je découche à droite, à gauche. En fait, elle m'encourageait presque. Quand nous sortions, elle me montrait des femmes dont elle pensait qu'elles me plairaient. Cela ne nécessitait aucun investissement émotionnel, et ça me convenait. Mais à un certain moment, elle en a voulu plus que je ne pouvais lui offrir. Je ne retrouverai jamais une autre Maria. Brooke ne m'inspire pas autre chose que du désir.

Je le regarde fixement, incrédule.

– Alors, laissez-la partir. Vous pourrez quand même être un père pour cet enfant.

Putain, Brooke serait prête à le vendre si on lui en offrait un bon prix.

Callum poursuit, comme si je n'étais pas là.

– Peut-être que quand Brooke sera ma femme, je pourrai la contrôler. Je peux la retenir avec des promesses écrites. Elle ne veut pas vivre à Bayview. Elle veut plus que ça. Vivre à Paris, Milan, L.A., quelque part où elle puisse côtoyer des acteurs, des mannequins, des sportifs. Si je réussis à l'éloigner de mes garçons, ça en vaut la peine.

– Vous ne l'éloignez pas de vos fils ! Vous ne faites que la leur jeter à la figure !

Pourquoi est-ce que ce type n'arrive pas raisonner ?

– Nous vivrons sur la côte Ouest. Ou à l'étranger. Les garçons se débrouilleront très bien tout seuls ici, jusqu'à ce qu'ils terminent le lycée. Je ferai tout ce qui est possible pour l'éloigner d'eux. Et plus particulièrement de Reed.

Je fronce les sourcils.

– Que voulez-vous dire ?

Ses paroles suivantes me glacent le sang.

– Il y a de fortes chances que le bébé soit le sien, Ella.

Heureusement que je suis assise. Sans ça, je serais tombée par terre. Je suis venue pour lui lâcher le morceau à propos de Reed et Brooke, mais Callum, l'homme dont je pensais qu'il ignorait tout, savait déjà que son fils baisait avec sa petite amie ?

Mon visage doit exprimer mes pensées, parce que son regard bleu s'aiguise.

– Tu étais au courant, dit-il d'un air pensif.

Je hoche la tête qui ne tient plus très droite. Il me faut un moment pour retrouver ma voix.

– Vous saviez, vous aussi ?

Avec un rire triste, il m'explique :

– Quand Brooke est venue m'annoncer qu'elle était enceinte, je lui ai répondu ce que tu viens de me dire. Qu'elle pouvait mettre au monde son enfant, que je m'en occuperais. C'est alors qu'elle m'a dit qu'elle avait couché avec Reed et que le bébé pouvait bien être le sien.

Je sens la nausée me monter dans la gorge.

– Quand… quand vous a-t-elle dit que ça s'était passé ?

Reed m'a promis qu'il n'a pas touché Brooke depuis que nous nous sommes embrassés, mais il n'a pas été précis sur le moment où ils ont arrêté de coucher ensemble. Et je n'ai pas été assez courageuse, ou assez stupide, pour l'interroger sur les détails.

Callum vide le fond de son verre et se lève pour s'en servir un autre.

– Avant que tu arrives, je suppose. Je connais Reed. Jamais il n'aurait posé la main sur toi s'il était encore avec Brooke.

Ma main se pose sur ma gorge.

– Vous savez pour nous aussi ?

– Je ne suis pas complètement aveugle, Ella, et vous n'êtes pas particulièrement discrets. Je me suis dit… que ça vous ferait du bien, à l'un comme à l'autre. Que Reed soit avec quelqu'un de son âge, et que toi, tu aies quelqu'un de spécial dans ta vie. Je ne le savais pas avant que tu enfuies, concède-t-il. Mais là, j'ai compris.

– Pourquoi n'avez-vous pas compris ce que trafiquait Brooke ? Pourquoi n'avez-vous pas protégé votre fils contre elle ?

Mon ton accusateur fait surgir de la colère dans son regard.

– À présent, je le protège ! Tu crois que j'ai envie que mon fils soit pieds et poings liés à elle toute sa vie ? Il vaut mieux que j'élève ce bébé comme si c'était le mien et que je laisse Reed vivre la vie qu'il mérite.

– C'est impossible que ce soit le sien, Callum. La dernière fois qu'il a été avec elle, c'était il y a six mois et elle n'est pas enceinte de six mois.

À moins que Reed m'ait menti sur ce qui s'est passé dans sa chambre à coucher, le mois dernier… mais non. Je refuse d'y croire. Je lui ai donné une seconde chance, parce que j'ai confiance en lui. S'il dit qu'il ne l'a pas touchée cette nuit-là, c'est qu'il ne l'a pas touchée.

Callum me regarde comme si j'étais une gosse, une gosse stupide.

– C'est forcément le sien, Ella.

Je le défie.

– Comment savez-vous que ce n'est pas le vôtre ?

Il sourit tristement.

– J'ai subi une vasectomie il y a quinze ans.

J'ai du mal à déglutir.

– Oh.

– Maria voulait désespérément une fille, avoue Callum. Nous avons continué à essayer, mais après la naissance des jumeaux, son médecin lui a dit stop. Une nouvelle grossesse pourrait la tuer. Elle a refusé de l'accepter, alors… j'ai fait une vasectomie et je ne lui ai jamais dit. (Il secoue la tête d'un air malheureux.) Je ne peux pas être le père de l'enfant de Brooke, mais je peux en prendre la responsabilité. Si Reed est entraîné là-dedans, il y aura un lien entre lui et Brooke, un lien de culpabilité, de chagrin et de responsabilité. Je ne laisserai pas cela arriver. Mon fils peut me détester assez pour faire des galipettes avec ma petite amie, mais moi, je l'aime assez pour lui épargner une vie de malheur.

– De combien est-elle enceinte ? je demande.

– De trois mois et demi.

Je serre les poings, je suis une boule de frustration. Je voudrais d'une façon ou d'une autre faire entrer dans le crâne de Callum qu'il se trompe dans ses suppositions.

– Je crois Reed quand il dit qu'il ne l'a pas touchée depuis six mois.

Callum se contente de me regarder fixement.

J'insiste.

– Je le crois. Et j'aimerais que vous aussi vous le croyiez. Ce n'est pas parce que vous n'auriez pas trompé Maria et que Reed ne me tromperait pas, que Brooke agit de la même façon.

– Brooke a trop envie de devenir une Royal pour agir de la sorte. Je l'ai surprise un jour en train de saboter son diaphragme.

Je me frotte le visage à deux mains. Il est clair qu'il s'est déjà fait sa propre idée.

– Vous pouvez croire ce que vous voulez, mais vous avez tort.

Je me lève, les épaules déjà creusées par la défaite. Arrivée à la porte, je m'arrête et je tente, une dernière fois :

– Reed veut que vous demandiez un test de paternité. S'il le pouvait, il l'exigerait de Brooke.

Callum me regarde avec un air inquiet.

– Il accepterait le résultat en prenant le risque d'être désigné comme le père ?

– Non, il accepterait le test pour que la vérité éclate. (Je croise son regard.) Elle vous ment. Ce n'est pas l'enfant de Reed, et si vous aviez la moindre confiance en votre fils, vous forceriez la main de Brooke et vous dissiperiez toute cette connerie de merde.

Je vais pour sortir, mais Callum lève la main :

– Attends.

En fronçant les sourcils, je le vois attraper le combiné du téléphone, puis composer un numéro.

La personne qu'il appelle répond immédiatement.

– Dottie, marmonne-t-il, lorsque vous arriverez au bureau ce matin, prenez un rendez-vous pour mademoiselle Davidson chez Bayview OBGYN pour vendredi, à neuf heures tapantes. Et envoyez-lui une voiture.

Un large sourire apparaît sur mon visage. Peut-être que j'ai réussi. Callum raccroche et me regarde, l'air inquiet. Puis il soupire :

– J'espère vraiment que tu as raison, Ella.

Chapitre 32
REED

Ella ne me quitte pas d'une semelle depuis que je suis rentré de l'hôpital. C'est totalement inutile, les antalgiques font leur effet, la plupart du temps. Tant que je ne bouge pas, ma plus grosse gêne, ce sont les points de suture qui me démangent.

Les médecins m'ont dit de ne pas me gratter sous peine de risquer de les rouvrir, alors j'essaie de me distraire en regardant Sawyer et Sebastian balancer Lauren d'un bout de la piscine à l'autre, comme si elle était un ballon de plage.

Ce soir, il ne fait pas vraiment assez chaud pour se baigner, mais notre piscine est chauffée et Lauren a aussi les jumeaux pour la réchauffer. Ella et moi sommes serrés l'un contre l'autre sur une chaise longue. Easton envoie des textos, vautré dans une chaise à côté de la nôtre.

– Wade veut savoir si tu vas avoir une super-cicatrice, dit distraitement Easton.

Ella gronde violemment :

– Dis à Wade d'arrêter de penser à des conneries pareilles et d'être plutôt reconnaissant que son meilleur pote soit toujours en vie.

Je pouffe de rire.

– Je vais citer tes propos, frangine.

East tape un truc, attend, puis se met à rire.

– Wade veut savoir si tu gueules comme ça sur Reed quand tu prends ton pied.

– Il y a un émoticon doigt d'honneur ? demande-t-elle doucement. Si oui, envoie-le-lui.

Je glisse les doigts dans ses cheveux tellement doux. Je jouis de la proximité de son corps contre le mien. Elle ne saura jamais à quel point j'étais terrifié cette fameuse nuit, pas pour ma propre sécurité mais pour la sienne. Quand le type à capuche a surgi de l'ombre, ma seule et unique pensée a été de protéger ma nana. Je ne me rappelle même pas avoir reçu un coup de couteau dans le ventre. Je me souviens seulement d'avoir poussé Ella sur le côté pour me glisser devant elle.

Seigneur. Si Daniel avait soudoyé quelqu'un pour la planter, au lieu de moi ? Que se serait-il passé si elle avait été sérieusement blessée ?

– Reed ? murmure-t-elle d'un air soucieux.

– Mmmm ?

– Tu es tout crispé. Tu te sens bien ? (Elle se redresse.) Tu as besoin d'un autre calmant ?

– Je vais bien. Je pensais juste à ce psychopathe de Delacorte.

East acquiesce d'un air sombre.

– Vrai. J'espère qu'ils vont lui en faire baver dans cette prison militaire.

Ella soupire.

– Ce n'est pas une prison. C'est une académie pour jeunes à problèmes.

– Jeunes à problèmes ? renifle East. Ce trou du cul n'est pas simplement « à problèmes ». Il a lancé un contrat contre mon frère.

– Tu crois vraiment que le type à capuche a essayé de tuer Reed ? Et s'il revient et qu'il essaie à nouveau ?

À présent, Ella a l'air complètement bouleversée. Je jette un regard mauvais à East.

– Personne n'a essayé de me tuer, je la rassure. Sans ça, il m'aurait attaqué à la gorge et l'aurait tranchée.

Un frisson traverse le corps d'Ella.

– Oh mon Dieu, Reed, pourquoi tu dis ça ?

– Désolé. C'est stupide. (Je l'attire à moi.) N'en parlons plus. Daniel est parti. Il a donné le nom du type au sweat aux flics, et ils ne vont pas tarder à le choper, ok ?

– Ok, répond-elle en écho, mais elle n'a pas l'air convaincue.

Un cri perçant venant de la piscine nous fait tous nous retourner vers son extrémité la moins profonde, où Seb essaie de dénouer les liens du bikini de Lauren.

– Sebastian Royal, ne t'avise pas de faire ça !

Mais elle éclate de rire en tentant de s'éloigner de lui à la nage.

Sawyer part à sa poursuite et l'attrape. Reprennent alors les lancers de ballon de Lauren.

East se penche vers nous en baissant la voix :

– Comment vous croyez qu'ils font ?

Ella plisse ses paupières :

– Qu'est-ce que tu veux dire ?

– Lauren et les jumeaux. Tu crois que c'est du genre deux contre un, ou bien c'est l'un après l'autre ?

– Honnêtement, je ne veux pas le savoir, répond Ella.

Moi non plus. Je n'ai jamais interrogé Sawyer et Seb sur leurs relations. Aux yeux du monde, Lauren est la petite amie de Sawyer, mais je n'ai pas la moindre idée de ce qui se passe à huis clos. Des pas retentissent derrière nous, et je me tends à nouveau lorsque mon père apparaît sur le deck.

– Reed. Comment ça va ?

– Très bien, je lui réponds sans le regarder en face.

Un silence gênant s'installe autour de la piscine. Je n'ai pas été capable de regarder mon père dans les yeux depuis qu'Ella m'a dit qu'elle lui avait parlé. Elle avait l'air honteuse et nerveuse ce matin-là quand elle est arrivée à l'hôpital, et elle a déversé sur moi sa confession, pendant que je l'écoutais, oscillant entre culpabilité et stupéfaction. Mon père est au courant pour Brooke. Et moi. D'après Ella, il est au courant depuis des semaines et il ne m'en a pas touché un mot. Je suppose que c'est la façon de faire des Royal. Éviter les grosses merdes. Ne pas exprimer ses sentiments. Et je lui suis en partie reconnaissant pour ça. Je ne sais pas comment je réagirais si papa mettait tout ça sur le tapis. Il ne l'a pas encore fait, mais Ella m'a parlé du test de paternité qu'il a prévu, alors tôt ou tard, il devra dire quelque chose, non ?

Ça va être une conversation désagréable. Je suis content de la repousser le plus longtemps possible.

Papa se racle la gorge.

– Vous avez bientôt fini, les enfants ? (Il jette un coup d'œil en direction de la piscine, puis des chaises longues.) Je me suis dit que nous allions partir dîner tous ensemble. Les réservoirs du jet sont pleins, il est prêt à décoller quand nous le serons.

– Le jet ?

À l'extrémité peu profonde de la piscine, Lauren ouvre des yeux grands comme des soucoupes.

– Où allons-nous ?

Callum lui sourit.

– À DC[18]. J'ai pensé que ça ferait plaisir à tout le monde.

Il se tourne vers Ella.

– Tu es déjà allée à DC ?

Elle secoue la tête. Et depuis la piscine, j'entends Lauren demander aux jumeaux :

– Mais qui est-ce qui prend un jet pour aller dîner dans un autre État ?

– La famille Royal, lui répond Sawyer en murmurant.

– Je ne crois pas être assez en forme.

J'hésite un peu parce que je déteste avouer mes faiblesses, mais l'effet des calmants est en train de se dissiper. L'idée d'avoir à me lever et à prendre un avion ne me dit rien qui vaille.

– Mais allez-y, vous autres. Ça me va bien de rester ici. Je vais me reposer

18. Washington DC.

– Moi aussi, je reste, s'exclame immédiatement Ella.

Je pose la main sur son genou et je remarque que papa suit mon geste du regard.

– Non, va avec eux. Tu es collée à moi toute la journée. Tu as besoin de changer d'air.

Elle n'a pas l'air contente.

– Je ne te laisse pas tout seul.

– Eh, il va bien, dit East.

Il est déjà en train de se lever, ce qui ne me surprend pas. J'ai remarqué qu'il s'est agité comme un fou toute la journée. Easton n'est vraiment pas fait pour rester assis à glander. Je presse Ella.

– Vas-y. Crois-moi, tu vas adorer DC.

– Viens, p'tite frangine, on va voir le Washington Monument depuis les airs, dit Easton sur un ton enjôleur. On dirait un énorme pénis.

– Easton ! gronde Callum.

Finalement, nous parvenons à la persuader, et tout le monde va se changer pour dîner. Je passe de la chaise longue au canapé de la salle de jeux, où Ella me retrouve vingt minutes plus tard.

– Tu es sûr que ça va aller, tout seul ?

Elle se mord la lèvre d'inquiétude. Je la calme.

– Je vais bien, bébé. Je vais me regarder un match et ensuite, hop, je vais faire une petite sieste ou un truc du genre.

Elle s'approche et m'embrasse tout doucement sur les lèvres.

– Promets-moi de m'appeler si tu as besoin de quoi que ce soit. Je forcerai Callum à nous faire rebrousser chemin.

– Je te le promets, je lui réponds, surtout pour me moquer d'elle.

Un autre baiser, et elle s'en va. J'entends des pas et des voix dans l'entrée, puis les bruits disparaissent et la maison devient silencieuse comme une tombe. Je m'étire sur le canapé et je me concentre sur l'écran en regardant l'équipe de Caroline marquer la défense naze de la Nouvelle-Orléans, touchdown après touchdown. Autant j'adore voir mon équipe gagner, autant ça me rappelle que je vais rater au moins deux matchs éliminatoires des Riders, et ça me rend malade.

En soupirant, j'éteins la télé et je décide d'aller faire un petit somme, mais mon téléphone sonne avant que je puisse fermer les yeux.

C'est Brooke.

Merde !

Comme je sais qu'elle va m'inonder de messages si je ne réponds pas, je décroche et je murmure,

– Qu'est-ce que tu veux ?

– Je viens juste de rentrer de Paris. On peut se parler ?

Elle semble étrangement soumise, ce qui me met immédiatement la puce à l'oreille.

– Je croyais que tu ne rentrais que la semaine prochaine.

– Je suis rentrée plus tôt. Alors, vas-y, porte plainte.

Ouais, elle semble vraiment ébranlée. Je m'assieds avec précaution.

– Ça ne m'intéresse pas, ce que tu peux me raconter. Va faire chier quelqu'un d'autre.

– Attends ! Ne raccroche pas. (Son souffle haletant résonne dans mon écouteur.) Je suis prête à négocier.

Mes épaules se raidissent.

– Qu'est-ce que tu veux dire, bordel ?

– Viens et nous pourrons en parler. Toi et moi, Reed. N'amène ni Ella ni un de tes frères.

Je me marre.

– Si c'est une façon de tenter de me séduire…

– Je ne veux pas te séduire, espèce de connard ! (Elle respire à fond, comme pour essayer de se calmer.) Je veux passer un marché. Alors, à moins que tu ne veuilles plus que je parte, je te suggère de ramener ton cul.

Ma méfiance ne fait qu'augmenter. Elle est visiblement au courant de quelque chose, elle joue un jeu que je n'ai aucun intérêt à jouer.

Mais… s'il y avait la moindre chance qu'elle dise vrai, pourquoi passer à côté ? J'hésite encore quelques secondes avant de lui répondre :

– Je serai là dans vingt minutes.

Chapitre 33

ELLA

C'était marrant de dîner à DC, mais je suis contente et soulagée quand l'avion touche la piste d'atterrissage privée. Reed me manque, et je n'aime pas l'idée qu'il a passé toute la nuit seul à souffrir.

– Tu veux regarder un film avec Reed et moi ? je demande à Easton pendant que nous montons dans la limousine.

Il est sur le point d'accepter quand son téléphone se met à sonner. Il jette un coup d'œil à l'écran et secoue la tête.

– Wade m'invite à passer chez lui. Il a une amie qui a besoin qu'on l'écoute.

Callum accélère le pas pour ne pas entendre les projets de son fils. Quant à moi ? Je n'ai pas cette chance.

– Fais attention, dis-je à Easton.

Et me dressant sur les pointes des pieds, je l'embrasse sur la joue. Il ébouriffe mes cheveux :

– Toujours. J'emballe toujours bien les choses.

Et il crie à son père :

– Exactement comme on me l'a appris.

Je n'en suis pas très sûre, à cause de l'obscurité, mais j'ai l'impression que Callum lui donne un petit coup de poing sans se retourner.

– Toi aussi, fais attention à toi, me taquine Easton. Tu ne peux pas savoir si Reed ne va pas essayer de te coincer avec un môme. (Je grimace et il tressaille.) Désolé, ma langue a fourché.

– Non, ça ne fait rien. En plus, elle va faire un test de paternité, nous allons savoir dans quelques jours qui est le père de son rejeton diabolique, n'est-ce pas ? Ou au pire, dans une semaine.

Easton hésite.

– Tu es sûre que ce n'est pas celui de Reed ?

– Il m'a juré que non.

– Alors, c'est celui de mon père ?

C'est à mon tour d'hésiter. J'aimerais mieux ne pas avoir à garder ces secrets. Je ne sais pas pourquoi Callum ne parle pas de sa vasectomie à ses fils.

– Non, je ne pense pas que ce soit le sien non plus.

Easton pousse un gros soupir :

– Tant mieux. Nous n'avons de la place que pour un Royal de plus à la maison, et c'est toi.

Et il dépose un gentil baiser sur mon front avant de se précipiter vers sa voiture.

À la maison, les jumeaux disparaissent Dieu sait où. Le bureau de Callum est allumé. Je grimpe jusqu'au couloir qui mène à ma chambre et à celle de Reed. Il est légèrement éclairé et ma montée des escaliers est tristement semblable à celle de la nuit où j'ai découvert

Reed et Brooke ensemble. Arrivée en haut, je détaille longuement le long couloir et mon cœur se met à battre un peu plus vite.

Je me souviens alors que, la dernière fois, les choses n'étaient pas ce qu'elles semblaient être mais je me dis qu'il n'y a aucune raison qu'il y ait quelqu'un dans la chambre de Reed, à part lui. Pourtant, mon cœur bat très fort et mes paumes de mains sont couvertes de sueur quand j'arrive devant sa porte. J'appelle :

– Reed ?

– Dans la salle de bains, me répond-il d'une voix sourde.

Je pousse un soupir de soulagement et je tourne la poignée de sa porte. La chambre est vide, mais j'aperçois un rai de lumière sous la porte de sa salle de bains privée. Je passe la tête et pousse un cri en le voyant.

Son bandage est défait et il y a des compresses pleines de sang dans le lavabo.

– Oh mon Dieu, qu'est-ce qui s'est passé ?

– J'ai quelques points qui ont craqué. Je change le pansement.

Il jette le pansement teinté de rose dans la poubelle et en pose un autre, immaculé, sur son flanc.

– Tu m'aides à le coller ?

Je me rue vers lui en fronçant les sourcils et j'attrape le rouleau de sparadrap dans la trousse de toilette.

– Comment est-ce arrivé ? Tu as beaucoup bougé ?

– Pas vraiment.

Je le regarde plus intensément. Ce n'était pas un démenti, c'était une dérobade.

– Menteur.

– J'ai un peu bougé, concède-t-il. Ce n'est pas grave.

Ses yeux bleus sont cernés et sombres. Est-ce qu'il est allé faire du punching-ball en bas ? Est-ce qu'il s'en veut toujours à cause de Brooke ? En déchirant un morceau de bande, je jette un coup d'œil à ses articulations, mais elles ne portent pas de traces de contusions. Je bougonne.

– Je savais que j'aurais dû rester. Tu avais besoin de moi. Qu'est-ce que tu as fait en mon absence ? Tu as soulevé des poids ?

Au lieu de me répondre, il se penche et m'embrasse, vite et fort. Puis, en reculant, il me dit :

– Je te jure, ce n'est rien. J'ai voulu attraper un truc, j'ai senti les points qui lâchaient, et voilà le résultat.

Je me pince les lèvres.

– Tu me caches quelque chose. Je croyais qu'on n'avait plus de secrets l'un pour l'autre.

– Ne nous disputons pas, bébé.

Il m'attrape par le poignet et m'entraîne hors de la salle de bains, jusqu'au lit.

– Vraiment, ce n'est rien. J'ai pris un autre calmant, et maintenant je me sens bien et un peu vaseux.

Il me fait un sourire un peu torve qui n'éclaire pas ses yeux. Mais, au moins, il me regarde. Je fouille dans son regard pour y trouver des réponses et je remarque une tension autour de sa bouche, que j'attribue à la douleur. Quoi qu'il se soit passé ce soir, ça pourra bien attendre demain. Il a besoin d'aller se coucher.

– Je n'aime pas te voir souffrir, dis-je pendant que nous nous installons confortablement sur son lit.

– Je sais, et je te promets que ça ne me fait pas si mal que ça.

– Tu étais censé te reposer.

Je tapote son pansement, sans me soucier outre mesure de le faire tressaillir.

– Tu vois, tu as mal.

– Sans blague, bébé. J'ai été poignardé, tu te rappelles ?

Il m'attrape les mains et me serre contre lui.

Les mouvements de sa poitrine sont réguliers.

On peut tout m'enlever, les voitures, les avions, les dîners dans des grands restaurants, mais je ne supporterais pas de perdre Reed. Soudain, je me rends compte que la véritable raison de mon énervement, c'est l'angoisse qui me noue le ventre.

– C'est de ma faute si on t'a poignardé.

Il grimace.

– Non, pas du tout. Ne dis pas ça.

– C'est la vérité. Daniel ne s'en serait pas pris à toi si je n'avais pas existé.

Distraitement, je caresse le relief bien dessiné de ses pectoraux, le creux à peine marqué entre ses côtes. Je suis heureuse que les dégâts n'aient pas été plus graves.

– Conneries. C'est moi qui l'ai battu comme plâtre et qui ai ensuite prévenu son rencard qu'elle sortait avec un violeur. C'est à moi qu'il en voulait.

– Je suppose. (Je n'y crois pas, mais je sais que je ne vais pas le faire changer d'avis.) Je suis bien contente qu'il soit parti.

– Papa s'en est chargé. Ne t'en fais pas.

Reed me frictionne le dos.

– Comment était ce dîner ?

– Bon. Très chic. La carte était pleine de trucs imprononçables. Foie gras. Langoustines[19]. Nori.

Il sourit.

– Qu'est-ce que tu as commandé ?

– Du homard. C'était délicieux.

Tout comme la langoustine. J'ai appris que c'était comme du homard, en plus petit. J'ai évité le foie gras (du foie de canard) et le nori (des algues), parce que ça m'a paru dégueu quand on m'a expliqué ce que c'était.

– Je suis content que tu aies passé un bon moment.

Ses mains se font plus lentes, ses caresses réconfortantes se transforment en quelque chose de beaucoup plus… excitant.

J'essaie de m'écarter, gênée de voir à quelle vitesse il peut m'allumer. Je ne peux pas profiter de lui dans cet état. Pas alors qu'il est blessé.

– Tu m'as manqué.

Il me fait un petit baiser rapide.

– Toi aussi.

– La prochaine fois, tu viens avec moi. Il est clair que tu ne peux pas être livré à toi-même.

Il prend une profonde inspiration et me serre de plus près.

– D'accord. La prochaine fois que papa s'envole quelque part, nous irons ensemble.

– Tu sais que ça paraît dingue, hein ?

19. En français dans le texte.

– Quoi ?

– Le jet.

Je dépose un baiser sur son épaule :

– Être ensemble, ça, c'est bien.

– Bien à quel point ?

La seule lumière de la pièce provient de la porte entrouverte de la salle de bains. Elle projette des ombres fascinantes sur le corps de Reed. Je glisse mon nez le long de son cou qui sent bon le savon et le shampooing.

– Le meilleur qui soit.

– Bébé… (Il s'éclaircit la voix.) Il faut que tu arrêtes ça.

– Quoi ?

Il me regarde fixement. Abasourdie, je lui retourne son regard.

– De toucher ma poitrine. De me renifler, dit-il d'une voix rauque. Tu me fais penser à des sales trucs.

Les coins de ma bouche se tordent.

– Des sales trucs ?

– Des trucs cochons, corrige-t-il.

Mon sourire s'élargit. Soit il me dit ça parce que c'est vrai, soit parce qu'il veut me distraire, ou pour les deux à la fois, mais de toute façon ça me convient. Je me penche pour laisser mes cheveux pendre autour de nos visages et je pose mes lèvres sur les siennes. Il glisse sa langue le long de ma lèvre inférieure, il me demande la permission muette d'entrer. J'entrouvre mes lèvres et il en profite pour m'embrasser plus profondément. Je murmure contre sa bouche,

– On ne devrait pas faire ça, tu es blessé.

Il recule en souriant.

– Eh bien, aide-moi à me sentir mieux.

– C'est un défi ?

Il rit lorsque j'approche mes lèvres des siennes. Cette fois, c'est ma langue qui le torture, qui dévore sa bouche jusqu'à ce qu'il ait le souffle coupé. Et ma main se remet en mouvement. Elle effleure sa poitrine en descendant vers sa ceinture. Elle glisse sous son boxer pour y trouver la preuve qu'il se sent vraiment beaucoup mieux. C'est chaud, dur et épais.

Lorsqu'il se cambre sur le lit en gémissant, je relève la tête.

– Tu vas bien ?

Il grogne.

– Ne t'avise surtout pas d'arrêter.

– Où as tu mal ? je lui demande timidement.

J'adore voir Reed comme ça, comme de la pâte à modeler entre mes doigts.

– Partout. Sérieusement, je suis blessé partout. Surtout par là, dit-il en tapotant son entrejambe. Elle a besoin de tes baisers pour se sentir mieux.

– Tu veux que j'embrasse ce truc ? je demande en feignant l'indignation.

– Oh oui. Je veux que tu la prennes dans ta bouche, que tu la lèches… sauf si tu n'en as pas envie.

Le doute s'immisce dans ses derniers mots.

Je dissimule un sourire et je me jette à genoux, entre ses jambes. Ses mains fébriles repoussent son boxer jusqu'à être entièrement à ma merci. Il prend sa queue d'une main et me regarde avec une expression d'attente remplie d'espoir.

– Pauvre, bébé, je murmure, en passant un doigt sur le dos de sa main.

Et je baisse vivement la tête, pendant que lui repousse mes cheveux de mon visage. À l'instant où ma bouche se referme autour de lui, il halète de plaisir.

– Merde. Oh oui.

Il parle comme s'il était à l'agonie, et quelle que soit la douleur qu'il ressent à présent, j'en suis la cause. C'est un sentiment délicieux et très puissant.

Ses mains plongent dans mes cheveux en tremblant.

– Bébé... Ella...

Il s'étrangle. Ensuite il n'y a plus de mots, seulement des bruits. Des gémissements enroués, des soupirs éraillés et des suppliques incompréhensibles. Il me tire les cheveux assez fort pour que je lève les yeux vers son visage. Il est ravagé par le désir... et peut-être même par l'amour.

Je me baisse à nouveau pour engloutir le plus possible de sa queue. Elle est épaisse et lourde, mais son poids sur ma langue et contre mes lèvres est la chose la plus excitante qui soit. Sous moi, je peux sentir l'intensité de son désir. Un fort sentiment de puissance m'envahit. Si je m'arrêtais à présent, je pourrais sans doute lui faire promettre n'importe quoi. Mais je ne veux rien. Je le veux lui, c'est tout. Et savoir à quel point il me veut, lui aussi, me rend complètement dingue. Avec mes mains, ma langue et mes lèvres, je le fais grimper au rideau.

– Arrête... je vais jouir, gémit-il en me tirant un peu sur les cheveux.

Mes lèvres se resserrent autour de son sexe. Je le veux. Je veux qu'il perde le contrôle. Je redouble d'efforts, je le suce et le lèche jusqu'à ce qu'il se mette à tressaillir. Et là, il explose.

Quand son corps finit par se détendre, il me tire vers lui pour que je m'étende à ses côtés.

– Reed ? je chuchote.

– Ouais ?

Sa voix est très rauque.

– Je… euh… je t'aime.

– Moi aussi, je t'aime. (Il plonge son visage dans mon cou.) Tu n'as pas idée à quel point. Je… affirme-t-il doucement. Tu sais que je ferais n'importe quoi pour toi, n'est-ce pas ? Absolument tout pour te protéger.

Une vague de chaleur inonde mon ventre.

– C'est vrai ?

– N'importe quoi, répète-t-il brutalement, et nous nous embrassons à nouveau, jusqu'à perdre haleine.

Chapitre 34

ELLA

Mon écran de téléphone m'annonce qu'il est deux heures du matin, et il n'y a aucune alarme qui sonne, du moins pas dans ma chambre. Mais il y a un bruit de sonnerie incessant, quelque part dans la maison. Je jette un coup d'œil à Reed pour voir s'il est réveillé, mais il est étendu sur les deux-tiers du matelas, inconscient au reste du monde.

Je pose un oreiller sur ma tête et je ferme les yeux, mais cette sonnerie ne s'arrête pas. En plus, il y a des pas dans le couloir, suivis de coups violents sur ma porte.

Reed s'assied, les cheveux bruns en bataille et l'air groggy.

– Qu'est-ce que diable…

Une voix mécontente se fait entendre depuis le couloir.

– Juste une foutue minute. (On dirait Callum, mais c'est difficile de comprendre ce qu'il dit.) Je vous ai dit que j'allais le chercher.

Oh merde ! Reed et moi sautons du lit. Bien que Callum soit au courant de notre relation, il ne serait sans doute pas ravi de nous trouver dans le même lit. J'ai à moitié enfilé mon jean lorsque le bruit s'arrête à l'extérieur de ma porte.

Nous nous glaçons tous les deux en entendant Callum pousser ce cri de colère :

– C'est la porte de ma pupille de dix-sept ans, alors vous n'entrez pas avant qu'elle soit présentable.

Vous n'entrez pas ?

– Qui est-là ? je chuchote à Reed.

Il ouvre de grands yeux étonnés.

– Ella, crie Callum depuis le couloir, nous avons de la visite. Il faut que tu t'habilles et que tu descendes le plus vite possible.

Je me racle la gorge :

– Ouais, très bien. Je descends tout de suite.

J'ai un mouvement de recul lorsque je me rends compte que ma voix vient de la chambre de Reed. Callum hésite avant de poursuivre :

– Réveille Reed et amène-le avec toi.

Bizarre. J'enfile mon jean à la hâte et j'attrape un pull dans la commode.

Reed prend tout son temps.

– Bébé, tout va bien se passer. Tu as toujours ta V. card. Je vais le dire à papa.

Je lui balance une tape sur la bouche.

– Oh mon Dieu. Pas question. Nous ne parlerons pas de ça avec Callum. Jamais de la vie.

Reed me fait les gros yeux en enlevant ma main :

– Ne t'en fais pas. Il va se contenter de nous crier dessus un bon coup.

– Pourquoi nous réveillerait-il au milieu de la nuit pour ça ?

– C'est plus dramatique comme ça. Il va nous prendre la tête sur le fait qu'il faut être très prudents, et tout ce genre de conneries.

Il tressaille pendant que je le tire vers la porte. Je laisse immédiatement retomber sa main.

– Tu as mal ?

Il lève lentement son bras pour tâter sa blessure.

– C'est juste la plaie. Je serai fin prêt à remettre ça dans quelques jours, ne t'inquiète pas.

C'est à mon tour de lui lancer un regard dégoûté :

– Je ne pensais pas du tout à ça. Tu as fait un truc pendant que nous sommes partis dîner, n'est-ce pas ?

Il hausse vaguement ses épaules :

– Rien d'important. Je te l'ai dit, je me suis fait sauter quelques points de suture, ce n'est pas grave.

Callum nous attend tous les deux sur le palier qui sépare son aile de la nôtre, avant la cage d'escalier principale. Il est en pantalon, avec une chemise blanche à moitié boutonnée.

– Papa, demande prudemment Reed, qu'est-ce qui se passe ?

Son père nous jette un regard perçant.

– Où étais-tu ce soir ? (Sa respiration est haletante.) Non, ne me dis rien. Moins j'en sais, mieux c'est pour l'instant.

Reed fait un pas en avant.

– Mais qu'est-ce qui se passe, bordel ?

Callum se passe les deux mains dans les cheveux.

– La police est en bas. Ils veulent te parler de ton emploi du temps de ce soir. Ne leur dis rien avant que Grier soit là.

Je me souviens que Grier est un des noms écrits en lettres d'or sur la porte du bureau d'avocats où nous sommes allés lire le testament de Steve.

Je demande à brûle-pourpoint :

– Il s'agit de Daniel ? Ils ont attrapé le type au sweat ?

Silence. Le plus long silence imaginable, qui me laisse tout le temps d'imaginer les scénarios les plus effroyables. Mais aucun d'eux ne pourrait déclencher la panique qui me saisit quand Callum finit par répondre :

– Brooke est morte.

– Quoi ?

– Reed est suspecté de meurtre, lance-t-il.

Ses yeux sont rivés sur le visage de Reed qui est complètement livide.

Oh mon Dieu !

Instinctivement, je baisse les yeux sur le flanc de Reed, là où son bandage est sans doute en train de se tacher de sang pendant que nous parlons. Puis je me retourne vers Callum en ouvrant, puis fermant, puis ouvrant, puis fermant la bouche.

Comment est-ce arrivé ?

J'ai un peu bougé… ce n'est pas grave.

Au moment où cette pensée refait surface, je voudrais me frapper de l'avoir eue.

Non. Pas question. Peu importe à quel point il l'a détestée, Reed n'aurait jamais… n'aurait jamais… l'aurait-il ?

Tu sais que je ferais n'importe quoi pour toi… absolument tout pour te protéger.

– Monsieur Royal ? lance une voix du bas de l'escalier.

Un type fatigué dans un costume froissé pose la main sur la rampe et un pied sur la première marche.

– Le mandat a été signé. Votre fils va devoir venir avec nous.

– Qui a signé cette connerie ? exige Callum en dévalant les escaliers.

L'homme lui tend le papier :

– Le juge Delacorte.

Pendant que Callum prend le papier, l'homme grimpe les marches quatre à quatre, suivi par deux flics que je n'avais pas remarqués auparavant. L'un d'eux se saisit de Reed qui se tait, et le retourne en le poussant contre la rambarde. Callum se précipite :

– C'est tout à fait inutile, il va vous suivre de son plein gré.

– Désolé, Monsieur Royal, c'est la procédure habituelle, répond l'homme, mais il a un air horriblement satisfait.

– Ne dis pas un mot, conseille Callum à son fils. Pas un.

Reed me lance un regard brûlant.

Je t'aime.

Moi aussi, je t'aime.

Je ferais n'importe quoi.

Il faut qu'on trouve un moyen de s'en débarrasser.

Je veux faire disparaître Brooke de nos vies.

Je t'aime.

– Je t'aime, je lui murmure lorsque l'officier de police l'emmène.

Il prend tout à coup un air farouche, mais il ne dit pas un mot et je ne sais pas si c'est parce qu'il a peur ou parce qu'il suit les conseils de son père.

Mon corps tout entier se met à trembler. Callum passe un bras autour de moi.

– Remonte mettre des chaussures, et je t'emmène au poste de police.

– Les garçons, dis-je faiblement, nous devrions les emmener.

Je me rends compte qu'il est sur le point de dire non, mais il a tort.

– Il faut montrer à Reed que toute sa famille est derrière lui. Ils aimeraient sûrement venir.

Callum finit par acquiescer.

– Appelle-les.

Je fais demi-tour et je cours dans le couloir frapper à la porte d'Easton, puis à celle des jumeaux en criant :

– Debout les garçons. Réveillez-vous !

La sonnette de l'entrée retentit à nouveau. Je fais vite marche arrière en me disant que c'est Reed qui va rentrer me dire que c'est une blague débile. Une farce stupide. Un genre de poisson d'avril.

C'est Callum qui atteint la porte en premier. Il l'ouvre à toute volée. Il fait un pas en avant, pour se statufier l'instant d'après. Il s'arrête si brusquement que je lui rentre dedans.

– Oh putain ! s'exclame-t-il.

Je n'ai aucune idée de la raison pour laquelle il s'est arrêté. Ma vue est bouchée par ses larges épaules.

Callum reste là, immobile, telle une statue. Je le contourne et je plisse les yeux d'inquiétude.

Il y a un homme en bas des marches en pierre. Des cheveux blonds graisseux pendent sur ses épaules. Une grosse barbe lui dévore presque tout le visage. Son pantalon de treillis et son polo ont l'air de pendre de son corps maigre, comme s'ils avaient deux tailles de trop.

Il me paraît étrangement familier, pourtant je suis certaine de ne l'avoir jamais vu de ma vie.

Je croise son regard. Ses yeux sont bleu clair, soulignés par des cils blond foncé.

Mon pouls accélère, parce qu'en y réfléchissant mieux, je crois que je le connais. Je crois que c'est…

– Steve ? s'exclame Callum.

À propos de l'auteur

Erin Watt est née du cerveau de deux auteurs à succès qui partagent un même amour pour les super-livres et une véritable addiction à l'écriture. Toutes deux possèdent une imagination débordante de créativité. Leur plus grand amour (après leur famille et leurs animaux domestiques, bien entendu) ? Inventer des idées drôles et parfois folles. Leur plus grande crainte ? Arrêter de le faire.

Vous pouvez les contacter
sur leur messagerie commune :
authorerinwatt@gmail.com

Restez connectées

Restez connectées avec nous en likant la page Facebook d'Erin Watt pour découvrir les mises à jour et les teasers sympas !

Likez-nous sur Facebook :
https://www.facebook.com//authorerinwatt

Suivez-nous sur Goodreads :
httpps ://www.goodreads.com/author/show/14902188.Erin_Watt